WOLFGANG WEYRAUCH

DAS WAR ÜBERALL

ERZÄHLUNGEN

herausgegeben und mit einem Vorwort
von Fritz Deppert

KRANICHSTEINER LITERATURVERLAG

Die Deutsche Bibliothek – CIP-Einheitsaufnahme

Weyrauch, Wolfgang:
Das war überall : Erzählungen / Wolfgang Weyrauch.
Hrsg. und mit einem Vorwort von Fritz Deppert. – Darmstadt :
Kranichsteiner Literaturverlag, 1998
ISBN 3-929265-07-9

ISBN 3-929265-07-9

Heinrich Dieckmann, Kathrin Hampf, Agnes Schmidt
Carsonweg 66, D-64289 Darmstadt

Titelbild: Sascha Juritz, Büdingen
Satz: typographics GmbH, Darmstadt
Repro: M. Dettloff GmbH, Pfungstadt
Druck: Druckwerkstatt Kollektiv GmbH, Darmstadt
Herausgeber: Dr. Fritz Deppert, Darmstadt

Inhalt

Vorwort 7
Das war überall 15
Die Ehe 16
Der Wind geht ums Haus 45
Auf der bewegten Erde 47
Im Gänsemarsch 59
Die japanischen Fischer 65
Die Soldatengräber 68
Mein Schiff, das heißt Taifun 72
Der Landmesser 81
Rosa, die Frankfurterin 89
Das Ende von Frankfurt am Main 91
Dann wird alles gut sein 99
Vorbereitungen zu einem Tyrannenmord 105
Oh, when the Saints go marching in 119
Diebsgeschichte 120
Mit dem Kopf durch die Wand 127
Krähenflügel 136
Die Stufen der U-Bahn hinauf 142
Der Arzt ist nicht normal 156
Atom und Aloe 163
Das Dorf, das aufhört 165
Die Irren von L. 172
Liebesgedicht 177
Kinderspiel 178
Mit dem Pfeil, dem Bogen 184
Zeichensprache 188
Liebeslied 193
Niemand 195
Verhör 205
Im Café 207

In einem öden Haus 215
Anders 219
Signale 227
Jack the Ripper 228
12 Uhr 31 230
Nämlich mit Reisig 232
Wer die Schilder weggenommen hat 234
Fasanerie 236
Gesang um nicht zu sterben 239
Beinahe täglich 241
Discothek 242
Proust beginnt zu brennen 243
Wenn es soweit ist 245
Zu 248
Ich bin es nicht 252
Topographie 257
Es geschieht zum drittenmal 262
Mein Gedicht 267

Vorwort

Die braune Mütze, hinter der Brille die aufmerksam beobachtenden Augen, der Schnurrbart, die kräftigen Hände, das Zigarillo zwischen den Fingern, die geschulte, klangvolle Stimme – Wolfgang Weyrauch. Es fällt mir in der Rückerinnerung schwer, die Person von den Texten zu trennen. Ich sehe immer noch zuerst den Menschen vor mir. Ein Freund, wie ich zuvor keinen gekannt hatte. Wir telefonierten täglich miteinander und redeten mehr von Fußball als von Literatur. Wenn ich einmal den Anruf vergaß, rief Margot Weyrauch an und erinnerte mich, daß er auf einen Anruf warte. Aber er war nicht nur mein Freund und führte nicht nur mit mir lange Gespräche, er kannte den Taxifahrer und den Oberbürgermeister, den Professor und den Briefträger, er hörte sich ihre Freuden und Sorgen an wie die der jungen Frau in der Reinigung. Er schrieb seine Texte für sie alle, und es wäre gut gewesen, wenn alle sie gelesen hätten. Er war freundlich zu allen, hatte Verständnis, hatte Zeit zuzuhören, an der Straßenecke, im Zug, bei der Lesung. Besonders aufmerksam war er gegenüber den jungen Schreibenden, die ihm ihre Texte gaben. Er hat ihnen Ratschläge angeboten und ihnen neidlos beim Veröffentlichen geholfen. Nicht alle von ihnen haben sich später daran erinnert. Doch er kannte auch Feinde: die unbelehrbaren Gestrigen, die Unmenschlichen, die mit Gewalt Herrschenden. Gegen sie war er zornig, schlug nach ihnen mit seiner Waffe, den Wörtern und Texten.

Als ersten Zeugen will ich Karl Krolow zitieren: „Weyrauch war ein unablässiger und unerschrockener Frager ... Die Entmenschlichung des Menschen durch den Menschen war ihm keine literarische Phrase. Er lebte mit dem Zweifel an der Verwirklichung dessen, was er sich erhoffte. Er war unterwegs und wußte: Es kommt auf den Menschen an. Er hatte gesehen, wie Menschen sich liebten und töteten. Er wollte fassungslos bleiben ... Weyrauch bezieht Position und ist auf Veränderung aus. Er spürt etwas auf, wo etwas nicht im Lote ist, wo Widerstand geleistet wird oder wo es notwendig wäre, Widerstand zu leisten ... Um diesen Schriftsteller gibt es bewegte Literatur. Er bewegt sie und wird zugleich von ihr bewegt. Er sorgt so dafür, daß die ... Unruhe nicht zur Ruhe kommt, daß nichts, aber auch gar nichts in den Schlaf fällt, in die Unachtsamkeit, die Bequemlichkeit, in die Ausrede, ins Arrangement. Weyrauch ist einer der unarrangiertesten Schreiber, die ich kenne." Dieses Zitat benennt Grundsätze Weyrauchscher Literatur, das Fragenstellen als sprachliches Mittel, sokratisch, aber unmittelbarer auf den menschlichen Alltag bezogen, der durch eigene Erfahrung erworbene Haß gegen Gewalt und Krieg, der immer wieder in seinen Texten zum Inhalts-Gegenstand wurde, sei es im Rückblick auf das Erlebte oder Erfahrene, also den Zweiten Weltkrieg, oder die Atombombentests, oder in der Thematik des Tyrannenmords, und die stete Zeitgenossenschaft, die wachsam auf die gesellschaftlichen und politischen Vorgänge der Zeit reagiert. ... Zweifel an ihrer Wirksamkeit ist diesen Texten zwar nicht fremd, aber jede Form von Resignation oder Flucht in Elfenbeintürme.

Weyrauch hat sich selbst gern als Eckensteher bezeichnet, aber er war keiner, der nur beobachtend, notierend und mitteilend an der Ecke stehen geblieben wäre – es war für ihn ein Prinzip, sich aus der Ecke zu lösen und sich einzumischen.

Diese Haltung und diese Inhalte sind bis heute existentielle geblieben, und ich hoffe, daß dieses Buch dazu beitragen wird, Weyrauch wieder aufmerksam zu lesen. Unsere schnellebige Medienwelt neigt dazu, nur aktuelle Veröffentlichungen zur Kenntnis zu nehmen und Autoren nach ihrem Tod noch einmal zu begraben. Es ist wichtig, lehrreich und kugelfest gegen falsche politische Verhaltensweisen machend, Weyrauch zu lesen. Fritz J. Raddatz hat es 1980 in seinem Nachruf auf den Punkt gebracht: „Die Schönheit ist ein gutes Ding. Aber Schönheit ohne Wahrheit ist böse. Wahrheit ohne Schönheit ist besser (W. W.) – In seiner Literatur ist es ihm gelungen, beides zusammenzuführen, Wahrheit und Schönheit. Deswegen ist es keine Nachruf-Floskel, wenn man heute sagen kann:

Die Arbeiten von Wolfgang Weyrauch sind unvergessen, sind lesbar, haben sich gehalten auf eine unerwartete und zwingende Weise."

Weyrauchs Texte sind für mich der überzeugende Beweis gegen Stimmen, die gesellschaftskritischen und unmittelbar politischen Texten die literarischen Qualitäten absprechen wollen.

Nun wird es Zeit, den Autor mit seinen biografischen Daten vorzustellen. Wolfgang Weyrauch wurde am 15. Oktober 1904 in Königsberg geboren. Schon an der Stelle bedarf es eines Einschubs: in den meisten Veröffentlichungen wird 1907 als Geburtsjahr angegeben, und es gehörte zu seiner Lust am Schalk, mit der er auch seine Freunde immer wieder verblüfft hat, daß er dieses Datum selbst so verbreitete und stehen ließ. Er wuchs auf in Frankfurt am Main, „die Geburt ... zufällig in Königsberg, das eigentlich schon Frankfurt am Main war; das krähwinkelige, weltstädtische Frankfurt; den Landmesserberuf des Vaters, des guten Manns". Diese Großstadt eigener Prägung liebte er, und in der Zeit, in der er in Darmstadt lebte, fuhr er einmal in der Woche nach Frankfurt, um dort umherzugehen, die Luft zu atmen und kleine Einkäufe zu machen. Auf diese Weise folgte er immer wieder dem Rat, den Siegfried Kracauer dem jungen Schriftsteller gegeben hatte: sich die Städte anzugucken. Er studierte Germanistik, Romanistik und Geschichte, wurde Schauspieler, jugendlicher Held z. B. in Münster. Von dort stammt die Anekdote, daß Theo Lingen, damals Star in Münster, ihn nachts zum Dom bestellte, weil er einen träfe, dem er die Freundin ausgespannt hätte und weil Weyrauch, der groß und breitschultrig war, sich dazwischenstellen sollte, wenn sie aufeinander losgingen. Der andere, der in der Nacht an den Dom kam, war Bertolt Brecht.

Bei seinen Veröffentlichungen kam er schon bald mit den Nazis und ihrer Zensur in Konflikt, sein Text „Das Liebespaar" erregte den Zorn der Nazis. Ich zitiere aus einem Schreiben von 1943: „Der üble Fall Wolfgang Weihrauch „Das Liebespaar" wurde inzwischen radikal bereinigt. Der Payne-Verlag in Leipzig, bei dem Weihrauch Hauptlektor war ... wurde geschlossen und dem Verfasser das Papier gesperrt." 1940 bis 1945 war Weyrauch Soldat und kam in russische Gefangenschaft. Danach arbeitete er als Redakteur bei der satirischen Zeitschrift „Ulenspiegel". Er war frühes Mitglied der Gruppe 47. Von ihm stammt das prägende Wort zur Nachkriegsliteratur: das Wort vom Kahlschlag. Walter Jens: „Damals, 1946, habe ich die Geschichte vom Marsch der Gefangenen, sie hieß „Auf der bewegten Erde", mehr als ein dutzendmal vorgelesen: Aus einer Zeitung ausgeschnitten ..., ging sie von Hand zu Hand ... Weyrauch stand für unsere Hoffnung, daß es, nach der Befreiung des Landes vom Faschismus, eine neue Trauerarbeit und Emanzipation in gleicher Weise befördernde Literatur geben werde: demokratisch und pluralistisch, vielfältig und weit, wahrhaftig, aber nicht gnadenlos ... ehrliche Beschreibung statt raunender Beschwörung; klares einfaches Deutsch statt verquaster, zwischen Banalität und verlogener Feierlichkeit angesiedelter Metaphern ... Kahlschlag hat Weyrauch später seinen eigenen und den Stil derer genannt, die sich, nüchtern und ehrlich, daran machten, 'der Verminderung des Bösen im Menschen' zu dienen. Kahlschlag, das hieß für Weyrauch: Bestandsaufnahme, Vermessung eines unbekannten, nur durch exakte Photographie ... zu beschreibenden Landes. Kahlschlag. Das war ... Analyse und Deutung. Deskription mit dem Ziel der Bewältigung des Beschriebenen ... mit dem Ziel, es zu verändern, will heißen, zu humanisieren – dies war die Absicht des Kahlschlägers Weyrauch." Da Weyrauch oft zu eng mit diesem Begriff verknüpft wird, will ich der vorzüglichen Beschreibung des Weyrauchschen Nachkriegsstils anfügen, daß seine Prosa vor allem in den letzten Jahrzehnten seines Schreibens das sprachliche Moment und Experiment gleichwertig neben die Inhalte stellte. Darum füge ich dem Jens-Zitat eines von Krolow an: „Man hat Weyrauch gern mit seiner Kahlschlag-Theorie in der eigenen literarischen Praxis festzulegen versucht. Aber solche Festlegung ist unzutreffend. In seiner zuweilen gejagten, hektisch anmutenden Prosa ... trifft zweierlei aufeinander: Realität und Vision, Utopie oder doch utopischer Entwurf ... Beides geht immer andere und überraschende Verbindungen ein. Man kann Weyrauchs Prosa als eine ungemein 'offene' Prosa verstehen ... die, man kann es gar nicht häufig genug sagen, denjenigen, der sie liest, hervorlocken möchte und ihn in Absichten einbezieht, ohne ihn namentlich aufzufordern, ohne sich ihm gemein zu machen. Sie stellt ihm am Ende die Entscheidung frei, selbst wenn Wolfgang Weyrauch, als ein moralischer Schriftsteller, Lektionen erteilt: drastisch oder phantastisch."

Von 1950 bis 1958 war er Lektor beim Rowohlt Verlag, unter anderen betreute er Henry Miller und entdeckte Arno Schmidt. Seine Wohnorte zählt er auf: „das Idyll in Worpswede, den Tumult in Hamburg, die Multiplikation des Idylls mit dem Tumult in Gauting". Von 1959 an lebte er als freier Schriftsteller. Es gab Notzeiten, in denen er nur mühsam überleben konnte durch Verkäufe aus seiner Bibliothek, und es gab aufsehenmachende Erfolge. An erster Stelle nenne ich seine Hörspiele, die, neben denen von Günter Eich, die wichtigsten und eindrucksvollsten Beispiele für die Bewältigung nicht nur von Vergangenheit, sondern mehr noch von Gegenwart waren. Ich erwähne aus der Vielzahl das klassische Stück „Die japanischen Fischer". 1961 erhielt er den Hörspielpreis der Kriegsblinden für „Totentanz".

Förderung und größere Freiheit für sein schriftstellerisches Wirken brachte ihm der Umzug nach Darmstadt. Der in besonderer Weise literaturverbundene Oberbürgermeister Heinz Winfried Sabais holte ihn 1967 hierher. Er war P.E.N.-Mitglied, gehörte zur Akademie für Sprache und Dichtung, war aktiv im Schriftstellerverband, weil er es für notwendig hielt, sich selbst konkret zu engagieren. Er erhielt den Stereo-Hörspielpreis der ARD (1967), die Johann-Heinrich-Merck-Ehrung der Stadt Darmstadt (1972), den Andreas-Gryphius-Preis (1973), die Ehrengabe des Kulturkreises im Bundesverband der Deutschen Industrie (1979). Er fühlte sich wohl in Darmstadt, hat Bücher für diese Stadt und über diese Stadt geschrieben, sie in einem Widmungsgedicht zu Literatur gemacht, und er hat einen wichtigen Lyrikpreis für junge Schreibende ins Leben gerufen, den Leonce-und-Lena-Preis, hat ihn zunächst als einziger Juror mit einer bewundernswerten Sorgfalt verliehen, von Autoren und Autorinnen, die ihm auffielen, wollte er mehr als die wenigen eingesandten Gedichte kennenlernen, er schrieb ihnen Briefe, bat um neue Texte und bemühte sich darum, die Texte, die ihn überzeugten, zu veröffentlichen. Er hat seinen Preis, als er zum Preis der Stadt Darmstadt wurde in Form des Literarischen März, bis zu seinem Tod weiterbegleitet. Seit 1997 tragen die Förderpreise seinen Namen. Am 7. November 1980 ist Wolfgang Weyrauch in Darmstadt gestorben.

Ich muß der Biografie etwas Wesentliches anfügen. Für mich, und ich behaupte auch für ihn selbst, ist Weyrauch nicht vorstellbar und nicht der, der er war, ohne seine Frau Margot – „die Ehen, drei an der Zahl, und die Zahl drei ist die gute Zahl, und die dünne Margot ist die gute Margot". Auch dieses Buch wäre ohne sie nicht das Buch, das es geworden ist. Ich danke ihr für die Gespräche, die Hilfe bei der Textauswahl und das begleitende Lesen. Und für das Veröffentlichungsrecht!

Nach seiner Biografie will ich im Zusammenhang mit dem vorgelegten Buch, das den Schwerpunkt auf seine Prosawerke setzt und meines Erachtens die wichtigsten Prosatexte enthält, noch einmal auf den Geschichtenschreiber Weyrauch, den Verfasser von Geschichten zum Weiterschreiben, wie er selbst einen Buchtitel nennt, eingehen.

Die das Buch in Abschnitte gliedernden Gedichte mögen neugierig machen auf die hinreißende und beeindruckende Lyrik Weyrauchs, die zuletzt 1987 als Sammelband in der Frankfurter Verlagsanstalt veröffentlicht wurde.

Ich beginne wieder mit einem Zitat. Weyrauch beschreibt die Herkunft des Fragestellers mit Sätzen, die sein Deutschlehrer am Gymnasium, Reinhold Zwickel, an ihn gerichtet hatte: „warum; ja, fragen Sie, warum; fragen Sie Ihr Warum, obwohl es auch das Warum anderer junger Leute ist; fragen Sie ihr Warum und Ihr Warum, es ist ein und dasselbe; fragen Sie es aber nicht nur ein einziges Mal, sondern fragen Sie es hundertundeinmal, hören Sie niemals und nirgendwo damit auf". Und er hat in seinen Texten nie damit aufgehört, seine Leser zu fragen und durch das Fragen zum Nachdenken zu bringen, auch zum Antworten. Er nennt es Doppelpunktliteratur: der Schriftsteller „fragt und fragt: wie geht es Ihnen? Aber die Erkundigung ist keine Höflichkeit, sondern ein Schlag ans Menschentor, Teil einer Doppelpunktliteratur, die fragt, statt zu antworten, antworten aber, hinter dem letzten geschriebenen Satz, der mit einem Doppelpunkt endet, antworten sollte der Leser, so daß keiner von beiden allein ist, Leser und Schreibender". Im Fortgang seiner Texte vermehren sich die Fragen, manche der späten Texte bestehen fast nur noch aus Frageketten. Ein immer unruhigeres Frage- und Antwortspiel, das aber nie zum Versteckspiel wird. Und vor den Doppelpunkten werden die Sätze konjunktivischer und vermischen immer stärker die Wirklichkeit mit der Vorstellung des Möglichen. Sprachlich versuchte er die Grenzen dieses Stils immer stärker auszureizen. Martin Gregor-Dellin über die Erzählungen: „Mittel und Zweck, Form und Inhalt wurden für Weyrauch zu kaum unterscheidbaren Kriterien des Schreibvorgangs; sie legitimierten einander, da Formbesessenheit und humane Anteilnahme sich durchdrangen." Ich kenne keinen zweiten Schriftsteller, der auf diese Weise das gesellschaftliche Engagement mit dem ständig fortschreitenden Versuch des Formexperiments verbindet. So entdeckte er auch seine Liebe für das ABC und nutzte es vielfältig, um Texte damit zu strukturieren oder es gar als Auslöser dafür zu nehmen.

Wolfgang Weyrauch wollte „die Summe des Bösen in der Welt vermindern und die Summe des Guten vermehren" mit direktem Benennen und diagnostischer Genauigkeit der Sprache, in der die Denkschritte den Sprachschritten „entsprachen". Für das Unmenschliche wollten seine Texte Ohrfeigen ins Gesicht sein oder Desinfektionsmittel gegen es. Den Schwachen, Unterdrückten, Zögernden wollte er Mut und Hoffnung machen.

Als Postscriptum ein Hinweis zu den Texten: Der Titel „Fasanerie" stammt vom Herausgeber, der Text wird hier zum ersten Mal veröffentlicht und wurde aus dem Nachlaß zur Verfügung gestellt; die Texte „Die Soldatengräber" (Aufbau 1949, Heft 7), „Das Dorf, das aufhört" (Merkur 1962, Heft 1), „Der Landmesser" (Süddeutsche Zeitung vom 15./16. Juli 1967) und „Dann wird alles gut sein" (Zeitungsveröffentlichung, deren Daten mir unbekannt sind) sind meines Wissens bisher nicht in Buchform veröffentlicht worden.

Fritz Deppert, Januar 1998

Das war überall

ich hatte einen Kopf,
aber ich hab mich geköpft,
das war in Auschwitz,
ich hatte einen Leib,
aber ich hab mich entleibt,
das war in Hiroshima,
ich hatte zwei Hände,
aber ich hab Hand an mich gelegt,
das war in Vietnam,
ich hatte zwei Füße,
aber ich hab sie mir wundgelaufen,
das war in Chile,
ich hatte fünf Sinne,
aber ich bin außer mir geraten,
das war überall

Die Ehe

Raum

Der Grundriß der Wohnung des Ehepaares Volk zeigte acht Räume. Vier dieser Räume hatten durch den Architekten des Hauses ihren unverwechselbaren Zweck erhalten: Küche, Speisekammer, Badezimmer, Klosett. Vier von ihnen gestatteten den jeweiligen Bewohnern, sie gemäß ihrer jeweiligen Phantasie und Gewohnheit, ihrer jeweiligen Zeit und ihres jeweiligen Alters zu benennen und zu gebrauchen. Das Ehepaar Volk benannte sie Schlafzimmer, Wohnzimmer, Salon, Flur. Es schlief im Schlafzimmer, es wohnte im Wohnzimmer; es ging, saß, sprach, kleidete sich vornehm im Salon, er enthielt die meisten Bilder in der Wohnung (Salon, zurück auf die französische Bedeutung – Gemäldeausstellung, vornehme Welt); es ging durch den Flur als Durchgangsraum zu den anderen Räumen (Flur auch Feld, Acker, Wiese in der Landschaft, assoziiert mit der optischen Vorstellung des Weitflächigen, Unbegrenzten).

Benennung und Verwertung durch das Ehepaar Volk wich nicht von der Namensgebung und Benutzung durch die historisch, geographisch, zivilisatorisch, religiös, sozial gleich oder ähnlich geordneten Millionen Europas ab.

Stellte sich jemand in den Flur, mit dem Blick auf die Schlachtfelder Frankreichs, hätte er senkrecht hinter sich die Küche, schräg nach links hinten das Klosett, schräger nach links hinten das Schlafzimmer, waagerecht nach rechts den Treppenflur, schräg nach links vorn das Wohnzimmer, senkrecht vor sich den Salon. Schlafzimmer, Wohnzimmer, Salon waren durch Türen miteinander verbunden. Schlafzimmer, Wohnzimmer, Salon, Küche, Klosett öffneten sich mit Türen nach dem Flur.

Gegenstände hingen, standen, lagen in den Zimmern. Alle bezogen sich auf Zwecke. Welche waren zwecklos, welche waren übertrieben zweckhaft, welche besaßen einen Haupt- und

Nebenzweck, welche bildeten eine Kombination zweier oder aller dieser Zweckarten.

Zwecklose Gegenstände: Bilder: der Frühling (Mann und Frau auf einer Schaukel), der Fährmann (Mann trägt zwei Frauen durch einen Bach); Gewänder, in denen man Iphigenie in Theatern spielt. Zwei kleine Koffer mit blauen Knaben (rosa Hüte, blaue Schleifen oder blaue Hüte, rosa Schleifen), Katze, auf einem Schuh sitzend, kleine Schneemänner auf Schlitten fahrend, Zwergenkapelle. Bücherregal mit Dolchstoß, wer hat den Krieg verschuldet? Verständigung mit Frankreich?

Übertrieben zweckhafte Gegenstände: Thermometer, Barometer für Gesundheit, Hausapotheke (Borwasser, Jodtinktur, Formamint, Dialon); Handtuch, auf dem steht: „Handtuch" oder „Guten Morgen"; Bürstenhalter mit Aufschrift: „Bürste"; große Töpfe mit Aufschrift: „Nudeln, Linsen, Gerste, Bohnen, Grieß, Hafer, Zucker, Mehl"; kleine Töpfe mit Aufschrift: „Muskat, Zimt, Nelken, Gewürz, Kümmel." Kalender, überall Kalender. Gegenstände mit Haupt- und Nebenzweck: Schlüsselschränkchen mit aufgetragenen Scharnieren, als sei es eine Festung, Nachtgeschirre mit Nelken darauf, Teller mit schwebenden Engeln, Inschriften: „Lieber Schatz, darfst nicht vergessen, pünktlich sein beim Mittagessen", „Eigener Herd ist Goldes Wert", Aschenschale mit einer nackten Wasserjungfer, Zeitungshalter mit Schwänen, Uhrenhalter mit Schwalben darauf, Holzherz mit Inschrift: „Von morgen ab wird gespart."

Gegenstände, die kombiniert sind: Krug (Bierkrug), darauf alte Germanen und Römer, Krüge, Schilder, Schwerter, Keulen, Hirsche, Bäume. Darauf Inschrift: „Italiens Wein, so süß und fein, brach doch der Römer morsch Gebein, im Bier jedoch und Gerstensaft steckt immer junge deutsche Kraft". Teller, darauf Abbildungen aus Lohengrin 1. Akt, 2. Szene. II. Akt, 2. Szene, darauf Richard Wagners Kopf. Bowlenurne mit Kater darauf, der einen Hering frißt, Griffe, bestehend aus den Bäuchen zweier geflügelter Löwen, Fresko ringsherum (Sieben Schwaben bei einer Fuchsjagd).

Schema mit beginnender Handlung

1. Tag, Sonntag.

In den beiden Betten des Schlafzimmers, die nebeneinandergestellt waren und dadurch eine gemeinsame Ebene herstellten, schliefen rechts der Mann und links die Frau. Beide lagen gekrümmt, wie Embryos in Mutterleibern.

Der Mann befand sich wieder im mütterlichen Gehäuse, indem er Kopf, Glieder und Rumpf in das Bettuch gewickelt hatte und derart vollkommen versteckt war. Er tat es, weil er Sommer und Winter im Dunkeln fror und die Geräusche der Nacht fürchtete. Die Frau aber hatte bis zum Nabel nur das Hemd auf sich. Sie tat es, weil ihre Moral, die sie am Tage fand und auf die Nacht übertrug, es verbot, die Hände in dichter Nähe des Körpers zu halten. Doch hatte sie alle Zipfel des Kissens und des Federbetts nach innen gedrückt, damit sie nicht auf sie sprängen.

Der Mann lag auf seiner rechten Seite, fast auf dem Bauch; die Frau rücklings, so daß er ihr die Rückseite zukehrte. Seine linke Hand, die also allein außerhalb der Verhüllung war, hing locker in der rechten Hand der Frau.

Sein Gesicht glänzte; es war geschwollen, nervenlos und satt wie das eines müden Schweines. Ihr Mund und ihre Stirn aber zuckten krampfartig; der Mund schnitt Fratzen. Während der Mann inhaltslos schlief, träumte die Frau gewaltsam.

Die Gegenstände im Zimmer waren ohne Kontur. Es roch nach Schweiß, Verdauung und Frauengeruch. In diesem Gemenge stand die Luft. Geräusche gab es nicht; der Wurm war faul, der Boden quoll nicht und schrumpfte nicht. Der Mann und die Frau lagen wie in einem Sarg. Auf einmal war die Frau wach: ihre Ohren waren gewohnt, daß es jetzt neun Uhr sein werde. Neun Uhr. Die neun Töne weckten den Mann. Der zog zuerst seine Hand von der Frau weg und wickelte sich aus dem Bettuch heraus. Dann kroch er an sie heran und spürte, ob sie wach sei.

Sie atmete plötzlich laut und so, wie sie sich ihren Atem im Schlaf vorstellte. Ich will nicht, dachte sie, der Mann kroch zurück und verließ die Betten. Die Frau hörte alles mit, was er tat.

Er schlappte sich Pantoffel an die Füße und begann zu gehen. Er ging durch die Finsternis wie einer, der diesen Weg schon siebentausendmal gegangen ist. Er schlief noch halb und hatte verklebte Augen: dennoch ging er, ohne anzustoßen oder sich festzuhalten, an der Querseite der Betten entlang, bewegte sich an ihrer Längsseite weiter, drehte zweimal den Schlüssel einer Tür um, lehnte die Tür hinter sich an, ging durch den Flur, schloß zweimal die Küchentür auf, lehnte die Tür hinter sich an, durchging die Küche und zog den Rolladen in die Höhe.

Indem war die Nacht beendet, erst jetzt war der Tag da. Das Licht röntgte den Mann, aber dessen Blick fing auch alles, was außen war. Jetzt läßt er Wasser laufen, wußte die Frau im Schlafzimmer. Das tat er auch; sogleich aber warf er sich auf den Tisch, der am Fenster stand. Wie ein Katzentier duckte er sich hinter die Gardinen.

Seine Augen kreisten über das Fenster, Wände, Dachkendel des benachbarten Hauses. Sie fanden nichts. Die Ohren kamen zu Hilfe. Sie hörten ganz oben etwas und zogen die Augen ganz nach oben. Die bisher von einem Augenwinkel in den anderen rundherum gesprungen waren, zuckten hoch und blieben da stehen. Der Mann sah die linke Schulter, die linke Brust und den linken Arm eines Mädchens, das sich wusch. Er vergaß, daß er wach war, daß er denken konnte, daß er anderes tun könnte als die Beschau des Arms, der Brust und der Schulter. Er vergaß seine Existenz. Die Frau hörte nichts mehr. Was macht er, fragte sie nach Minuten neugierig. Deshalb ging sie aus ihrem Bett und machte innerhalb des Schlafzimmers die umgekehrte Strecke wie der Mann, bis sie den Rolladen hochwand. Das Geräusch, das jetzt aus dem Schlafzimmer kam, war das gleiche, wie das, das der Mann selbst vorhin in der Küche erzeugt hatte: es stieß ihn wieder in den Tag. Folglich rutschte er vom Tisch herunter, wobei er sich wunderte, daß er auf ihm gewesen war. Weil er den Sinn des Geräusches faßte, stellte er den Topf mit Wasser auf die Gasflamme und kehrte zu der Frau zurück.

Sie waren aufs neue zusammen. „Ich habe da nach dem Wetter gesehen", sagte der Mann ohne Heuchelei. „Wir gehen ja doch nicht vors Loch", entgegnete die Frau ohne Angriff. Beide sagten ihren Satz wie eine Formel, die ewig wiederholt wird. Beide redeten ohne Ton, ohne Energie, ohne Ausdruck; auch zu sich, nicht zueinander.

Die Frau saß schon nackt auf dem Bettrand. Der Mann hieb seine Faust auf ihren oberen Schenkel, sagte, „Mutter", und ging auf seine Seite. Hier zog er gleichfalls sein Hemd aus.

Was für ein Bauch, sah sie. Sie wird dünner, wußte er. Jeder stellte vom anderen fest, daß er häßlich war. Die Brust der Frau hing so tief nach unten, als der Bauch des Mannes nach vorn stand. Eine Sekunde entstand in ihnen der Gedanke: weg mit dem anderen. Die Haut war bei der Frau glitschig, weiß, dickadrig, schlabbrig, haltlos; beim Mann mit Fett unterlagert, haarlos, picklig, grau. Der Gedanke verschwand. Ihre Beine bewiesen, daß sie oft den Akt vollzogen hatten. Seine Hüften waren die eines Weibes.

Beide wußten nicht, worüber sie erschraken. Beide stülpten die Hemden über die Köpfe. Beide zogen, ohne zu sprechen, gleicherweise die übrigen Kleidungsstücke an: langbeinige Unterhosen und Battisthose, Strümpfe, Fischbeinkorsett, Hose und Prinzeßrock mit Untertaille, Weste und Flanellrock. 10 Uhr.

Mann und Frau betrachteten sich: ohne die Leiber, die sie fürchteten, sahen sie nur die Gesichter, die sie liebten. Darum lief die Frau zu ihm hinüber und griff nach seinen Hosenträgern. „Du mußt noch", sagte sie zärtlich. „Das hab ich vergessen", antwortete er. Eilig begab er sich auf den Abort.

Mittlerweile wusch sich die Frau und sang plötzlich, kämmte sich und pfiff dann. Währenddes machten ihre Füße ununterbrochen kleine Schritte hin und her.

Sie unterbrach, als der Mann wieder da war. Der erzählte: „Funktioniert wie sonst hat es nicht. Sogar Nasenbluten habe ich gehabt. Sonst ging es doch so wunderbar." „Dafür gibts auch, ich sage nicht was, heute", entgegnete die Frau.

Solange sie die Geräte zum Essen in das Wohnzimmer trug, tat im Schlafzimmer der Mann zweierlei: seine Hände kämmten, wuschen, rasierten, rieben ab, seine Augen suchten die nackte linke Seite von vorhin. Die Hände bewegten sich besinnungslos, die Augen spannten sich. Weil die Brust nicht mehr da war, entband ihn die Frau sofort: „Wohlan, das Spiel kann beginnen." Nur die Ohren des Mannes folgten der Stimme der Frau und veranlaßten die Bewegung der Glieder, die sich an den Tisch des Wohnzimmers setzten. Alle Gedanken des Mannes blieben hinter der Tür des Schlafzimmers stecken. Seine Augen sahen blind aus. Als die Frau ohne Sinn lachte: „mußt du noch einmal?" setzte er fest: „entweder man ißt, oder man denkt."

Demgemäß aßen Volks stumm. Wie eine Kette von Arbeitern Handgriffe machte, die Rohprodukte in Fertigwaren umformen, bereitete der Mann Brot, Kaffee, Marmelade, Butter, Radankuchen, kaufertig vor.

Indem er den Kuchen in zwei ungleiche Hälften zerschnitt, wünschte er: das muß ich haben; ahnte die Frau: er nimmt das größere.

Obwohl sie gleichzeitig ihre Finger nach dem größeren Stück stießen, erhielt es der schnellere und stärkere Mann. Weil die Hände der Frau verlegen in der Luft hingen, schüttete sie sogleich Kaffee in die Tassen. Dabei dachte sie: ich ekle mich auch vor der Haut; aber ich kriege sie. Bis der Mann den Rahm plumpsen hörte, zerbrach er seinen Kuchen in fünf Teile; erst dann holte er die Milch.

Während er zwei feiste Scheiben Brot bestrich, dachte die Frau weiter: das wußte ich: ich muß; ich kann nichts essen. Der Mann zog viel Atem aus seiner Lunge und fing an zu kauen. Als er die zweite Scheibe beroch, bemerkte er, daß die Frau nichts tat. Es fiel ihm Brot aus den Zähnen, als er sagte: „los."

Darauf kauten beide, wie Maschinen laufen, die in Gang gebracht sind, ruhig, automatisch, festgelegt, folgerichtig. Alle

Laute verschwanden neben dem Klirren von Messern, Tassen, Löffeln, dem Schlürfen von Lippen, dem Schmatzen von Zungen. 11 Uhr.

Auf der Stirn und der Nase des Mannes lief Wasser, so daß er stöhnte: „Ich eß so gern."

Zufrieden und glücklich lagerte er den Rumpf in einen Sessel, hob die Beine über einen Stuhl und stellte seine Sinne ab: er verdaute. Doch die Frau lief durch Salon, Wohnzimmer, Schlafzimmer, Küche, Flur und Abort, um vollends die Nacht zu vertreiben (u. a. prüfte sie in der Küche den Inhalt der Kochkiste, die sie am Abend vorher gefüllt hatte).

Dreimal durcheilte sie das Wohnzimmer. Drei Sätze rief der Mann: „Mein Vater hat gesagt, vor frischem Brot soll man sich in acht nehmen." „Heute hab ich zwei Stück Brot gegessen, so wenig wie noch nie." „Was sagst du nicht?" Aber er selbst begriff seine Frage nicht und sträubte sich gegen die Unsicherheit. Also suchte er etwas Neues und fuhr fort, ohne die Wiederholung zu bemerken: „Was gibts heute mittag feines." Die Frau erwiderte stolz: „Gekochtes Ochsenfleisch mit unterirdischem Kohlrabi." Um vollkommen wach zu werden, verließ er den Sessel, winkte sie her und küßte sie dann auf die Zähne. Am offenstehenden Mund nahm er ihre Liebe wahr, dachte: die hats nötig und fragte: „Bist du heute gesund?"

Die Frau eilte, schweißig geworden, in die Küche und gab von dort aus genau an: „Erst in 16 Tagen." Wie ein Hund dem anderen folgte der Mann ihr: „Heute abend; aber erst mal Mittagessen." Sie aßen zum zweiten Male. (Die animalische Methode des Mittagessens ähnelte derjenigen des Frühstücks.) Sowie der Mann saß, zerspaltete er sich aufs neue. Von Augenblick zu Augenblick nahm er Frontwechsel vor: Er sprach mit der Frau und aß; er machte kehrt und umschlich das Haus des Mädchens. Daraus ergab sich beim Mann: falsche Antworten; Verlegenheit darüber; die Begierde; den Gegensätzen zu entkommen; die vorgeschützte Aussage, er habe keinen Hunger mehr.

Bei der Frau: Aufmerksamkeit, Nachdenken; Blicke nach dem Haus (niemand war sichtbar); Angst; Fragen; Freude über die Lösung. Die Frau begann: „Solche Mädchen, die gibts nicht mehr." „Wie?" erkundigte sich der Mann und kam vom Hause zurück. (Das Mädchen fehlte.) Sie stutzte, beschrieb aber: „In meinem Roman. So keusch, so knospenhaft. Daß wir einen Sohn haben, danke Gott. Ein Mann, Gott. Meine Tochter, alle Knochen würde ich ihr." „Die gibts nicht mehr", verlangsamte er das Gespräch und bereute die Antwort. Sie klagte an (zugleich überlegte sie, er hörte nicht): „Die Eltern, die sind es. Mit zwölf Jahren wird aufgeklärt." „Die werden alle Schneppen", reagierte er richtig.

Sie erzählte befriedigt: „Als ich heiratete. Ich bin dir weg, das weißt du. Aber du hattest mich unberührt." „Du hast ja einen Jungen", sagte er verspätet. 3 Uhr. Sie sah auf das Haus: „Ich bin ja schon bei mir. Zum Storch müssen sie. Das sind die Betriebe, immer zusammen. (Er wurde scheu, sie furchtsam.) Uns passierte nichts. Wir haben doch nicht, geküßt, nein, eingehakt, ach. Sie dürfen nicht wissen, daß der Mann was anderes ist als die Frau." „Wo ist die Moral, das ist die neue Zeit", übernahm er von anderen, indem er den Ausweg fand. Die Frau sprach es aus: „Hörst du nicht zu?" „Ich bin satt", täuschte der Mann. Sie animierte jetzt, weil sie Bescheid hatte: „Ein bißchen Knochenstück. Mit viel Fett. Der Staat müßte. Warum stehst du auf? Deshalb werden soviel Ehen geschieden."

Er erlöste sich: „Jede, die sich vorher einläßt, ist eine Dirne. Hörst du die Blähungen im Magen? Es war zuviel." Sie forderte auf: „Das tut gut, komm auch auf den Friedhof." Er verweigerte das: „Gebildete gehen Sonntags nicht aus; auch nur um unser Quadrat nicht." Dermaßen entfloh keiner von ihnen der Insel seiner Selbstbezogenheit. Vielmehr entkamen sie sich selbst, indem der Mann nach dem Salon schritt, die Frau zum Wohnzimmer schlurfte. Bevor sie wechselseitig ihre Türen schlossen, faltete die Frau ihre Hände bis zu einer Spanne auseinander, die die Länge eines Neugeborenen ausmachte. Ihre Arme stiegen und fielen abwechselnd, als trügen sie. Der Mann drückte sich. Die Frau ging ohne Stichwort ab.

Ab dreieinhalb Uhr taten Volks folgendes. Drinnen wurde das Gesicht des Mannes (für die Frau klein, einfältig, resigniert, gehindert), abenteuerlich, kühn, größer, indianerhaft, wie das eines Vierzehnjährigen. Drinnen wurde das Gesicht der Frau (für den Mann träge, ohne Empfindung, unveränderlich, harmlos), schläfrig, kindlich, bebend, mißtrauisch.

Der Mann sprang wie ein Gummiball einmal in die Höhe, geworfen von der Männlichkeit, die soeben gezeigt war. Die Frau stolperte über etwas, weil sie plötzlich ohne Kontrolle war.

Der Mann zog ein Buch aus einem Regal, die Frau legte sich auf das Sofa; er las stehend, sie schlief; er urinierte lärmend, sie träumte vom Durchzug der Juden durch das Rote Meer (dünner Lehrer Rothe); 4 Uhr.

Er las sitzend, sie weinte nach dem Erwachen; er tötete eine Spinne, die ihn ängstigte, sie bemitleidete die Tränen im Spiegel, er pfiff Militärmärsche, sie zog ein Photographiealbum aus einer Schublade; er stahl lautlos in der Küche Zucker, den er aß, sie legte sich erneut; er las gehend, sie liebte sich, den Mann, das Kind (lächelnd linker Fuß zurück, Putten im Hintergrund). 5 Uhr.

Er urinierte, sie sah Hochzeitsgesellschaften (erste Reihe liegend, zweite Reihe kniend, dritte Reihe sitzend, vierte Reihe stehend). Er zog ein zweites Buch aus dem Regal, sie sah den Mann, der, mitten im Gebirgsbach auf einem Stein stehend, mit den Händen im Wasser plätscherte. 6 Uhr.

Er ging lesend im Kreise, sie sagte: „Es war doch gediegener früher"; er urinierte, sie stand auf; er lauschte nach der Frau, sie aß in der Küche Fettbrot mit Wurst; er schlief, sie ging in den Salon zum Mann. Hier drehte sie den Trichter des Grammophons an den Kasten an. Die Feder schrieb: „G'schichten aus dem Wiener Wald". Die Ohren des Mannes besetzten Wien. Seine schlafenden Arme und Beine vollführten Reflexe. Die Frau tanzte ihn im Wechselschritt an, ihre Brust schlug an seine schnalzenden Finger. Wie im Ballsaal sagte sie: „Pardon". Die Dame engagierte den Herrn. Sein Schlaf und ihre Verzauberung vermählten sich. Ihre Gesichter feierten Gottesdienst. Mit Kotillonorden, Kaisertempel und Kurhaus stopfte die Vergangenheit sie aus. Die Holländerin schauderte vor Muskeln, Mephistopheles sah spitze oder runde Ausschnitte.

Wie Lastkähne auf unbewegtem Wasser schwimmen, tanzten sie. Der exakte Abstand der Körper betrug 13 Zentimeter. Die Körper waren in zwei Hälften zerlegt: die unteren glitten, rannten, hüpften nacheinander, die oberen drehten sich statuarisch wie Karussels. Immer zwischen Rolltisch und Wandspiegel machten sie 34 Umdrehungen nach rechts. Bis zum zwanzigsten lagen ihre Hände geziemlich und höfisch. Beispielsweise spreizten sich die kleinen Finger senkrecht zur Handfläche weg. Von der einundzwanzigsten an sielte sich die rechte Hand des Mannes auf dem Hintern der Frau, die rechte Hand der Frau auf dem Nacken des Mannes. Bei der fünfunddreißigsten fielen beide um.

Der körperliche Schmerz entließ sie aus dem Taumel. Sofort waren sie da und untersuchten sich. Die vier Augen hatten nichts im Blick als sich selbst. Rechts und links gab es nichts; nichts als Richtung geradeaus, in die Pupillen hinein. Es war absolut nichts zum Liegen da. Das sahen die Augen, noch nicht die Seelen. 7 Uhr.

„Niemand hat gesehen", sagte der Mann. „Hast du dir Schmerzen?" fragte die Frau. „Wir haben keinen Verkehr", sagte der Mann. „Es kommt Blut", glaubte die Frau. Sie sah nach, es war Angst und Reizung.

„Binden gespart", erwiderte der Mann. „Waschen kann man die", ergänzte die Frau.

Sie waren leer wie zwei Gaskessel ohne Gas. Nur Essen, Lieben, Schlafen blieb übrig. Diese Reihenfolge verlangte, daß die Frau in der Küche kochte. Der Mann war bei ihr.

Er lebte bis 8 Uhr wie Chaplin. Er wollte etwas für den anderen tun, er tat aber das, was der andere nicht wollte. Jedesmal, wenn er der Frau half (Speck reichen oder Geschirr einstellen oder Abfall wegschaffen), stieß er sie an, störte sie, kam zu früh, zu spät, war im Wege. Nicht im Gehirn, sondern dahinter versuchte er, im voraus das Böse gut zu machen, das er nicht tat, aber tun werde. Er litt zu früh mit und hatte einstweilen keinen Vorrat an Schmerz mehr.

Sie aßen zum dritten Male. Die animalische Methode des Abendessens ähnelte derjenigen des Frühstücks und des Mittagessens.

Handlung

Nachdem sie Bier und Schweinerippen geschluckt hatten, war noch Lieben und Schlafen da. Der Mann dachte: Getreulich geführt ziehet dahin; Lohengrin. 8 Uhr. Die Frau freute sich darauf. Deshalb gähnte sie schon. „Ich gehe", sagte sie. „Ja", antwortete er. Nacheinander riegelte er die Flurtür zu, schloß die Küche, das Klosett, den Salon, das Wohnzimmer nach dem Flur hin ab, auch die Tür zwischen Salon und Wohnzimmer (Mörder, Diebe).

Je näher er zu den Betten kam, desto langsamer trieb er sich herum. Er brauchte Spielverlängerung und machte kehrt. Er lief in den Abort. Die Frau lag schon. Er kam nicht. „Ich bin fertig", rief sie. Er kam immer nicht. „Komm bloß", rief sie.

Jetzt kam er müde an. Da war es dunkel und moderig. Da faßte er ihre Haut an. Sie zog seinen Mund an ihren Schoß. Da wurde er faul. Es schob sich davor: morgen verreise ich. Er ließ sie. Er stieg in sein Bett und schlief gleich.

Nicht ein Mensch hatte gleichviel Ekel wie die Frau. Sie brach sich fast. Die Augen waren gläsern. In den Füßen war der Südpol, im Kopf die lybische Wüste. Der Leib hatte Empfängnis ohne Samen.

Nach einer Stunde füllte sie sich mit Gedanken. Die Augen fanden Objekte. Weiß, grün, blau, rot, lila, gelb. Farben.

Arme waagerecht, Arme links, Verkehrsordnung. Hund, der im Monat Januar in einen Fluß geworfen wird. Wiesbaden. Toter Vater. Toter Vater. Gott hat geholfen, Gott wird helfen. Stickerei unter Glas. 11 Monate, 7 Milchzähne. Kleiner Matthias.

Nach zwei Stunden betete sie. Die Straße schickte Geschrei, somit den Einfall: er hat ein Mensch. Sie setzte sich. Der Ruck traf die Erde. Sie horchte. Der Atem des Mannes entschied über Paradies oder Hölle. Er atmete 42 mal ein und aus, bis sie ihn liebte. Die Gedanken wurden betrunken davon. Stuhlgang, Hunger, großes Geschäft, Ochsenfleisch, Kohlrabi, Krieg, Feldgrau, Maschinengewehr.

Nach drei Stunden schlief sie.

Zweiter Tag.

Der Mann verließ das Haus, die Frau stand am Fenster. Der Wille der Frau zog eine Linie, deren Endpunkte jenseits der Körper des Mannes, diesseits die Augen der Frau waren. Erstens bestand die Linie nur aus den Endpunkten, nicht aus der verbindenden Strecke. Zweitens war sie so unwinkelig, wie sie nicht mathematisch, nur seelisch ziehbar ist. Folglich sahen die Augen der Frau nur den hinteren Schädel des Mannes, nicht Baum, Opelwagen, Kot, Schüler, weißen Himmel.

Ohne abzubiegen, drehte sich der Mann um 45 Grad und winkte. Weil sie es immer tat, winkte gleichfalls die rechte Hand der Frau. Im Augenblick schlugen die Füße des Mannes einen Winkel. Wo? Da. Der Mann stierte in die Achselhöhlen eines sehr dicken Dienstmädchens, das sein Haar ordnete. Der Mann ging weiter. Wie ein gefrorenes Stück Wäsche hing die rechte Hand der Frau. Die Nacht kam zurück. Das Torverhältnis zwischen ihr und der Liebe war 2:2. Die Nacht schoß durch Erinnerungen und Wachsamkeit ein, die Liebe durch Unruhe und Furcht.

Das Unentschieden ergab Bewegung: die Hand fiel, die Augen wurden unselbständig, die Beine schlichen, das Hirn befahl. Die Frau passierte die Tapete mit Rosen im Salon, Salome, den Kopf des Johannaan auf der Schüssel tragend, im Wohnzimmer und erreichte die Flurtüre. Bis zur Mansarde stieg sie 63 Stufen. Bis zum ersten Podest war jedes ihrer Beine aus einem Stück. Ein Kind saß da. Es zielte mit einem Gewehr in seinen Mund. Wie zu einem Affen im Zoo sagte die Frau. „Nicht in die Guckguck schießen, Kind kriegt Wehweh." Das

Kind sagte nichts. Es verstand nichts. Es spielte nicht. Es erschoß sich.

Vom zweiten Podest ab hoben und senkten sich die Füße soldatisch. Kurz vor dem dritten stand einige Sekunden lang das rechte Bein gebogen über der Stufe (der Mann ging durch die Stadt). In der Mansarde fand sie die Brautbriefe, die sie gesucht hatte, rotes Band um sie, Tauben am Kopf, Mein Liebster, Deine Treue. Neben ihnen lagen Postkarten mit nackten und halbnackten Tänzerinnen darauf; halbnackte: linke Hand auf der Hüfte, Unterleib vor, Spitzengeriesel; nackte: linke Hand auf dem Schoß, rechte Hand auf der Brust, Federboa um den Hals.

Sie schrie nicht. Die Treppe hinunter raste sie hinter die Flurtür. Unterwegs stieß sie das Kind weg. Das sah ernst aus. Es dachte: das Große will trinken. (Der Mann fuhr im Zug.)

Die Wohnung wurde zum Urwald. Die Frau verirrte sich in ihm. Sie schüttelte die Anzüge des Mannes aus, sie öffnete seine Schreibtischschublade. Sie fand Photographien von Koitus, pervertierten Szenen, Ausschnitte aus illustrierten Zeitungen (Baronin G., Spiel der Äpfel), von letzteren waren verschiedene 7 Wochen alt.

Sie sauste herunter auf das Holz. Wie ein Stehaufmann sprang sie wieder hoch. Aber das Blei schmolz im Zehntausendmeterlauf durch die Wildnis.

In Stücke gebrochen lag sie herum. Sie schrie. (Der Mann arbeitete.) Dann sagte sie: „Was ist das. Das will ich wissen. Er hat kein Mensch. Überall etwas. Ein Schwein ist er. Ich will nicht. Die Welt ist schlecht. Ich bin gut. Dazu bin ich mir zu schade. Eine Schlange an meinem Busen hab ich genährt. Mit allen hurt er. Die Weiber sind Säue. Die Dienstmädchen, Greta die hübsche. Sein Bruder hat gewarnt. Schlecht sei er. Schulden hätte er. Erzählt hat er. Nie hätte er geschlafen mit einer. Ich brings heraus. Hier ist kein Bordell. Hier muß er Stopp machen. Meine Ehre." Die Sätze bröckelten.

Wie ein Denkmal, das von der Revolution umgeworfen ist, lag die Frau während fünf Stunden. (Der Mann fuhr zurück.)

Die Augen schielten, die Lippen standen wie bei einer alten Negerin, die rechte Hand steckte vor der Scham, die linke drückte ein Auge heraus, die Brüste wuchsen, die Beine wurden durch keine Granate voneinander getrennt. Sie aß nicht, sie dachte nicht, sie hörte, roch, sah nichts, sie lebte nicht. Sie ging ein, sie wurde geboren, sie starb, sie erwachte, sie ging ein. (Der Mann ging durch die Straßen.)

Der Mann ging durch die Straßen. In ihnen lebten hauptsächlich Menschen, die etwas zu sein vorgaben, was sie nicht waren. Alle sahen wie entsprungene Schauspieler aus.

Es gab sogenannte Hamburger Zimmerleute, die sehr weite Hosen, silberne Knöpfe und Zylinder anhatten, obwohl sie weder Karneval noch Tanz kannten. Es gab Knaben, die Matrosenuniformen trugen, obwohl ihre Eltern weder Schiff noch See kannten.

Es gab Männer, die sich auf die Schenkel schlugen, laut lachten, Bewegungen machten, in Worte übersetzt, gleich „Mensch" oder „Abgemacht"; aber sie hatten Atemnot und würden bald asthmatisch sein.

Es gab Männer, die Stöcke wie rudimentäre Schwerter schwangen. Es gab Männer, die 22 Jahre alt waren, aber als Invasion der Faulheit einen Bauch besaßen.

Es gab Männer, die sehr weiße Mäntel trugen, aber nicht aus den Tropen kamen, sondern Chauffeure waren. Es gab Männer, die in parkenden Automobilen wie in einem Bett schliefen.

Es gab junge Männer, die sich boxten, weil sie sich liebten. Es gab Männer, die wie Frauen aussahen und sich bewegten. Es gab Frauen, die wie Männer aussahen und sich bewegten.

Es gab Frauen, die auf Revuebeinen gingen, die ihre Hände auf dem Nabel zusammengelegt hatten, deren Hintern sich abwechselnd nach rechts und links schob. Es gab Dirnen, die, anders als Damen, für 70 Pfennig bis 300 Mark ihren Leib gaben.

Es gab Frauen, die in weißen Kitteln Lazarettschwestern glichen, aber nicht Wunden, sondern Kolonialwaren verkauften. Es gab Frauen, die wie Ringkämpfer, solche, die wie Kellner gingen. Es gab junge Mädchen, die Erwachsene sein wollten, weil sie Kinder waren. Da waren Menschen beiderlei Geschlechts, die nicht auswichen, sondern jeden anstießen; sie waren ängstlich. Da waren Menschen, die andere zuerst sahen, doch warteten, bis die anderen zuerst grüßten; die waren auch ängstlich.

Da waren Menschen, die soeben in Taxameter sich setzten und sofort faul und stolz wurden. Da waren Menschen, die fremd in der Stadt, demnach hilflos, demnach anmaßend waren.

Da waren Menschen, die breit gingen, solche, die sich schlängelten; jene dachten: bin ich nicht wer?, diese, ich bin wer. Da waren Menschen, deren Gesichter Falten hatten, solche, deren Gesichter keine Falten hatten: glückliche und unglückliche.

Da waren Kinder, die wie Soldaten marschierten, während der Lehrer wie ein Kranker sich bewegte. Da waren alte Menschen, die gestorben zu sein schienen.

Alle diese zerlegten sich, je nach der Vergangenheit von Händen, Beinen, Kopf, Mund, Augen, Körpern geordnet, in Gruppen. Alle diese schieden sich, je nach der soziologischen Anzahl geordnet, in Arten, zwei Männer sprachen, standen, gingen anders als drei Männer, zwei Frauen anders als drei Frauen, zwei Männer und eine Frau anders als zwei Frauen und ein Mann usw.

Der Mann ging durch die Straßen. Seine Richtung und sein Tempo änderten sich unaufhörlich. Er ging, etwa auf der linken Seite einer Straße, vorwärts, rückwärts, nach rechts, nach links, blieb stehen, drehte sich um, lief, ging langsam, ging auf die rechte Seite, tat hier das gleiche wie auf der linken, kehrte auf die linke zurück, verließ die Straße, kam wieder in sie. Immer ging er dicht an der Front der Häuser entlang. Immer schob er diejenige Schulter, die den anderen Fußgängern zugewandt war, beträchtlich nach oben. Er durchging die Straßen erster Ordnung und eine Hotelstraße, er überquerte eine Brücke, er hielt sich im Spielplatz einer Anlage auf, er durcheilte eine Mietskasernenstraße, er war zu Hause.

In der Straße erster Ordnung blieb er an keinem der Schaufenster stehen, aber er sah jeden Tag ein Stück der Auslage: eine Wachsfigur (Friseur), ein Kleid eines Filmstars (Papierwaren), ein Korsett (Trikotagen), einen Badeanzug (Zeitungsstand), eine Diskuswerferin (Photograph), eine Bettszene (Kino). Er erblickte auf der gegenüberliegenden Seite ein Bein. Als er drüben war, war die Frau verschwunden. Indem er dem Knie einer anderen nachsah, stieß er jemanden an. Er trat an eine Straßenecke und suchte eine Straße, die nicht da war. (Die Frau wurde ruhig.)

In der Hotelstraße fiel ihm der Brustansatz eines Mädchens in den Blick, das in einem Laden Obst in Fächer legte und sich nach vorn beugte. Er stand an einer Litfaßsäule still, der die Reklame einer Revue aufgeklebt war. Sofort ging er weiter, weil er glaubte, jemand beobachte ihn. Er hörte, daß zwei Frauen lachten; über Verkehr, dachte er. (Die Frau machte einen Plan.)

Auf der Brücke stand eine Frau gebückt, indem sie einem Kind etwas zeigte. Er stellte sich neben sie auf die rechte Seite und sah das Wasser. Er ging auf die linke Seite und sah die Frau an. Die fragte: „Was wollen Sie?" er wurde streng, ging fort, sah aber noch herum. Der Wind hob die Röcke. Er lachte mit fremden Männern. Am anderen Ende der Brücke war ein nackter Arm. Er sagte „es ist spät" und lief. Er hoffte, die Frau habe kein Fahrrad. (Die Frau arbeitete.)

Im Spielplatz fand er ein sechzehnjähriges Mädchen, das die Beine übereinandergeschlagen hatte. Da ist eins, dachte er. Er spähte hinter einem Gebüsch um die Ecke. Das Mädchen sah ihn an, lachte, las fortgesetzt. Er hatte Angst und entfernte sich. (Die Frau wartete auf den Mann.)

In der Mietskasernenstraße radelte, von hinten kommend, eine Frau vorüber. Er wartete mit dem Blick, bis z. B. das linke Bein beim Treten der Pedale oben war. Jetzt konnte er die Kniekehle sehen, vielleicht ein Stück Fleisch. Er hörte, wie

Betten ausgeklopft wurden. Von nun an sah er in jedes offene Fenster, ob jemand da war. Er betrat das Haus. (Die Frau sah den Mann.)

Das Blut flüchtete sich in das Innere des Leibes, daß die Haut grün wurde. Gleichsam Luftgeschwader zur Deckung Rauchwolken abschießen, machte sich die neue Seele hinter gewohnten Gebräuchen unsichtbar. Weil der Weg durch die Stadt täglich stattfand, waren diese beim Mann ohne verändernde Unterbrechung vorhanden. Mithin geschah alles folgende vor der Flurtüre unter Bezug auf die Nachbarn, hinter der Flurtür beim Mann beziehungslos, bei der Frau durch den Filter der Entdeckung.

Somit stand die Frau am Fenster und winkte herunter zum Mann, wie stets, lächelte dieser herauf zur Frau, wie stets, küßten sie sich laut, wie stets, machte der Mann einen sexuellen Witz, wie stets, (Fräulein Randolf, die keinen Mann mehr kriege), klopfte der Mann die Wände nach Tieren ab, kroch er unter Möbel und öffnete er Schränke, wie stets, legten sie sich beide in die Betten, wie stets.

Sie schliefen beide, der Mann, weil man nachts schläft, die Frau, um am nächsten Tag wach zu sein. Während des Schlafes flogen sie aus neutralen Wüsten in Gebiete, die vom andern bewohnt waren. Da sie im Traum sich trafen, wachten sie gleichzeitig auf. Sogleich verschwand der Inhalt des Traumes, aber seine Methode dauerte an. Zunächst redeten sie wie Puppen, die „Mama" und „ich heiße Erna" sagen. Jeder hatte einen Motor in der Seele, der einschnappen mußte. Die Frau sagte: „Die Kartoffeln waren hart", der Mann sagte: „ich habe Hämorrhoiden", „man muß stechen", „ja Verstopfung", „ohne Salz ist nichts", „das Röhrchen ging nicht hinein", „vorher schälen", „gehen Sie in den Wald", „im Winter neue", „das gab Diarrhöe", die Frau beendete: „stehenlassen, abschütten", der Mann beendete: „ich habe durchgemacht". Die Spulen waren abgelaufen.

Der letzte Satz war wie auf eine Platte übertragen und wiederholte sich mehrmals im Ohr der Frau. Er scheuchte sie, heraus aus dem Bett, fort von dem Mann. Zweimal die Länge des Äquators war zwischen Schlaf- und Wohnzimmer ausgespannt.

Aber der Mann machte die Entfernung in neun Schritten. Zuerst griff er in den Raum, den sonst das Fleisch der Frau füllte: da war nur Leinen. Er staunte und lag unbewegt. Er erhielt keinen Ton. Auch das Licht schickte nichts, auch die Zeit schlief. Schon in Angst vor dem Alleinsein wollte er wissen, was los war. Alles stand still. Der Mann glaubte, er läge in einem Kasten ohne Sauerstoff. Darum schuf er Bewegung und Geräusch.

Er rollte sich aus dem Bett, stampfte mit den nackten Füßen und maulte; „das ist aber kalt".

Im Wohnzimmer entdeckte er die Augen der Frau, wie eine stehende Lichtreklame am Dach eines Hauses, ganz oben an der Decke. Er trabte zurück, dachte: sie ist verrückt geworden, holte eine Taschenlampe, leuchtete die Frau an.

Wie ein unirdischer Spatzenschreck stand sie auf dem Sofa. Ihre Zehen waren nach hinten eingeknickt; das Hemd war zerrissen; die Hände schnellten die Oberlippe nach rechts, nach links, nach rechts, nach links, der Kopf schien ohne Verbindung mit dem Körper zu sein. Ohne Zweifel mutmaßte der Mann: sie hat einen Vogel.

Kaum spürte die Frau den Schein auf sich, riß sie dem Mann die Lampe aus der Hand. Ihrerseits machte sie des Mannes Gesicht hell, unendlich hell, weil die Finsternis es rahmte.

Sie empfand sich als Vollstreckerin des Jüngsten Gerichts. Aus der Höhle zwischen ihren Brüsten holte sie die Photographien, Postkarten, Ausschnitte. Indem sie flüsterte, schrie sie: „Nichts hab ich gesehen. Dumm war ich. Jetzt nicht mehr. Jedes Jahr eine Reise, allein. Und übernachtet. Dein Weib bin ich nicht mehr. Ich hab mein Haus in München. Ich gehe weg. Du mußt sorgen für mich. Die Welt steht mir offen."

Der Mann begriff jetzt, er rettete sich: „uralt ist das. Als ich Junggeselle war. Das macht man so. Mir ist das Blut in den Kopf gestiegen. Ich war ein Vollblut, sicher." Die Frau sprang herunter, sie lief davon: „gelogen hast du. Keusch seist du gewesen. Ist das keusch?“ Er lief ihr nach: „Weil du keusch warst.“

Im Flur hielt sie an. Sie keuchte: „Morgens gehst du vor 8 Uhr weg. Ich weiß warum, du siehst die Mädchen, die in die Schule gehen. Kinder. Nicht die Unschuld stört dich. Zuchthaus.“

Sie entkam in das Wohnzimmer: „Zu spät kommst du nach Haus. Wer weiß, was du treibst. Zum Fenster siehst du heraus. Überall Schneppen.“ Der Mann kam in die Nähe.

Sie floh ins Schlafzimmer: „Ich bin mein Leben satt. Ich koch nicht mehr.“ Der Mann streifte sie.

Sie erreichte die Küche und schloß hinter sich zu. Sie lachte: „Du hast es nötig mit deinem Bauch, deinen krummen Beinen. Keine sieht nach dir; Geld hast du keins. Ich lache.“

Das war das Nachlaufspiel der Erwachsenen.

Der Mann lernte seine kommenden Sätze auswendig. Dann antwortete er: „Nein nichts. Anders ist alles. Die Bilder gebe ich zu. Man hat Augen im Kopf. Sonst? Du siehst Gespenster. Du machst aus einer Mücke. Du meinst gestern nacht? Soviel hatt ich im Bauch. Wir hatten so geräumt. Komm. Ich hab Lust.“

Bis zu diesem Augenblick haßte, verachtete die Frau den Mann, schämte sich und wollte sterben. Jetzt zerfiel der Körper, jetzt lag die Seele hohl da. Die Frau wurde ohnmächtig.

Der Mann hoffte auf die Zukunft, sah nochmals nach den Tieren an den Wänden, trank viele Gläser Wasser und schlief ein.

Vom 3. bis 122. Tag geschah, abzüglich der alltäglichen Gewohnheiten und Vorkommnisse, beim Ehepaar Volk in zeitlicher Reihenfolge dies.

Die Frau vertauschte in der Küche die bisherigen Gardinen mit dichten undurchsichtigen, zudem schloß sie, wenn sie nichts in ihr zu tun hatte, die Küche ab.

Die Frau fand im Wohnzimmer den Mann, der, in Kniebeuge ohne sich zu rühren, auf die benachbarten Häuser sah: 2 Frauen lagen drüben in den Fenstern.

Die Frau unterschlug zum erstenmal dem Mann die Frauenbeilage aus der Tageszeitung, schnipselte zum erstenmal die Modebilder aus der Zeitung heraus.

Die Frau begann, den Mann in seinem Büro abzuholen, dabei begegnete ihnen einmal ein ausgewalztes, buntbekleidetes Weib; plötzlich behauptete die Frau, er, der Mann, habe die Sau angesehen.

Die Frau heftete im Wohnzimmer die doppelseitigen Gardinen in der Mitte durch Stecknadeln zusammen, an den Rändern durch Heftzwecken fest; außerdem fing sie an, im Wohnzimmer den Rolladen herauszustellen.

Die Frau, die sich im Wohnzimmer befand, schob die Tür vom Wohn- zum Schlafzimmer in einen solchen Winkel, daß sie durch die Ritze die Tätigkeit des Mannes feststellen konnte: er preßte den Stoff der Gardinen fest wider die Scheibe.

Der Mann beseitigte Stecknadeln, Heftzwecken an den Gardinen des Wohnzimmers, erhielt auf Anfordern die Exemplare der Tageszeitungen unversehrt.

Die Frau kaufte für das Fenster des Schlafzimmers eine einteilige sehr dichte Gardine, durch deren Stoff sie seitlich Nägel schlug, ferner ließ sie im Schlafzimmer ständig den Laden unten.

Die Frau, die neuerlich den Mann abholte, bemerkte in den Gängen des Büros auch Frauen, als sie in das Zimmer des Mannes trat, versteckte der etwas.

Der Mann bat die Frau um Verzeihung, wobei er sich verpflichtete, morgens um 8.15 Uhr das Haus zu verlassen, mittags um 1.15 Uhr zurückzukehren, um 2.45 Uhr wieder zu gehen, abends um 7.15 Uhr aufs neue da zu sein.

Der Mann stieg während einer Reise aus einem Personenzug in einen D-Zug um; diesen durchging er von Kopf bis Ende und besichtigte alle Frauen.

Der Mann verließ früher als vorgeschrieben das Büro, ging durch die Stadt, erreichte noch die elektrische Straßenbahn um 7 Uhr.

Die Frau hörte mittags um 1.20 Uhr statt um 1.15 Uhr den Mann kommen, die Verspätung veranlaßte sie, die Flurtür anzulehnen, ihn nicht zu begrüßen.

Die Frau versah das Klosettfenster und die Flurtür mit undurchsichtigen Vorhängen, im Wohnzimmer stellte sie den von ihr geschaffenen Zustand wieder her.

Die Frau erkundigte sich nach der Anzahl, der Verwendung der Frauen im Büro.

Der Mann riß aus dem Papier, mit dem er im Büro seine Fenster auf Bitten der Frau beklebt hatte, nachträglich am Rand kleine Streifen heraus. Die Frau durchsah seine Schubladen, wenn der Mann sie in seinem Zimmer allein ließ.

Der Mann suchte vergeblich den Schlüssel zum Salon; die Verbindungstür Salon–Wohnzimmer war durch Möbel verstellt.

Der Mann verzichtete, künftig in Restaurants Bier zu trinken, er wollte Ruhe haben, zeigen, daß ihn die Frauen nichts angingen. Die Frau unterließ es fortan, die Türen neu zu ölen, dadurch vermochte sie, jeden zu hören, der öffnete oder schloß.

Der Mann geriet, als weiblicher Besuch sich einfand, in sichtbare Hitze. (Augen, Bewegungen, Sprechton.)

Die Frau ließ eine Abstellvorrichtung an der Schelle anbringen; blieb der Mann allein in der Wohnung, stellte die Frau die Schelle ab.

Die Frau öffnete ohne Motiv die Tür zum Wohnzimmer, um festzustellen, ob der Mann nach den zwei Frauen in den Nachbarhäusern sähe oder nicht.

Der Mann hielt stets genau die vier Zeiten seines Gehens und Kommens ein, gab fast jeden Weg, den er ohne die Frau gemacht hätte, auf.

Der Mann schlich durch sämtliche Räume der Wohnung, die für ihn geöffnet waren; er verspätete sich um 20 Minuten mit dem Verlassen des Hauses; die Frau erfuhr dies.

Die Frau, die auf einem Bahnhof den Mann von einer Reise abholte, sah, wie als erste eine Dirne die Sperre durchlief, der Mann ihr laufend folgte, die Dirne sich eine Treppe hoch rettete, der Mann ihr nachblickte.

123. Tag.

Punkt 8.15 Uhr verließ der Mann das Haus. 2 Minuten später trat die Frau auf die Straße. Der Mann passierte die Mietskasernenstraße, die Frau folgte ihm. Ihre Hirne dachten zwei Kreise, die sich schnitten. Das des Mannes: sie ist hinter mir, ich gehe hin; das der Frau: er hat etwas, ich finde es. Am Ende der Straße bestieg der Mann eine Straßenbahn, die abfuhr. Von weitem sah er die Frau. Die Schnittpunkte im Argwohn verschwanden.

Frauen des Mittelstandes heilen Unglück durch Arbeit, Film oder das Begräbnis irgendeines. Die Frau ging auf den Friedhof. Männer dieser Schicht überwinden Not durch Bordell, Bier oder Arbeit. Der Mann begab sich nach den Bordellgassen.

Im Friedhof, in die Öffentlichkeit verpflanzt, wurde das Gesicht der Frau eitel, stolz, gefühlsbetont. Im Bordellviertel ging der Mann gleich einem betrunkenen Krüppel herum.

Der Schmerz der Frau qualifizierte sie, Mittelpunkt der Beerdigung zu sein. Der Mann glich einem Betrunkenen; denn er zog seinen Körper längs der Mauern der Häuser entlang, machte verschiedentlich Schritte zur Seite, um die Berührung zu meiden, streifte wieder.

Herr Häuser, der begraben wurde, war der Vater, Mann, Sohn der Frau. Der Mann glich einem Krüppel: denn beide Schultern waren in die Höhe gehoben, der Kopf nach vorn und unten gedrückt.

In himmlischer Hinsicht, in unhimmlischer Hinsicht, zerlegte der Pfarrer den Kolonialwarenhändler. In der Mitte jener Gasse, in die der Mann kam, hafteten seine Füße fest.

Männer hielten Fahnen mutig in den Händen, als zögen sie in die Schlacht. Die Augen des Mannes schnappten, wie die Zunge des Chamäleons schnappt, jedesmal ein paar der Dirnen.

Die Leiche starb zum zweiten Male, tausend Leichen schämten sich für die sogenannten Lebenden. Traf der Mann eine Dirne, hatte er die Furcht des Schülers, der heimlich in das Notenbuch des Lehrers sieht.

Die Leiche wurde zur Inkarnation der Reinheit, sie hatte, lebend, Pferde gemordet, Angestellte vergewaltigt, Prozente gewuchert. Erst wenn eine der Dirnen den Mann ansah, ging er weiter, hielt seine Lage für gefährdet.

Die anwesende Masse wurde zur Inkarnation des Mitleids: sie hatten die Leiche, als sie lebte, beschimpft, gerichtlich verklagt, tot gewünscht. Die Dirnen kümmerten sich nicht um den Mann. Einer aus der Menge ahnte, er stürbe auch bald. Die Dirnen riefen nicht, lachten nicht, lebten wie Eulen am Tag.

Ein anderer zählte bis 400. Keine Männer stellten sich wie um Butter an.

Ein dritter lupschte fortwährend zu einem schläfrigen Mädchen hin, das ihm gegenüberstand. Die Dirnen waren Frauen, die zu tun hatten.

Das Mädchen sah, daß der Pfarrer schön war. Einige kochten, einige stopften Strümpfe.

Noch einer, zufällig hineingeraten, versuchte zu entfliehen, aber er war in die Trauer eingeklemmt. Einige schrieben Briefe, einige massierten ihre Brüste, daß sie härter wurden.

Ein fünfter, ein Knabe, lachte; er wurde notiert. Eine der Dirnen, die am geöffneten Fenster saß, sang.

Die Männer, die in die Schlacht zogen, sangen: Nun zuguterletzt geben wir dir jetzt auf die Wanderung das Geleite. Trink, trink, Brüderlein, trink, lasse die Sorgen zu Haus.

Als die Erde geworfen wurde, dachte die Frau, das tut dem Toten weh. Nur ein Hemd hatte die Dirne an; ihre Augen waren geschlossen.

Später erzählte die Frau, sie habe einen eisernen Panzer um die Brust gehabt. Meide den Kummer und meide den Schmerz, dann ist das Leben ein Scherz. Die Frau weinte; als sie beobachtet wurde, weinte sie verstärkt. Die Sonne machte die Dirne warm, sie war alt.

Die Frau wurde nach der Leiche gefragt. Trink, trink, Brüderlein, trink.

Die Frau antwortete: er war ein guter Mensch. Die Guten sterben, die Schufte erben. (Übrigens kannte sie Herrn Häuser nicht.) Der Mann sah die Dirne an.

Nachdem das Begräbnis beendet war, tranken die erste und der zweite aus der Menge miteinander. Ohne die Lider zu heben, sagte die Dirne: Du! Zieh Leine. Mach deiner Frau ein Kind, horizontal. Die weint.

Der dritte sprach das Mädchen an: beide fanden Befriedigung. Der Mann erschrak.

Der vierte ging heim und las Meister Ekkehard. Dem Mann fiel ein, daß er ein Staatsbürger war.

Der Knabe erhielt von seinem Rektor 2 Stunden Arrest. Deshalb sang der Mann auch.

Die Frau bewunderte sich, als sie in der Wohnung war: Henny Porten weint so. Wir sind ja noch so jung.

Punkt 1.15 Uhr kam der Mann nach Hause. Mann und Frau aßen. Während des Essens las die Frau einen vom Sohn eingegangenen Brief. Als der Mann ihn wollte, erhielt er ihn nicht.

Punkt 2.45 Uhr sagte er zur Frau. „Gib mir einen Kuß!" „Das alberne Zeug", entgegnete sie. Sie rief ihm noch nach: „Ich habe einen, der dir nachgeht." Viermal schloß sie hinter ihm zu. Hierauf tat jeder von ihnen das übliche.

Punkt 7.15 Uhr klopfte der Mann an die Flurtür. Die Frau, die hinter der Tür stand, rührte sich nicht. Bis der Mann schellte, wartete sie.

Als die Tür wieder geschlossen war, sagte der Mann: „Guten Tag!" Die Frau antwortete nicht, ging an die Töpfe: „Guten Tag!" sagte der Mann in der Küche. „Ich habe gesagt", sagte die Frau. Sie aßen, schwiegen. Die Frau verschloß die Flurtür, sämtliche Türen, die in den Flur führten, legte sich im Wohnzimmer auf das Sofa, bewegte sich nicht. Der Mann begab sich ins Schlafzimmer, machte Licht, zog sich aus, löschte das Licht, ging schlafen.

In zwei feindlichen Schützengräben lagen sie. Wie nach langem Zermürbungsfeuer Soldaten irre sind, staken sie voll

Wahnsinn, Müdigkeit, Blutdurst. Plötzlich steckte der Mann die weiße Fahne hoch.

Er fragte: „Was macht die Frau Rauch?" „Dick ist die", antwortete die Frau. Sie riefen sich zu, als wölbten sie die Hände um den Mund. Aber sie riefen leise, als sei Nebel. Die Frau fuhr fort: „Gestern die war auch dick." Der Mann rief: „Pünktlich wollte ich zur Straßenbahn." Pausenlos fragte die Frau: „Warum bist du stehen?" Schnell erwiderte er: „Verschnaufen mußte ich." Jetzt hing er im Drahtverhau: „Deshalb hast du unter die Röcke." Die Frau verstummte. Der Mann zog sich zurück.

Nirgends in den fünf Erdteilen war es gleichermaßen still. Stiege jemand nachts unter die Erde in das Kanalsystem einer Stadt, fände er die annähernd gleiche Stille wie in den Zimmern. Jeder glaubte, daß er und der andere taub seien.

Bald hoffte der Mann, sie schliefe. Er grinste: Sherlock Holmes, hob sich aus dem Bett, tastete nach dem Fenster, bückte sich, schlüpfte unter der Gardine durch hinter sie.

Die Frau hörte die Füße des Mannes, die gingen, dann standen. Dann vernahm sie Gelächter von Frauen, das gemein war. Sie bewegte sich langsam wie ein Tausendfüßler durch Wohn- und Schlafzimmer zum Manne hin. Sie fühlte seinen Atem, sie hörte auf zu gehen.

Nach Minuten flüsterte der Mann: das seien welche, verließ das Fenster. „Daß dein Haar nicht verwackelt ist", sagte die Frau. Der Mann verkroch sich in das Bett, die Frau blieb da. Durch die Dunkelheit floß ihr Blick in die Augen des Mannes. Der verdeckte sein Gesicht mit dem Laken.

Die Frau schaute fortwährend, bis er schrie. „Geh auf dein Sofa." „Das ist mein Möbel", sagte leise die Frau. „Ich geb das Geld", schrie der Mann. „Das mußt du", sagte leiser die Frau. Da sprang er sie an und griff ihren Hals.

Sie rannte, öffnete die Tür vom Wohnzimmer zum Flur, die vom Flur zur Küche, versperrte die Küche. Er verfolgte sie, stieß seine Stirn blutig, zog die Wasserspülung im Klosett, daß die Hausbewohner nichts vernähmen, roch Gas.

Er dachte, verrecken soll sie, wandte sich, zog aufs neue die Spülung. Das Geräusch des Wassers ließ ihn die Frau lieben. Jetzt dachte er, helfen muß ich, brach die Küchentür ein, stellte die Leitung ab. Der Körper der Frau hing quer über dem Herd und dem Fußboden. Der Mann schleppte ihn auf die Betten im Schlafzimmer. Hier sah die Frau, daß er blutete. Ich will auch bluten, wünschte sie. Sie bat: „Dreh dich herum." Er tat es. Sie holte vom Nachttisch eine Schere, führte sie unter das Kleid an die Brust. „Willst du mich totmachen", fragte sie. Der Mann schaute herum. Er sah, daß sie stach. Er warf die Schere weit. Er überlegte: sie hat nur gehorcht. Die Frau zog sich aus. „Gefall ich dir?" fragte sie und drehte sich wie ein Mannequin. Der Mann zögerte. Sie feilschte: „Ich putz deine Schuhe, die Öfen." Er hätte es auch umsonst getan.

Sie machten es, sie schliefen ein.

Vom 124. bis 186. Tag ereignete sich, abgesehen von den alltäglichen Gewohnheiten und Vorkommnissen, beim Ehepaar Volk in zeitlicher Reihenfolge dies.

Die Frau stellte sich wiederum in der Bahnhofshalle hinter einem Bücherstand versteckt auf, um den Mann zu prüfen. Dieser sah sie, kam nicht zu ihr, sondern bewegte sich harmlos durch die Menge.

Die Frau kleidete sich zum Entgelt plötzlich jünger, ging, redete jünger; aber der Mann wurde ärmlich angezogen, so daß er Frauen keine Lockungen bot.

Die Frau öffnete die Flurtür, schlug sie dann zu, als ob sie fortginge: sie ging aber nicht, vielmehr riß sie die Tür zum Wohnzimmer mit einem Ruck auf: der Mann warf sich auf einen Sessel herunter, als sei nichts.

Die Frau erfand einen geheimnisvollen Rechtsanwalt, der einerseits die Scheidung durchsetzen könne, andererseits selbst ihr mit Anträgen nachstellte.

Der Mann eilte sich, nach und nach stets pünktlich die Wohnung zu erreichen; er vermied, gequält zu werden.

Die Frau, die sich durchgängig werktags um 6.30 Uhr erhob, blieb einfallsweise im Bett liegen; obwohl das Wohnzimmer nur niedrige Temperatur hatte, ließ sie den Ofen ungeheizt.

Der Mann nahm den Umstand, ob die Frau ihn am Fenster erwarte oder nicht, zur Kennzeichnung der Situation der Frau.

Der Mann gewöhnte sich, unterwegs nach der Uhr zu sehen, ob er pünktlich kommen werde, die Frau zu fragen, ob er pünktlich gekommen sei.

Die Frau fand sowohl die Tür ihres Wäscheschranks im Schlafzimmer nur angelehnt, als auch das Schloß zur Schublade des Büfetts beschädigt. Als sie den Mann befragte, leugnete er seine Täterschaft nicht.

Die Frau ging an den Briefkasten, um einen Brief an den Rechtsanwalt fortzutragen; in Wirklichkeit trug sie einen weißen Zettel in der Hand.

Der Mann stellte durchgehend abends den Gasstrom ab, nachdem die Frau erneut versucht hatte, in der Küche den Gashahn zu öffnen. Die Frau entfernte daraufhin den Hahn an der Hauptzufuhrleitung des Gases.

Die Frau riß einmal dem Mann die Fleischschüssel aus der Hand, als er sich nehmen wollte, so, als hätte er genug.

Der Mann machte dem Sohn schriftlich Mitteilung von den Vorgängen, den grundlosen Verdächtigungen durch die Frau.

Der Mann versah sich mit einem neuen Haupthahn.

Die Frau simulierte Tränen, Herzanfälle, Halsschmerzen.

Die Frau schrieb ihrerseits dem Sohn von den Begebenheiten, den schimpflichen Unsauberkeiten des Mannes.

Die Frau versteckte vor der Nacht den Schlüssel zur Flurtür, um zu verhindern, daß der Mann einen Arzt hole.

Die Frau hob beim Abendessen das restliche Stück Fleisch vom Teller weg, aß nur die Knochen an, legte das Fleisch wieder hin; der Mann konnte es nicht mehr essen.

Der Mann klärte nach drei Wochen den Sohn nochmals schriftlich auf und bat ihn zu kommen.

Der Sohn kam vier Tage Später; er blieb zehn Tage bei dem Mann und der Frau.

187. Tag.

Matthias Volk, Arzt, 25jährig, bat das Ehepaar Volk um ein endgültiges Zusammensein zu dritt. Dies fand am neutralen Ort des Hotelzimmers statt, in das er nach sechs Tagen umgezogen war. Der Mann und die Frau kamen, Matthias war da. Sie setzten sich, er stand. Er sagte: „Auf Wiedersehen. Ich bitte, wenn ich gesagt habe, mich gehen zu lassen. Es ist keine Feigheit. Ich weiß aber, wir werden nichts verstehen, nichts vom anderen. Was ich sage, hilft Euch nicht. Aber Ihr habt mich gerufen. Es handelt sich demnach nicht um eine Auseinandersetzung, sondern um ein Gutachten sozusagen. Jedes Wort ist überlegt. Sechs Möglichkeiten habt Ihr, eine Lösung zu finden, falls Ihr eine sucht. Ihr laßt Euch scheiden. Ihr liebt Euch wieder, sei es durch Euch, sei es durch ein Kind. Ihr trennt Euch eine fixierte Zeit. Ihr tötet Euch. Ihr lebt, so wie Ihr jetzt lebt, weiter bis zum Tod. Weil Ihr Einzelwesen seid, die tun, was sie sind, fallen fünf der Möglichkeiten aus. Ihr laßt Euch nicht scheiden, denn Ihr seid furchtsam vor Euch und der Welt. Ihr liebt Euch nicht wieder, vielleicht hie und da, doch ohne Grundton: denn Eure Liebe hat die Voraussetzung ihres Anfangs verloren: Verantwortung. Ihr werdet kein Kind haben: denn Ihr seid zu matt und in Euch gebunden, als daß Ihr anderes neben Euch würdet haben können; Ihr dürft auch kein Kind haben, des Kindes wegen, doch das zu sagen, steht mir nicht zu. Ihr trennt Euch nicht, um vielleicht zusammenzukommen: denn Ihr habt eine Moral, die das nicht zuläßt. Verzeiht, Ihr tötet Euch nicht, denn, das darf ich nicht sagen. Folglich werdet Ihr weiterleben wie jetzt: denn Ihr tut seit 26 Jahren ununterbrochen das gleiche. Ihr werdet auch die Qual in die Gewohnheit einbeziehen. Schreibt mir in einem Jahre, wo Ihr seid. Weil Ihr Menschen seid, wünsche ich, meine Sätze seien Irrsinn. Ich muß Euch allein lassen. Ich bin auch allein." Er ging, Mann und Frau blieben. Kurze Zeit dachten sie: wir sterben. Dann sagte der Mann: „er hat vergessen, daß wir seine Eltern sind." Und die Frau: „er hat nichts verstanden." Sie kamen in die Wohnung zurück.

188. Tag.

Die Frau versuchte in der Küche, sich die Adern zu durchschneiden; währenddes wartete sie, daß der Mann käme und ihre Verachtung für ihn sähe. Der Mann, der mit allen Geräuschen vertraut war, hörte den Vorgang, verstand ihn, kam nicht zu Hilfe, glaubte ihr nicht. Die Frau ließ vom Messer ab, weinte.

Der Wind geht ums Haus

Der Wind, der Wind, der geht ums Haus,
wir löffeln unsre Suppe aus,
dann gehn wir fröhlich schlafen.

Doch plötzlich sind wir wieder wach,
was ist das für ein wehes Ach,
und können nicht mehr schlafen.

Es ist ein Ach und ist ein Weh,
wie damals in Gethsemane,
da konnt auch keiner schlafen.

Das ist kein Wind, das ist kein Sturm,
das ist auch nicht im Holz der Wurm,
das ist ein armes Weinen.

Die Kinder weinen in dem Wind,
die all die Jahr gestorben sind,
die hörn wir draußen weinen.

Sie weinen, die der Henker schlug
ins weiße, weiße Leichentuch,
die hörn wir schrecklich weinen.

Die Kinder sinds, soviel, soviel,
auf die die Glut vom Himmel fiel,
die jammern in der Stube.

Die andern auch, aus Schnee und Eis,
sind voll des wimmernden Geschreis
in unsrer warmen Stube.

Die ungeheure Kinderwelt
hat tot sich um das Haus gestellt,
wir frieren in der Stube.

Wir frieren, und wir schlafen nicht,
wir liegen auf dem Angesicht,
wir schämen uns zu Tode.

Wir decken mit dem Bettzeug zu
das eigne Kind, ach, bleibe du
bewahrt vor ihrem Tode,

die weiterziehn, von Haus zu Haus,
wir löschen unsre Lampen aus
und beben vor dem Tode.

Auf der bewegten Erde

Er tanzte. Er tanzte mit Maria.

Links von ihm tanzte Anton, der Monteur, mit Charlotte in der roten Bluse. Rechts von ihm tanzte Erich, der Buchhalter, mit Gisela aus der Dorotheenstraße. Vor ihm tanzte Julius aus Prenzlau mit Leni, der Friseuse. Hinter ihm tanzte Norbert, der den Anzug seines gefallenen Bruders trug, mit Paula im grauen Kostüm. Er tanzte gerade am äußersten Rand der quadratischen Tanzfläche, als die Kapelle den Foxtrott beendete und den Walzer begann.

Da rührte er an seinen Nebenmann. Oder dieser streifte auch an ihn. Oder beide gerieten gleichzeitig aneinander. Genug, sie sahen sich an. Und wie sie sich so betrachteten, erkannten sie sich. Sie erkannten sich, obwohl sie sich nicht kannten. Obgleich sie sich aber nicht kannten, kannten sie sich doch. Weil sie sich also kannten, so, wie die eine Biene eines Bienenstocks die andere kennt, so, wie der Vogel eines Vogelzugs den Nachbarvogel wiedererkennt, wenn der sich verflogen hat und mit einemmal wieder neben jenem schwebt, blickten sie jählings und zugleich in das Gequirl der hundert Tanzpaare. Es gab zunächst die Mädchen, die Frauen. Aber die Mädchen, die Frauen sahen sie nicht. Und da sie sie nicht sahen, sahen sie sie auch nicht an. Denn um die Mädchen, die Frauen kümmerten sie sich nicht. Sie kümmerten sich nicht um die Mädchen, die Frauen, weil sie um sie keinen Kummer in sich hatten. Jedoch die Jünglinge, die Männer sahen sie an. Sie sahen sie brüderlich, zärtlich, aufgeschlossen, hingegeben und verständnisvoll an. Sie waren wie jene, und jene waren wie sie, ja, jene waren sie, und sie waren jene.

Welche von den Jünglingen, den Männern waren krank. Welche waren gesund. Welche von den Jünglingen, den Männern waren Handwerker. Welche waren Arbeiter, welche Künstler, welche Angestellte, welche Lehrer, welche Studenten, Ärzte, Bauern. Welche von den Jünglingen, den Männern stammten aus Berlin, welche aus Thüringen, welche aus Bayern, Holstein, vom Bodensee, von der Ostsee, von der Oder, vom Main, von der Weser, welche aus Hamburg, welche aus Itzehoe, welche aus Hannover, aus Ulm, aus Neustrelitz, welche aus der Schwalm, aus dem Teutoburger Wald, aus dem Erzgebirge. Welche von den Jünglingen, den Männern waren groß, welche klein, welche dick, welche mager, welche schön, welche häßlich.

Und wie der Student und sein Nebenmann so die Jünglinge, die Männer ansahen, da geschah es, daß sie beide gleichsam zufällig – aber es gibt keinen Zufall; das, was zufällt, fällt aus der Hand jemandes, und dieser Jemand ist Gott; wer etwas anderes sagt, weiß nichts und, vor allem, er ahnt nichts, er spürt nichts, er ist aus dem Ewigen herausgenommen, er ist so einsam, so elend, so verflucht, verdammt – nach links blickten.

In diesem Augenblick sahen sie kein Gequirl mehr, sondern eine Reihe. Und in dieser Reihe tanzten fünf Mann. Und sie sahen nach vorn, und sie sahen nach hinten. Und nirgends war ein Gequirl, überall waren Reihen. Und in jeder Reihe tanzten fünf Mann. Und der Student und sein Nebenmann zählten zwanzig Reihen, so daß hier hundert Mann tanzten. Und die hundert Mann tanzten nicht, sie gingen. Und sie gingen auch nicht, sondern sie marschierten. Und es waren keine hundert Mann, sondern es waren zehnmal hundert Mann, es waren tausend Mann. Und es waren keine tausend Mann, sondern es waren zweimal tausend Mann, es waren zweitausend Mann. Und es waren keine zweitausend Mann, sondern es waren dreimal tausend Mann, es waren dreitausend Mann. Es waren sechshundert Reihen zu je fünf Mann.

Und sie alle marschierten nicht zwischen weißem Stuck und goldenem Stuck und roter Seide und silberner Seide und weißem Brokat und goldenem Brokat. Sondern sie marschierten zwischen Bäumen der Landstraßen und Wälder, Pappeln, Buchen, Föhren, Birken, Fichten, Tannen, Eichen. Und sie marschierten zwischen Häusern von Dörfern, Städten und Gehöften. Und sie marschierten nicht zwischen barockenen Stühlen und Tischen mit gefälschten Marmorplatten. Und sie marschierten nicht unter Kronleuchtern, unter Baldachinen, Lüstern und Papierschlangen. Sie marschierten unter der Sonne, unter dem Mond und unter den Sternen, unter dem Regen und unter den Wolken. Und sie marschierten nicht inmitten des Geruchs von Schweiß, Tabak, Bier, Wein, Puder und Parfüm. Sondern sie marschierten mitten im Duft von Heu, Gras, Kot, Roggen, Weizen und Blumen aller Namen und Farben und Bildungen. Und sie marschierten nicht im Lärm von Trompete, Saxophon, Klavier, Schlagzeug und Bandoneon. Sondern sie marschierten, umrauscht vom tausendfältigen Klang der Grillen, Lerchen, Nachtigallen, Spatzen, Spechte, Amseln, Stare und vieler anderer Vögel.

Und sie marschierten nicht auf Parkett, sondern auf Sand und Sand und Sand, auf Steinen und Steinen und Steinen, auf Kopfsteinpflaster, auf Holzpflaster, auf Asphalt. Und sie marschierten nicht mehr. Nein, sie marschierten nicht mehr, marsch, marsch, eins – zwei, eins – zwei, links – rechts, links – rechts, links – links – links – links, nein, nein, nein, sie marschierten nicht mehr, sondern sie schlurften, scharrten, schurrten, wankten, taumelten, keuchten, ächzten, stöhnten, riefen.

Und da erblickte der Student plötzlich einen der Schleichenden, Gebückten, Stürzenden, einen sah er, einen Einzigen, und dieser Einzige war ihm bekannt, ihn kannte er, ihn kannte er gut, ihn kannte er ausgezeichnet, ihn kannte er wie sich selbst, denn er war es selbst. Und er sah sich an, er sah sich an mit einem Blick, als wäre er nicht er selbst, er sah sich an, mißtrauisch, lächelnd, wißbegierig, frech, demütig, aufsässig, wahrhaftig, wie ihr wollt, liebe Leute, wie ihr wollt, liebe Leute, denn er war ein Mensch, und im Menschen ist alles drin; wer aber sagt, dieser Mensch ist gut, und jener Mensch ist böse, der hat gelogen, der hat blutig gelogen, und er verdient, daß er in eine Wanze oder in eine Kellerassel oder in einen Spulwurm oder in einen Kakerlaken verwandelt wird; nicht in eine Spinne beispielsweise, denn wenn man Spinnen zerquetscht und an ihrem Saft riecht, duften sie nach Gras. Menschen, die lügen, sind niedriger als das Niedrigste.

Und der Student sah seine Feldmütze, die war zerschlissen, verfärbt, dreckig, beulig, und ihr Schild war zerknüllt, und er sah seine Jacke, die war zerschlissen, verfärbt, dreckig, verbeult, und ihre Knöpfe fehlten, und ihre Ellenbogen waren durchgescheuert, und er sah sein Hemd, das war zerschlissen, verfärbt, dreckig, verbeult, und seine Knöpfe waren ab, und seine Bünde waren entzwei, und seine Ellenbogen waren durch, und er sah seine Unterhose, die war zerschlissen, verfärbt, dreckig, beulig, und er hatte sie seit sechs Wochen an, und sie hatte viele Löcher, klein und groß, und er sah seine Hose, die war zerschlissen, verfärbt, dreckig, beulig, und ihre Knie waren durchgewetzt, und ihr Hintern war zerfetzt, und er sah seine Socken, die waren nicht zerschlissen, die waren nicht verfärbt, die waren nicht dreckig, die waren nicht verbeult, die waren vielmehr gar nicht mehr da, die waren nur noch Loch plus Strähne, Loch plus Strähne, Loch plus Faden, Loch plus Faden, und er sah seine Schuhe, die waren zerschlissen, verfärbt, dreckig, verbeult, und ihre Absätze waren nicht mehr da, und ihre Sohlen waren nicht mehr da, und ihr Oberleder war kaum noch da, und ihre Senkel waren ersetzt, durch Bindfaden ersetzt, links durch einen schwarz gefärbten Bindfaden ersetzt, rechts durch einen hanffarbenen Bindfaden ersetzt. Und er sah seine Fußlappen, die waren zerschlissen, verfärbt, dreckig, beulig, es waren Reste eines Samtkleids, das er aus einem vernichteten Haus in K. genommen hatte, und er sah seinen Pullover, der war zerschlissen, verfärbt, dreckig, beulig, ihn hatte er aus einem zerstörten Haus in G. genommen. Und er sah seinen Mantel, der war zerschlissen, verfärbt, dreckig, verbeult, und er hatte keine Knöpfe mehr, und damit der Mantel zusammenhielt, hatte der Student Strippe aus einem vernichteten Haus in A. genommen und sie um sich herumgeschlungen, so daß er wie ein Mönch aussah, und er sah sein Kochgeschirr, das war gar kein Kochgeschirr, das war ein elektrischer Kocher, rostig, schmutzig, verbeult, den hatte er aus einem zerstörten Haus in M. genommen.

Und er sah seine Aktenmappe, die hatte keinen Griff und war staubig, dreckig, löcherig, und er hatte sie aus einem vernichteten Haus in Z. genommen, und was war darin, ja, was war darin, darin war Strippe, ein Stück Seife, ausgelaufen, klebrig, an die Seife waren Tabakreste und Zeug angebacken, Zeug, wie es überall in Hosentaschen und sonstwo ist, widerliches, überflüssiges Flockenzeug, Dreckzeug, Flockendreckzeug, ja, und was war noch darin, darin war noch Goethes Faust, und ein Kanten Brot, und fünf rohe Kartoffeln, und seine Brieftasche, ja, und was war in der Brieftasche, schwarz, wie sie war, verfärbt, fast grün, speckig, lausig, angerissen, ja, was war darin, darin war ein Bleistift, ein paar Blätter unbeschriebenen Karopapiers, eine Fotografie eines Bilds von Hans Thoma, Taunuslandschaft, ja, und sonst war nichts darin, nichts, nichts, denn Maria hatte er ja damals noch nicht gekannt, und andere Mädchen, die er gekannt hatte, hatte er doch nicht so beachtet, daß er ihre Bilder in seine Brieftasche gesteckt hätte.

Und alles das, was er an sich hatte, und alles das, was er bei sich hatte, stank, es stank und stank, und niemand konnte sagen, wonach es stank, kein Chemiker konnte sagen, wonach es stank, es sei denn, man sagte ganz einfach, es stank nach Gestank. Und also stank er auch, ganz und gar, eben durch das, was er an sich und bei sich hatte. Und wie er stank, so stanken auch alle anderen Männer, die vier, die neben ihm gingen, die fünf vor ihrer Reihe, die fünf hinter ihrer Reihe, die anderen fünfundneunzig, die zu ihrer Hundertschaft gehörten, die übrigen neunhundert, neunzehnhundert, zweitausendneunhundert. Und so wie alle stanken gleich ihm, so hatten sie alle Wunden gleich ihm, Kopfwunden, Armwunden, Fußwunden, Handwunden, Beinwunden, frische Wunden, alte, vernarbte Wunden, alte Wunden, die wieder aufgebrochen waren, große Wunden, kleine Wunden, Knochenwunden, Fleischwunden, harmlose, gefährliche, lebensgefährliche Wunden.

Und sie alle hatten Krankheiten gleich ihm, Grippe, Ruhr, Tripper, Fieber, Frost.

Und sie alle hinkten gleich ihm, weil sie Blasen hatten, und sie alle humpelten gleich ihm, da sie einen Wolf hatten, und sie alle hinkten gleich ihm, weil sie nicht mehr marschieren konnten, denn sie waren matt, matter, am mattesten, sie waren elend, verzweifelt, ach, so elend, verzweifelt, ach, so elend, ach, so verzweifelt, ach, so müde, müde, müde.

Und sie alle gingen aus ihrer Reihe heraus, weil sie nicht mehr marschieren konnten, und sie alle kehrten wieder in ihre Reihe zurück, weil sie marschieren mußten, und sie alle gingen aus ihrer Reihe heraus, weil sie Durchfall hatten, und sie alle kehrten wieder in ihre Reihe zurück, obwohl sie sich noch nicht genug entleert hatten, aber sie alle mußten ja weitermarschieren.

Und obwohl sie Durchfall hatten, aßen und tranken sie alle ununterbrochen. Sie tranken, sie tranken, sie tranken, sie tranken Wasser, Wasser, Wasser, oh, Wasser, oh, sie aßen, Brot und Brotkrumen, sie aßen Zucker, sie aßen Salz, sie aßen Rhabarber, den sie gepflückt hatten, sie aßen rohes Fleisch, sie aßen rohe Kartoffeln, und sie rauchten, und wenn einer eine Zigarette rauchte, dann meldete sich ein anderer für die Kippe an, und wenn der zweite die Kippe rauchte, meldete sich ein Dritter für einen Zug an, und sie rauchten, und sie tranken, und sie aßen, aßen, fraßen, tranken, soffen, rauchten.

Und während sie fraßen und soffen und rauchten, setzten sie immer wieder den linken Fuß vor den rechten Fuß, den rechten Fuß vor den linken Fuß, den linken Fuß vor den rechten Fuß, den rechten Fuß vor den linken Fuß, rechts vor links, links vor rechts, rechts links, rechts links, rechts links, weiter, weiter, los los los, und sie zählten die Steine, die sie überschritten, überwankten, überkeuchten, zu, zu, dreißig Steine, siebzig Steine, hundert Steine, und der eine zählte nach Zahlen, die ihm bedeutungsvoll erschienen, drei, sieben, zwölf, dreizehn, siebzehn, und ein anderer zählte nach Zahlen, die auf Null endeten, und der dritte zählte nach Zahlen, die durch fünfundzwanzig teilbar waren, und wieder andere sahen zu den Kilometersteinen hin, und noch andere zählten die Bäume, die sie überholten, auf auf auf, und andere zählten die Arten des Pflasters, das sie traten, hepp, hepp, und andere sahen sich die Wolken an und lasen Gesichter von Menschen, Köpfe von Tieren, Leiterwagen, Drachen und Automobile aus ihren wechselnden Bildungen heraus, und andere, he he he, spielten Spiele zusammen, und sie rieten berühmte Männer mit P., und sie rieten Städte mit B.

Und andere unterhielten sich über den Barras, über den Unhold, über den Russen, über den Krieg, über die Niederlage, über die Gefangenschaft, über die Zukunft von dir und mir, Kamerad, Kumpel, alter, lieber Kamerad, guter Kumpel, armer Alter, und sie sagten, daß es mit dem Barras so sehr aus sei, als sei er nie gewesen: Und sie riefen, daß der Unhold verflucht sein möge.

Und sie wünschten dem Dingsda und dem Soundso, daß sie nicht zum Tod verurteilt würden, nein nein nein, sie sollten vielmehr fünfundzwanzig Jahre lang jeden Tag von acht bis acht jeder vor einem ausgebombten Haus stehen und es anstarren, stehen sollten sie da, und sich nicht bewegen, und nicht sitzen dürften sie, nicht gehen, nur stehen müßten sie, und starren, starren, starren, auf das entleerte, entvölkerte, ruinierte Haus, das kein Haus mehr war, das aber einmal ein Haus gewesen war, und daran, daß es nun kein Haus mehr war, daran waren der Dingsda und der Soundso und der Heini schuld, und deshalb müßten sie jetzt jeder vor einem solchen Haus stehen, sie, die Schuldigen, Schuldigsten, schuld, schuld, schuld, und es anstarren, unbewegt, und sie müßten gefesselt sein, damit sie sich nicht rühren könnten, und wenn einem von ihnen die Augen zufielen, weil er müde war, oder weil er das Haus nicht mehr sehen konnte, dann müßten ihm die Wachmannschaften die Augen wieder hochheben, mit kleinen Holzstäbchen müßten die Wachleute dem Heini, dem Dingsda und dem Soundso die Augenlider hochheben, immer wieder hochheben, damit sie ja nicht vergäßen, daß sie an dem Unglück der Bewohner dieses Hauses, vor dem sie standen, schuld waren, schuld, schuld, schuld, an ihrer Flucht, an ihrer Einsamkeit, an ihrem Leid, am Schmerz ihrer Trennungen, an ihrem Tod. Ach, und der Heini, der lebt ja gar nicht mehr, der kann ja gar nicht vor so einem Haus stehen, dafür muß ein anderer hin, vielleicht der Hallodri, und, Kamerad, Kumpel, mein Alter, ist es nicht schlimm, daß der schlimmste von Allen Gift genommen hat?

Und sie sagten über den Russen, daß er gar nicht so übel sei, und sie sagten über den Krieg, daß er nun für immer zu Ende wäre, und sie sagten über die Niederlage, daß das ja nun nicht zu ändern wäre, und sie sagten über die Gefangenschaft, daß sie ja nun erst gerade angefangen habe, und sie sagten über die Zukunft, daß es ja nun mit allem sehr schwer wäre.

Und einige von ihnen, aber es waren noch nicht viele, redeten auch vom lieben Gott. Und viele sprachen überhaupt nichts, sie dachten auch nichts, sie machten überhaupt nichts, sie aßen nicht, sie tranken nicht, sie rauchten nicht, sie gingen nicht aus der Reihe heraus, sie schliefen im Gehen.

Und viele quatschten nicht, aber sie dachten sich eins, sie dachten an die Gefechte zurück, an Frankreich dachten sie zurück, an Belgien, Holland, Norwegen, Dänemark, Finnland, an Rußland und an den Balkan, an Italien und Nordafrika. An den Tod dachten sie zurück, den der Nebenmann erlitten hatte, und sie schämten sich, daß sie nicht selbst gefallen waren, und an den Tod dachten sie zurück, den sie dem Feind zugefügt hatten, und sie schämten sich, daß sie selbst nicht gefallen waren, denn jener war ein Mann wie sie, ein Vater, Bruder, Sohn, Mann, Bräutigam, wie sie.

Und sie dachten in die Heimat hinein, an den Ort, wo sie gelebt und gearbeitet hatten, ein Heller und ein Batzen, an die Fabrik, das Kontor, an die Bank im Hörsaal, an die Höhe, die das Grundstück, das eigene, abschloß, die waren beide mein, und sie dachten an die Straße, wo sie gewohnt hatten, an das Haus, an die Wohnung, an das Zimmer, an den Tisch im Zimmer, an das Buch auf dem Tisch, an die Seite im Buch, an die Seite 382, wo stand: Fetter grüne, du Laub, am Rebengeländer, hier mein Fenster herauf, und der Heller und der Batzen, die schlugen in das Laub und in das Rebengeländer und in das Fenster hinein, kling, klang, klirr, fetter grüne, du Heller, du

Batzen, die waren beide mein, das Laub war mein, und das Rebengeländer war mein, und das Fenster war mein, und die Seite 382 war mein, und das Buch war mein, und der Tisch war mein, und das Zimmer war mein, und die Wohnung war mein, und das Haus war fast mein, und die Straße war fast mein, und die Stadt sogar war fast mein, ein Heller und ein Batzen, ein Heller, ein Batzen, Heller, Batzen, Heller, Batz...

Und andere dachten in die Zukunft hinein, in die Gefangenschaft nach Rußland hinein, die Wirtsleut und die Mädel, in den Osten hinein, in die unendlichen Meilen hinein, in die unendlichen Steppen hinein, die waren beide mein, in die unendlichen Horizonte hinein, in die unendlichen Telegraphenmasten hinein, in die unendlichen Vogelschwärme hinein, die Wirtsleut und die Mädel, in die unendlich großen Wälder hinein, in die unendlich breiten Flüsse hinein, die Wirtsleut und die Mädel, in die unendliche Ruhe hinein, in den unendlichen Schnee hinein, in die unendlichen Donner und Blitze hinein, die Wirtsleut und die Mädel, in die unendlichen Winde hinein, in den unendlichen Regen hinein, die Wirtsleut und die Mädel, die Wirtsleut und die Mädel, die Wirtsleut und die Mä – – –, und die – – –, und – – –.

Und sie alle stapften dahin, dahin, dahin, geradeaus, geradeaus, immer, immer weiter, los, he, hepp, auf, zu, mach, sie alle, alle, mit Krätzchen, mit Zivilhüten, mit Zylindern, mit Louismützen, mit bloßen Köpfen, Männer ohne Hemden, Männer mit gestreiften Beinkleidern, Männer mit Stöcken, die einen silbernen Griff hatten, Männer mit Ahornästen als Stökken, Männer mit Rucksäcken, Tornistern, Kartoffelsäcken, Leinentüchern als Tornistern, Männer mit Stroh um die Füße gewickelt, weil sie keine Schuhe hatten, Männer mit Hauspantoffeln oder Frauenschuhen, weil sie keine Schuhe hatten, ein Kerl von Samt und Seide, nur schade, daß er suff, Männer mit nichts als einem Hemd und einer Hose, nur schade, daß er suff, Männer ohne Kopfbedeckung also, ohne Jacke, ohne Bündel, ohne Socken, ohne Schuhe, ohne Stock, ein Kerl wie Samt und Seide, ein Kerl wie Samt und Seide.

Männer, ein Mann, zwei Mann, drei Mann, vier Mann, fünf Mann, macht eine Reihe.

Erster Mann, Hamsterbacken, aber Knochen wie Sägen, adlige Hände, schlank, lang, aber dreckig, ein Kerl wie Samt und Seide, die Augen fallen ihm zu, die Augen stehen ihm auf, die Augen fallen ihm zu, die Augen stehen ihm auf, zu, auf, zu, auf, klipp, klapp, es klappert die Mühle am rauschenden Bach, nur schade, nur schade, daß er suff, suff, suff.

Zweiter Mann, Furunkel am Nacken, gebückt, 35 Jahre alt, sieht aus wie 55, Furunkel am Hintern, Furunkel an der Wirbelsäule, ein Kerl wie Samt und Seide, Wunde am Daumen, Eiter fließt heraus, Eiter, Blut, Schleim, ein Kerl wie Samt und Seide, Samt und Seide, ein Kerl, Kerl, Kerlchen.

Dritter Mann, sieht nirgendwohin, obwohl er die Augen auf hat, sieht nirgendwohin, nirgendwohin, braune Augen, lächelt manchmal, weshalb, weiß er nicht, sagt es nicht, weiß es nicht, sagt es nicht, nur schade, daß er suff, braungebrannt, weiß unter der Bräune, schlohweiß, weiß wie Leichentuch, ein Kerl, ein Kerl wie Samt, wie Seide.

Vierter Mann, fünfter Mann, einer schleppt den anderen, zieht den anderen, hebt den anderen, anderer hebt den einen, zieht den einen, schleppt den einen, gehen Arm in Arm, schwule Brüder? Nichts mit schwulen Brüdern, müde Brüder, todmüde Brüder, ziehen sich, heben sich, schleppen sich, ein Kerl wie Samt und Seide, nur schade, daß er suff, ein Heller und ein Batzen, die waren beide mein, die Wirtsleut und die Mädel, die waren beide mein, der Oswald und der Paul, Förster und Verkäufer im Lebensmittelgeschäft, ich schieß' den Hirsch im wilden Forst, im wilden Wald das Reh, ich verkaufe es, ihn, es, ihn, daß er suff, ich verkaufe Sülze, wir essen Sülze mit Bratkartoffeln, ich verkaufe Schweizerkäse, wir essen Käse und Butter und weißes Brot, die Mädel, ein Kerl, Oswald mit dem Knebelbart, Paul mit dem Spitzbart, Oswald mit der Krätze, Paul mit dem Ekzem, die Wirtsleut, Batzen, Heller, Oswald, der Unteroffizier, Paul, der Gefreite, Unteroffizier der Luftnachrichtentruppe, Sanitätsgefreiter, Oswald, der nicht mehr

Förster sein will, sondern Musikstudent, Paul, der heiraten will, wie Samt und Seide. Und da fällt Oswald hin, und Paul nimmt ihn hoch und trägt ihn, der Kleine den Großen, der Dürre den Breiten, trägt ihn, trägt, trägt, ein Kerl wie Samt und Seide, trägt ihn, ein Kilometer, zwei, drei Kilometer, zehn Kilometer, er kann nicht mehr, ach, er kann nicht mehr, aber er trägt ihn, trägt ihn, ein Kerl wie Samt und Seide, er schwitzt, er atmet kaum noch, ein Kerl wie Samt und Seide, er trägt ihn, bis Abend ist, bis Rast ist, bis das Feuer brennt, bis die rohen Kartoffeln kochen, bis das rohe Fleisch gekocht hat, bis sie fressen, bis sie schlafen. Und morgen früh, um sechs, stehen sie wieder auf, stehen, gehen, weiter, los, ahoi, he hepp, auf, zu, ab, marschieren, fünf Mann, jede Reihe fünf Mann, eine Reihe, zehn Reihen, hundert Reihen, sechshundert Reihen, und jeder Mann trägt den anderen, jede Reihe stützt die andere, jede Hundertschaft die nächste Hundertschaft, und sie bilden eine Pyramide, eine Pyramide, deren Grund der Anstand ist, und darüber hält sie das Los zusammen, das über sie geworfen ist, und darüber hält sie die Ahnung zusammen, daß Deutschland stirbt, falls sie sterben, und darüber hält sie die Tatsache zusammen, daß sie Männer sind, und darüber hält sie die Dankbarkeit zusammen, daß sie den teuflischen Gedanken und Handlungen des Unholds entronnen sind, und darüber hält sie die Hoffnung zusammen, daß sie so, wie sie jetzt in den Osten hineinmarschieren, einmal in den Westen zurückmarschieren werden, und darüber, und dies stellt den Gipfel ihrer geistigen, herrlichen, unvergleichlichen Pyramide dar, hält sie der Glaube zusammen, daß Gott ist, daß er selbstverständlich, unbeweisbar, unabdingbar, rätselhaft, ungeheuer, ewig, alles in sich sammelnd, alles aus sich heraus schickend, alles durch sich hindurchfilternd, alles verwandelnd, alles erhöhend ist. Ist. I–S–T.

Gott, Alter! Du Kerl wie Samt und Seide! Säufst du? Was denn? Wohl Klosterlikör? Laß das! Trink Grog! Steinhäger! Mensch, Gott! Worauf wollen wir trinken? Auf das Würmchen, auf das Gräschen, auf das Mückchen, auf das Lüftchen, auf das Wölkchen, auf Mikrobe und Protoplasma! Auf Unschuld, Verbrechen, Demut, Niedertracht, Wahn und Weisheit, Ordnung und Unruhe! Auf das Ab und das Auf! Auf das Vor und das Zurück! Auf die ganze gute, liebe, schöne, friedliche, bewegte Erde! Auf ihr Blühen und Gedeihen! Auf die nimmersatte, nimmer endende, nimmer ruhende, quellende, kobolzschlagende, getriebene, treibende, schäumende, berstende Mannigfaltigkeit jedes Irdischen, Außerirdischen, Unter- und Überirdischen! Auf das Glück! Auf das Glück! Auf das Glück. Thomas und Maria. Anton und Sophie. Henri und Heloise. Iwan und Aglaia. Kenneth und Mary. Ach ja.

Im Gänsemarsch

Ich stelle mir vor,

wie der Feldwebel, ein fieser, impotenter, schwachsinniger Mörder und Mörderausbilder, einer von der SS-Sorte, obwohl er ein Amerikaner war, aber er hätte auch ein Russe oder ein Deutscher sein können, „Achtung" rief, das A so langgezogen, daß jeder von den fünfundsiebzig Infanteristen wußte, er hält mich für ein Arschloch, und weil er mich dafür hält, bin ich eins,

wie er als erster, das sollte so etwas heißen, etwa, der Feldwebel ist nicht mehr als die Rekruten, in das Wattenmeer stapfte, das jetzt, im Winter, eiskalt war und hier, an der Küste des Meers, fast stillstand,

wie die fünfundsiebzig ihm folgten, im Gänsemarsch, aber nicht ganz nach Vorschrift, nicht ganz gleich Spielzeugsoldaten, die, einer hinter dem andern, auf einem Laufband dahingleiten, und dann rollen sie hinunter, und dann gleiten sie, die Stiefel aus Kunststoff nach oben, weiter, unterirdisch, die Leute vor der Scheibe können sie nicht sehen, sie haben Angst und fragen sich, erscheinen sie wieder, oder erscheinen sie niemals wieder, und schließlich sind sie doch wieder da, der Weg durch die Tiefe und Finsternis hat sie nicht verändert,

wie er nicht am Ufer entlangstapfte, sondern mitten in das Wattenmeer hinein, obwohl es Nacht war, in der Zeit des Neumonds, Nacht mit Wolken und Nebel, und obwohl ihm bekannt war, daß die Flut zu steigen begonnen hatte,

wie sie hinter ihm her trotteten, ohne über irgend etwas nachzudenken, denn sie mußten aufpassen, daß sie nicht hinfielen, da, wenn einer stürzte, sich die anderen verhedderten und in den Matsch fielen, der sie sowieso schon hinabzuziehen versuchte, dorthin, wo wer weiß was war, Fische, Molche, Kröten, Schlangen aus dem zwanzigsten oder zwanzigtausendsten Jahrhundert vor Christi Geburt, Tiere, die immer noch lebten, statt versteinert zu sein,

wie er an nichts dachte, an gar nichts, außer an den Befehl, den er gegeben hatte, die fünfundsiebzig sollten sich so verhalten, als ob Krieg wäre, und sie wären gerade dabei, eine nächtliche Landung an einer feindlichen Küste durchzuführen, an den Befehl, der eine Strafe war, weil sie nicht gespurt hatten, ja, er dachte nicht einmal darüber nach, daß er nicht dachte, wieso denn auch, wo Denken doch Glückssache ist, und wo Alexander mehr ist als Sokrates,

wie sie dann doch, weil ihnen nichts anderes übrig blieb, zu denken anfingen, so in der Einsamkeit des einzelnen, rechts von sich nichts, links nichts, vor sich einen Schatten, hinter sich einen, aber war der Schatten wirklich ein Schatten, war er vielleicht auch nichts, oder wenn er doch ein Schatten war, wovon war er einer,

wie der erste sich an das Exerzieren erinnerte, das den nächtlichen Ausmarsch veranlaßt hatte, an das Singen des albernen Liedes von den Mädchen, die treu sind, aber in Wirklichkeit sind sie gar nicht treu, sie sehen die Haare auf einem fremden Arm und wollen mit dem andern schlafen, an das Singen, das nicht klappte, weil es die letzte Stunde war, und sie müde waren, an seine Stinkwut, marsch, auf die Bäume, das Lied auf den Bäumen gesungen, Affen, die Ihr seid, an den neuen Text, den sie sangen, auf ihn gemünzt, auf sein Unglück, das er bei den Mädchen hatte, und er wurde ganz käsig und scheuchte sie von den Bäumen, Schluß mit dem Unterricht, aber ich werde Euch schon beibringen, was eine Harke ist,

wie der zweite an die Plakate der Magazine dachte, die auf dem Bretterzaun neben dem Vorortbahnhof klebten, damals, als er im Urlaub war, Männer weinen mehr, als Frauen ahnen, was ist bloß mit dem Wetter los, wir wohnen im Kunststoffhaus, Verrat in der Wüste, toller und dennoch wahrer Bericht, Farbberichte Ihrer Sehnsucht, die Einsame von Teheran, ich war ihr hörig,

wie der dritte sich überlegte, ob es nicht das beste wäre, sich umzubringen, einfach abends, wenn alle in den Betten lagen und sich zum hundertstenmal den Witz von Adam und Abraham erzählten, aus der Falle zu klettern, an dem Untermann vorbei, der einen am Bein festhielt und fragte, he, wo willst Du denn hin, hast Du ein Weib auf der Toilette versteckt, Mann, wer wird denn so egoistisch sein, gestatten Sie, mein Herr, daß ich Sie begleite, überhaupt nicht zu antworten, aus der Bude zu latschen, Tür hinter sich zu, immer ordentlich, über den Gang, leise, leise, ja keinen wecken, Selbstmord ist verboten, schon den rechten Zeigefinger abhacken ist verboten, kannst ja keinen mehr umlegen, wenn Du einen Finger zu wenig hast, zum Treppenschacht, gut, daß wir im dritten Stock liegen, wie mache ich es bloß richtig, ich muß es so machen, daß ich gleich tot bin, bloß nicht vor ein Kriegsgericht, aber da latscht ein anderer über den Gang, egal, wer er ist, er wird es verhindern, wenn er mich erwischt, also ab dafür, wie, ist wurscht, übersteigen und sich fallen lassen oder sich auf das Geländer stellen und springen,

wie der vierte sich ausmalte, daß alle zum Appell angetreten wären, zum Gewehrappell meinetwegen, ja, und dann käme er auch zu ihm, stellt sich hinter ihn, gleich einem Schwulen, tritt ihm mit dem Knie in die Kniekehle, bist Du auch standhaft, Kerl, nimmt ihm das Gewehr aus der Hand, nein, nimmt es ihm nicht aus der Hand, er, er muß es ihm hinhalten, so hoch wie möglich den Lauf, damit er feststellen kann, ob ein bißchen Staub im Lauf ist, ach was, ein bißchen, ein einziges Staubkörnchen, natürlich ist eins drin, immer ist eins drin, und wenn einmal keins drin ist, pustet er durch den Lauf durch, seine Spucke ist in dem Lauf, er behauptet, daß die Spucke Staub ist, wer will, der hat, er nimmt ihm jetzt doch das Gewehr aus der Hand, er bläst seine Spucke aus dem Lauf, so daß das Ding wirklich sauber ist, er hält es gegen die Sonne, die gerade scheint, er will ihm beweisen, daß er ein Ferkel ist, er sieht so aus, als ob er die Sonne totschießen wolle, ach, er darf die Sonne nicht totschießen, lieber schieße ich ihn tot, aber so, wie das Gewehr jetzt ist, ungeladen, kann keiner damit schießen, weder er noch ich, ich könnte ihm mit dem Kolben das Hirn einschlagen, aber ich tue es nicht, ich weiß etwas anderes, etwas viel Besseres, ich ohrfeige ihn, ich trete vor die Front, ich sage so laut, daß alle es hören können, zu ihm, ich verachte Sie, Herr Feldwebel, das ist das Richtige, seine Schande ist mehr wert als sein Tod,

wie der fünfte an die letzte Geländeübung dachte, als sie berichten sollten, was für strategische Punkte sie ausmachen könnten, gut für die Verteidigung, gut für den Angriff, den höchsten Hügel, die tiefste Senkung, das einzeln stehende Bauernhaus, den einsamen Baum, das dichte Gebüsch, die Telegraphenstange, den ausgetrockneten Bach, aber er, anders als die andern, die alles aufsagten, wie es verlangt wurde, sagte kein Wort, als er an die Reihe kam, er sah etwas, aber er konnte nicht sagen, was er sah, denn wenn er es gesagt hätte, hätten sie ihn in ein Irrenhaus gesteckt, er sah etwas, er sah etwas Schreckliches, er sah den ausgetrockneten Bach, aber der Bach war nicht ausgetrocknet, er war voll Wasser, er war ein Fluß, kein Bach mehr, er trat über seine Ufer, und aus seinen Fluten stiegen viele weiße Pferde, wie in der Offenbarung Johannis, die Pferde schlugen mit den Hufen auf die Erde, sie schüttelten ihre Mähnen, sie wieherten, daß es über das ganze Gelände dröhnte, dann schlossen sie sich zusammen, schwärmten aus und griffen an, wen griffen sie an, die Soldaten griffen sie an, die Soldaten, die sich fürchteten, bebten, auf die Knie fielen und beteten, die Soldaten, die keine Soldaten mehr waren, sondern Menschen,

wie dem sechsten sein älterer Bruder einfiel, der während des letzten Krieges in Übersee gewesen war, auf einer Insel, im Dschungel, wo er, befehlsgemäß, jeden Feind, auf den er stieß, einen Kopf kürzer machte, und als dann der Friede gekommen war, sah zunächst alles ganz gut aus, der Bruder arbeitete als Kellner, was wünscht die Dame zu speisen, einen Tomatencocktail zu Beginn, aber an einem freien Tag ging er am Rand eines Wäldchens spazieren, zwei kleine Mädchen überholten ihn, er schlenderte hinter ihnen her, er quatschte sie an und wollte ihnen den Unterschied zwischen einem Mann und einem Mädchen zeigen, sie machten vieles mit, aber alles machten sie eben nicht mit, was soll denn das heißen, Ihr Pflänzchen, er holte das Messer, das er auf der Insel benutzt hatte, aus der Hosentasche und stach auf sie los, solange, bis er die Insel und die Mädchen vergessen hatte und einschlief,

wie der siebte –,

wie der siebte –,

wie der siebte – und die andern achtundsechzig und der Feldwebel mit einem Mal versanken, daß heißt, nicht alle versanken, bloß die ersten sechs, die übrigen entkamen, und natürlich entrann er auch, der alles eingebrockt hatte,

wie er plötzlich stehenblieb, weil er etwas gehört hatte, er wußte nicht, was es war, aber es war etwas, es war da, er wartete darauf, daß es deutlich würde, er wartete einen Moment lang, dann war ihm klar, was es war, ohne daß er es schon an den Stiefeln gehabt hätte,

wie er sich umdrehte und den fünfundsiebzig befahl, kehrtzumachen und im Gänsemarsch, und wenn sonst was passiert, im Gänsemarsch, zu der Küste zurückzuwaten, der Gegenbefehl hob den Befehl auf, der Gegenbefehl hob die Strafe auf,

wie sie gehorchten, obwohl es ihnen schwerfiel, denn die Flut war gekommen, war es die Flut aus dem Meer, die auf die Ebbe folgte, war es die Flut aus dem Traum des fünften, die über die Ufer des Bachs trat,

wie sechs den Boden unter den Füßen verloren, die sechs, von denen ich erzählt habe, oder andere sechs, wer weiß, ist ja auch ganz egal, Soldaten sind Soldaten, sie heißen nicht Anton, Bernt, Christian, Donald, Ezechiel, Frédéric, sondern eins, zwei, drei, vier, fünf, sechs,

wie der erste einfach verschwand, weg war er,

wie der zweite sank und sank und sank, dann kam er wieder hoch, dann sank er wieder, kam hoch, sank, und das setzte sich so fort, wie in der Hölle,

wie der dritte zu rennen anfing, aber es kam ihm bloß so vor, er rannte gar nicht, und je mehr er zu rennen versuchte, desto tiefer und schneller sank er in die Flut,

wie der vierte sich an dem fünften festhielt, so daß sie alle beide gleich Meteoren in die Wellen tauchten, wie der sechste fluchte, ehe er in dem Strudel umkam, nieder mit der Ausgehuniform, nieder mit der Zivilerlaubnis, mit dem Feldwebel, dem General, dem Vaterland,

wie er sich rettete, indem er die Reihe entlang watete, Disziplin halten, Leute, Disziplin,

wie er irgendeinen packte, hob, auf seine Schulter legte und an Land trug, wie er irgendeinen anderen schon geborgen hatte, aber was ist denn mit dem da los, der ist ja schon hin, ist ja witzlos, ich werfe ihn wieder ins Watt, nein, ich werfe ihn nicht, ich trage ihn ans Ufer, ist besser, ist für mich besser, für ihn nicht, hin ist hin,

wie er irgendeinen anderen vorübertreiben sah, der Tarnanzug hielt ihn an der Oberfläche, das ganze Ding gleich einem Fallschirm, der sich nicht geöffnet hatte, der Springer hing daran, die Haare waren eine Qualle, die Augen waren zwei Meersteine, der Mund war eine Muschel, die Zunge war ein junger Fisch,

wie die Wolken flohen und die Sterne sich verdoppelten, sie waren oben, sie waren unten, gespiegelt, das Meer sah wie der Himmel aus, es war schön, es heuchelte,

ich stelle mir vor,

wie ein Militärgericht gegen den Feldwebel verhandeln wird, die Anklage wird ihn anklagen, er übertrat seine Befugnisse, die Verteidigung wird ihn verteidigen, er war diensteifrig, er war zuverlässig, er war ein guter Soldat, er glaubte, seine Pflicht zu tun, er hat den Bogen überspannt, er hat sich geirrt, er war gereizt, vergessen Sie nicht, meine Herren, das Verhalten seiner singenden Männer auf den Bäumen des Kasernenhofes, das Gericht wird ihn richten.

Die japanischen Fischer

Ich schreibe von den Fischern, welche
den Thunfisch fangen, vor dem Wind,
doch plötzlich ist die Nacht voll Grind,
voll Alchimie im Sternenkelche.

Ich schreibe von den grünen Hähnen,
von Blasebalg, Docht, Stearin,
von Fischern, die nach Japan fliehn,
vom Pilz in den entsetzten Kähnen.

Ich schreibe von dem Flug des Staubes,
vom grünen Drachen, unsichtbar,
der Fledermaus im Fischerhaar,
vom grünen Star des blinden Raubes.

Ich schreibe von den Niederschlägen,
der Asche unterm Augenlid,
das schreit, weil es das Meer nicht sieht,
vom Rosenkranz, gedreht dagegen.

Ich schreibe von den Litaneien,
die Kniee beugt, daß Gott erbarm,
Herr Jesus Christ, es ist Alarm,
der Wolf ist in den Kleriseien.

Ich schreibe von den Zellgeweben,
das Blut leukämisch, tätowiert
die Haut, der Same amputiert,
vom Mund, wo die Ekzeme kleben.

Ich schreibe von den Längengraden,
vom Firmament, siderisch und
solar, von Ozean und Sund,
von Brise, Gegenwind und Schwaden.

Ich schreibe von der Bucht, der Küste,
vom Fischfang, auf dem Markt verkauft,
von Fischen, mit Atom getauft,
vom Kuß des Blitzes auf die Brüste.

Ich schreibe von den Kommissionen,
Verdacht, Gerücht, Verhör, Zensur,
Gerät, von der Partikelspur,
von Sack und Asche der Neutronen.

Ich schreibe von den Quarantänen,
von Espenlaub und Gänsehaut,
der Donner rührt die arme Braut,
Gebell des Niemals in den Zähnen.

Ich schreibe von den hundert Schreiben,
die lauten: bin bloß noch ein Geist,
wie Kreide bleich, vom Schnee geweißt,
triefäugig hinter grünen Scheiben.

Ich schreibe Dir zum letzten Male,
ich, Vogelscheuche, Vogeldreck,
spiel Du jetzt mit den Kindern Zeck,
ich aber schreibe die Signale.

Ich schreibe sie in den Kassiber,
ins Klagelied, zum Papst, nach Rom:
steig in ein Schiff, komm zum Pogrom,
nein, setz Dich in ein Flugzeug lieber.

Ich schreibe, daß ich früher lachte,
Hallelujah, ein Kolibri,
bis das Gespenst von Bikini
dem Vogel einen Garaus machte.

Ich schreibe von der grünen Plage,
ich stelle Fragen, stelle Dich
zur Rede, laß mich nicht im Stich,
ich schreibe wie am Jüngsten Tage.

Ich schreibe von den Kinderheeren,
ich warne Dich, sie singen laut,
das Lied der Mirabellenhaut,
den Satz der neu verfaßten Lehren.

Die Soldatengräber

Nachts aber liegen die Schriftsteller in ihren Betten, der K. F. B. und der B. U., der H. L. und der W. W., und können nicht schlafen und können nicht schlafen, und auch die andern alle liegen in ihren Betten und können kein Auge zumachen, der Zuckmayer und der Ehrenburg, der Eluard und der Faulkner, und sie können kein Auge zumachen, weil es über ihnen in der Nacht und quer durch die zerschlissenen Wolken rauscht. Es rauscht und rauscht, und es ist kein Regen und kein Wind, sondern es sind die Hügel, welche die Soldatenberge genannt werden, da sie früher, ehe der Krieg kam, nicht da waren, jetzt aber sind sie da, voll von toten Soldaten, wie die Leute munkeln, vom Grund und vom Innersten her bis zu den äußersten Gräsern, und wenn eine Ziege am Gras rupfen möchte, zieht sie es gleich heraus, und es kann dann sein, daß ein Finger aus dem Loch fährt. Jetzt aber haben sich die Soldatenberge emporgehoben und sind weit über die Länder geflogen, und sie haben sich geteilt, und sie sind im gleichen Augenblick über Berlin und Bayern, über Texas und Rom und Paris und Moskau, und wie sie das machen, ist so gleich, sie machen es, sie machen es, sie rauschen, sie wispern, sie sagen etwas, aber was es ist, können die Schriftsteller noch nicht verstehen. Vielleicht aber haben sich die Soldatenberge, unsre deutschen Soldatenberge, die mancher zwischen den purpurnen Stauden der Lüneburger Heide gesehen hat, auch nicht geteilt, vielleicht gibt es woanders auch solche Berge, die vor dem Krieg eine flache Weide waren, aber nach dem Krieg wölbten sie sich, fast bis zu den unsichtbaren, aber tosenden Routen der Flugzeuge, wölbten sich, waren prall, und wenn einer mit dem Knöchel daran klopfte, klangen die Soldatenberge überall in der Welt wie die Felle von ungeheuren Trommeln.

Jetzt fliegen sie über den Schriftstellern, die in ihren Betten liegen und nicht einschlafen können, oder die wach geworden sind, nachdem sie schon geschlafen haben, und sie wälzen sich von einer Seite auf die andre, und die Soldatenberge sinken tief hinunter, in die Straßen hinein, mit ihren Ausläufern sinken sie in die Straßen hinein, zwischen die Häuser, wo die Schriftsteller liegen und kaum atmen können, und die Soldatenberge wehen ihre Gräser in die offenen Fenster, oder, falls die Fenster zu sind, nutzt es den Schriftstellern doch nichts, daß sie die Fenster zugemacht haben, die Soldatenberge klatschen ihre Krumen und Erdstücke gegen die Scheiben, daß sie aufgehen, und wenn die Schriftsteller auch ihre Bettdecken über die Ohren gezogen haben, das Windchen, das bei den Soldatenbergen ist, lupft die Decken, entblößt die Ohren und die Augen und die Gedanken, das Windchen, das gar kein Wind ist, sondern die Rede einer alten Frau. Die alte Frau ist kein Geist, Gott bewahre, sie ist die Zeitungsfrau von der Ecke, Herr Schriftsteller, die Briefträgerin und das Fräulein, das die Brötchen verkauft, falls wir das Geld haben, die Brötchen zu bezahlen, und die alte Frau sitzt unten am Anfang der fliegenden Soldatenberge, sie ist mitgeflogen, sie ist nicht zum Spaß mitgeflogen, sie will Euch etwas sagen, Ihr Schriftsteller, hört es Euch an.

Ich will Euch etwas von den Soldatenbergen erzählen, wispert die Alte, sie wispert, es ist kein Zweifel, aber obwohl sie wispert, daß die Schriftsteller glauben, ja, das ist ein winziges Stimmchen, das bedeutet nichts, wenn nicht, meinen einige von den Schriftstellern, grade das winzige Stimmchen etwas bedeutet, etwas bedeutet und etwas ist, etwas, das alles ist, obwohl also die alte Frau bei der Sole der fliegenden Soldatenberge wispert, kommt das Stimmchen doch überall hin und füllt alles aus, füllt alles überall aus, alles rings um die Betten von dem Aragon und von dem Monnier, und schreit und schreit: seht und hört und denkt, hier sind die Soldatenberge, und dort seid Ihr in Euern Betten, die Ihr nicht schlafen könnt. Ich bin nichts Besondres, ich soll Euch nur etwas von den Soldaten in den Bergen ausrichten. Seht und hört und denkt, in den Soldatenbergen sind die toten Soldaten. Wenn Ihr aber meint, daß sie zu Staub und Gewürm zerfallen sind, so irrt Ihr Euch. Zwar sind sie tot, gestorben, wie Ihr sterben werdet, wenn Ihr Euch nicht um den Krieg kümmert. Aber sie leben auch, sie beobachten Euch, sie sehen Euch auf die Finger, auf Eure schreibenden Finger, auf Eure Schrift, die eine Schrift an der Wand sein soll. Seht und hört und denkt, auf den fliegenden Soldatenbergen aber hat sich ein dicker Nebel ausgebreitet, ein qualmender, stinkender, phosphorner Schwaden. In dem Qualm toben wilde Geräusche, soll ich Euch sagen, Geräusche, wie wir sie alle kennen, kennen und doch nicht kennen, denn sie sind noch viel gräßlicher, als sie früher schon waren, Supergeräusche soll ich Euch sagen, Supergeräusche von Superpanzern, die über die Wölbungen der Soldatenberge fahren, jetzt, jetzt, ja, auch in den Lüften, aber es sind keine Gespenster, es sind prächtige Panzer mit Turm und Luke und Rohr, mit Superturm und Superluke und Superrohr, aber es sind die gleichen armen Männer darin, und es sind die gleichen armen Männer vor den Panzern wie damals. Damals? Ach, es war erst gestern, als die Raupen knarrten und rasselten, es war erst gestern, als die Kinder mit den Panzerfäusten in den Fäustchen zu den Panzern rannten, und ihre Augen waren schon gebrochen, bevor sie brachen. Ihr Schriftsteller in den Betten, die Ihr auch im Bett liegt, wenn Ihr nicht darin seid, steht auf, verlaßt die Betten, die richtigen und die in Euern Gedanken, schüttelt von Euch den Traum von der Kunst, die in Euch ist, schüttelt ab den Traum von Euch, die Ihr in der Kunst seid und sonst nirgends, seht und hört und denkt. Seht und hört und denkt, daß Ihr verloren seid, wenn Ihr Euch nicht um die Briefträgerin und um die Zeitungsfrau und um die Bäckerin kümmert. Seht und hört und denkt, daß die Briefträgerin und die Bäckerin und die Zeitungsfrau verloren sind, wenn Ihr Euch nicht um den Krieg kümmert, um den Krieg und um sein Gegenteil, das ich aber nicht mit Namen nennen will, denn das Gegenteil des Kriegs ist so groß wie der höchste Berg auf Erden, wie das tiefste Meer so tief, so erreichbar und so unerreichbar wie das Glück. Ihr, Schriftsteller, Ihr macht es, daß das kleine Menschlein das Glück und das Gegenteil vom Krieg, welche beide einunddasselbe sind, erreicht.

Ihr macht es, daß der Mensch dies Ding, das wieder mit ihm selbst gleich ist, nicht erreicht. Ihr macht es, daß der Mensch ein kleines Menschlein ist, oder daß er groß und glücklich und er selber ist. Ihr macht alles, Ihr macht es, oder Ihr macht es nicht. Vernachlässigt das Andre, das auch zum Menschen gehört, nie und nirgends, aber vergeßt über dem Zweiten das Erste nicht. Wenn der Krieg in der Ecke liegt, ein ekler Besen, spinnwebig, schimmlig, verwesend, verschollen, holt die Auseinandersetzung über das, was er verhinderte, heraus, über das Kinderkriegen, über den Schulgang, über den Beruf, über die Liebe, über die Gerechtigkeit unter den Menschen, über das, das der eine hat, der andre aber nicht, und wie es sein könnte, daß alle haben, alle das Gleiche an Voraussetzung, damit alle das Gleiche an Glück haben. Seht und hört und denkt.

Sagte die Alte am Fuß der Soldatenberge, sagte es, sagt es, sagt es, wispert es, schreit es, und fliegt mit den Soldatenbergen, Nacht für Nacht, Tag für Tag, Stunde um Stunde, hin zu den verstocktesten Herzen, hin zu den trägsten Hirnen. Glühender Ball des Einvernehmens zwischen den Menschen, besonders aber zwischen den Weberschiffchen des Menschen, den Schriftstellern, welche die Menschen einander an die Herzen legen, legen und drücken, daß sie sich lieben und eines guten Sinns werden.

Mein Schiff, das heisst Taifun

So, jetzt gehe ich in den Keller, dort hole ich meinen Roller, mit dem fahre ich fort und komme nie mehr wieder, nein, ich kann den Roller nicht holen, im Keller spielen die andern, wenn die merken, daß ich meinen Roller holen will, dann wollen sie auch fahren, wenn ich sie aber nicht fahren lasse, dann fragen sie, warum nicht, dann muß ich ihnen sagen, warum nicht, und das will ich nicht, denn dann schreien sie, der Herbert will wegfahren, er kommt nicht wieder, dann ist alles kaputt, ei, jetzt haben sie mich gesehen, jetzt muß ich mitspielen, Klicker, sonst merken sie etwas, ich habe aber gar keine Klicker mehr, ach, ich tue einfach so, als ob ich noch welche hätte, vielleicht gewinne ich gleich welche, wieviel ich in der Hand habe, rate mal, fünf, nein, gar keinen, reingefallen, los, gib mir meine fünf, so, wieviel habe ich denn jetzt in der Hand, keine, nein, fünf habe ich in der Hand, her mit deinen fünf, jetzt habe ich schon zehn, und jetzt, einen, richtig, einen, jetzt habe ich nur noch neun, und jetzt, wieviel?

Die Mutter kommt, sie schreit, sie zerrt mich hoch, in die Wohnung, in mein Zimmer, sie stößt mich hinein, dann schließt sie hinter mir zu, ich werde dir helfen, nicht nach Hause zu kommen, wenn es befohlen ist, ich bin allein, was mache ich jetzt, wie komme ich aus dem Zimmer heraus, ich muß weg sein, bevor der Vater da ist, sonst schlägt er mich tot, ich gehe an die Tür und rüttele, aber die Tür ist fest zu, ich sehe durch das Schlüsselloch, aber ich sehe nichts, der Schlüssel steckt drin, ich versuche, ihn mit meinem Bleistift herauszustoßen, aber es geht nicht, er steckt quer, was mache ich bloß, der Vater kommt am Abend, wenn es dunkel ist, also muß ich weg sein, ehe der Vater kommt, sonst schlägt er mich tot, aber ich kann erst weg sein, wenn es dunkel ist, das ist noch eine ganze Weile, was mache ich bis dahin, ich weiß es nicht, ich mache nichts, doch, ich mache etwas, jetzt weiß ich, wie ich aus dem Zimmer herauskomme, ich nehme das Bettlaken, dann nehme ich die Couchdecke, die knote ich zusammen, das gibt einen langen Strick, den mache ich an der Heizung fest, daran lasse ich mich herunter, dann bin ich im Vorgarten, wenn ich im Vorgarten bin, bin ich draußen, wenn ich draußen bin, bin ich auf der Straße, wenn ich auf der Straße bin, bin ich weg, dann fahre ich mit meinem Roller in die weite Welt, zu den Sioux, dort bin ich ein berühmter Trapper, ich habe ein Gewehr mit goldenen Nägeln, ich trage Mokassins, ich kann mich wie ein Indianer anschleichen, wenn ein Feind kommt, schieße ich ihn tot, dann ziehe ich ihm den Skalp ab und hänge ihn an meinen Gürtel, dann gehe ich in meinen Wigwam und lege mich zu meiner Squaw, die hat mir einen süßen Hirsebrei gekocht, mit Rosinen drin, den esse ich, ich gebe ihr etwas ab, wir trinken süßen Wein dazu, und am Schluß sind wir beide ganz voll.

Ich sehe mir mein Zimmer an, mein Vater hat seine Bücherschränke hineingestellt, die Bücherschränke sind voll Bücher, aber der Vater macht sie nie auf, er liest nur Zeitungen, was ist das schon, Zeitungen kann ich auch lesen, Bücher hätte ich gern gelesen, aber ich darf keine Bücher lesen, Bücher sind nichts für Kinder, nur Schulbücher sind für Kinder, andre Bücher verstehen sie doch nicht, die Bücherschränke sind uralt, der Wurm ist drin, nachts, wenn ich nicht schlafen kann, höre ich den Wurm, dann bohrt er sich durchs Holz, er ist besonders in den Füßen von den Schränken, in den Füßen sind lauter Löcher, die Mutter hat die Füße in Schalen voll Terpentin gestellt, damit die Würmer sterben, aber die Würmer kümmern sich nicht darum, sie bohren und bohren, eines Tags wird der Schrank vornüber fallen, dann sitze ich vielleicht grade vor dem Schrank, der Schrank begräbt mich unter sich, und ich bin tot, aber das ist kein schöner Tod, nein, ich will hübscher sterben, ich werde meinen Roller aus dem Keller holen und nicht in die weite Welt fahren, sondern nur bis zum Fluß, ich werde in den Fluß hineingehen, dort holt mich keiner heraus.

Allmählich wird es dunkel, die Mutter ist nicht zu mir gekommen, sie hat mir auch nichts zu essen gebracht, was brauche ich noch etwas zu essen, wenn ich doch in den Fluß gehe, aber davon weiß sie ja nichts, sie läßt mich also glatt verhungern, sicher sitzt sie in der Küche, ißt ein Sahnenbaiser und liest einen Roman aus der Leihbücherei, jetzt, wo es dunkel ist, horche ich immer zur Küche hin, ob sie nicht kommt, während ich alles fertig mache, aber sie kommt nicht, und wenn sie käme, würde ich schnell die Decke und das Laken unter das Bett werfen, ich steige aus dem Fenster hinaus, sieht mich auch keiner, nein, es sieht mich keiner, ich habe Glück, es ist neblig, es ist Oktober, im Oktober habe ich Geburtstag, im Oktober werde ich elf Jahre alt, aber ich werde nicht mehr elf Jahre werden, ich werde zehn Jahre bleiben, ich werde immer zehn Jahre bleiben, ich halte mich am Strick fest, ich lasse mich los und hänge am Strick, es ist ein fester Strick, er taugt etwas, langsam lasse ich mich hinunter, der Strick reicht nicht ganz bis unten hin, aber das macht nichts, ich springe, ich bin unten.

Hat mich einer gesehen, nein, es hat mich keiner gesehen, ich bin allein, die Kinder spielen nicht mehr, sie essen jetzt ihr Abendbrot, ich kriege kein Abendbrot, ich will auch gar keins, was mache ich nur mit dem Strick, daran habe ich nicht gedacht, ich muß ihn hängen lassen, aber das macht nichts, sie sehen zwar gleich, wie ich es gemacht habe, aber das ist mir egal, sollen sie es doch sehen, deshalb können sie doch nicht rascher hinter mir her, auch wenn sie so rasch wie ein Apache wären, könnten sie mich doch nicht einholen, denn ich habe eine Tarnkappe auf, ich sitze in einem unsichtbaren Auto, damit fliege ich durch die Luft, ich bin mutig, ich bin ganz ruhig, trotzdem habe ich Angst, ich will aber keine Angst haben, und damit ich mir beweise, daß ich die Furcht überwinden kann, gehe ich noch einmal an das Tor vom Vorderhaus und spiele, was wir dort immer spielen, Erschrecken, Leute erschrecken, man steigt auf das Tor hinauf, das Tor ist hinter einer Mauer, so daß die Leute, die von links kommen, nicht sehen können, daß ein Tor da ist und daß jemand auf dem Tor steht, dann schwinge ich mit dem Tor hin und her, so lange, bis einer kommt, ich kann die Leute kommen sehen, indem ich den Kopf rasch über die Mauer strecke, jetzt kommt einer, ich schwinge, das Tor fällt zu, es ist mein Vater, was machst du denn da, und so spät, man kann sich ja zu Tode erschrecken, hopp, nach oben, oben werden wir uns weiter sprechen, ich muß noch in den Keller, Vater, was willst du denn da, ich muß noch Gurken holen, nein, ich lüge nie, ich lüge auch jetzt nicht, ich werde mir wirklich eine Gurke holen, ich muß mir ja etwas zu essen mitnehmen, bis zum Fluß ist es weit, ich laufe in den Keller, der Vater geht nach oben, ich nehme eine Gurke, ich nehme den Roller, ich muß den Roller mit beiden Händen tragen, also stecke ich die Gurke in den Mund, ich steige die Kellertreppe wieder hoch, ich eile mich noch mehr, als ich mich bisher schon geeilt habe, ich laufe, ich renne, der Roller ist schwer, ich bin am Tor, ich setze mich auf den Roller, ich fahre um die Ecke, ich bin weg.

Ich fahre wie der Teufel, es wird immer nebliger, ich kann kaum noch etwas sehen, das ist schlecht, weil ich auf dem Bürgersteig fahre, stoße ich oft Leute an, die mir entgegenkommen, sie schimpfen, aber ich kümmere mich nicht darum, einmal will mich jemand anhalten, aber ich sage, ich habe keine Zeit, ich muß für meine Mutter zum Arzt, sie kriegt ein Kind, da läßt er mich laufen, ich stoße auch an die Gaslaternen, das tut weh, es ist auch für den Roller nicht gut, ich steige ab, ich fahre auf der Straße weiter, ich weiß, daß es verboten ist, die Eltern haben es mir verboten, aber ich tue es trotzdem, jetzt kann ich alles tun, was ich will, jetzt kann mir niemand mehr etwas verbieten, es gibt nur noch meinen Roller und mich auf der Welt, die Gurke gibt es auch nicht mehr, die Gurke habe ich längst aufgegessen, doch, es gibt noch etwas außer mir und dem Roller, es gibt noch einen Hund, einen blödsinnigen Hund, der kommt plötzlich aus der Dämmerung auf mich los, dann geht er nicht mehr weg, er bleibt so lange bei mir, daß ich denke, er geht überhaupt nie mehr von mir weg, er ist ein großer, schwarzer Hund, er läuft immer hinter mir her, wenn ich ihn wegscheuche, bleibt er ein bißchen zurück, aber wenn ich schon denke, daß er endgültig weg ist, ist er wieder da, er läuft neben mir her, er überholt mich, er läuft vor mir her, er kreist um mich herum.

Ich bin der König aller Kinder, so mutig wie ich ist kein Kind, ich bin den Eltern weggelaufen, ich bin fast ein Erwachsener, ich bin Christoph Columbus, ich fahre über das Meer, der Nebel ist das Meer, der Roller ist das Schiff, ich bin Kapitän, ich bin der Steuermann, ich bin der Matrose, ich bin gleich hundert Matrosen, das Meer ist so groß wie ein Riese, das Schiff ist so groß wie ein Haus, was für Gefahren mir alle begegnen, ein Wind weht, ach, es ist kein Wind, es ist ein Sturm, ein ungeheurer Sturm, das Schiff schlingert, es fliegt bis zum Himmel, es fliegt bis auf den Grund des Meers hinunter, der Sturm dreht es im Kreis, bald ist alles aus mit mir, bald hat der Sturm uns verschlungen, aber jetzt ist nicht nur Sturm, jetzt ist auch noch Gewitter, und was für ein Gewitter, die Blitze sind so groß wie das Feuer, das damals im Hafen gebrannt hat, Feuer, Feuer, ach, da fällt mir etwas ein, wie wäre es, wenn ich ein Feuer an unser Haus legte, ein schönes Feuer, damit sie sehen, was für einer ich bin, was für ein mächtiger König, einer, dem sie nichts anhaben können, einer, der ihnen alles anhaben kann, sie wissen es bloß noch nicht, aber sie sollen es wissen, besonders die Eltern sollen es wissen, die mich immer so klein gemacht haben, kleiner noch, als ich bin, ich bin ja ein Kind, ich bin winzig, ich weiß, aber Kinder sind auch etwas, Kinder sind auch etwas wert, die Erwachsenen meinen immer, daß sie mit uns Kindern machen können, was sie wollen, wir Kinder wollen ihnen zeigen, daß wir mit ihnen machen können, was wir wollen, ja, ich fahre zurück und stecke das Haus in Brand, he, ich wende das Schiff, jetzt ist es leicht, das Schiff zu wenden, der Sturm hat aufgehört, das Gewitter auch, es ist vollkommen windstill.

Zurück, zurück, ich weiß gar nicht mehr, wo ich bin, ich habe mich verirrt, ich kann aber niemanden fragen, wo unser Haus steht, sicher wissen schon alle Leute, daß ich ausgerissen bin, dann halten sie mich fest, und alles ist kaputt, es darf aber nicht kaputt sein, ich habe noch viel vor, ich muß noch das Haus anstecken, ich muß nach Amerika fahren, ich muß zum Fluß, ich muß auch noch den Hund loswerden, der Hund ist immer noch da, ich finde mich nicht zurecht, ich finde das Haus nicht, ach, ich weiß etwas, ich stecke nicht unser Haus an, es muß ja nicht unser Haus sein, es kann ja irgendein Haus sein, welches Haus nehme ich denn, ich nehme das Haus, wovor ich grade fahre, wie stecke ich es aber an, ich habe nichts, kein Streichholz, kein Feuerzeug, nichts, habe ich ein Stück Papier, nein, doch, ich habe ein Löschblatt, das halte ich in das Feuer von der Gaslampe, die da steht, wo habe ich bloß das Löschblatt her, ich weiß, auf das Löschblatt habe ich die Lösung von der Rechenaufgabe geschrieben, der Ernst kann schlecht rechnen, so, ich halte mein Schiff an, ich gehe vor Anker, auf die Gaslampe hinauf, bis oben hin, wenn mich einer sieht, geht es mir schlecht, ich halte das Löschblatt an die Flamme, es brennt, ich muß mich eilen, sonst ist das Löschblatt verbrannt, ehe ich am Haus bin, ich bin am Haus, das Löschblatt brennt immer noch, wo ist ein offenes Fenster, da ist eins, ich werfe das Löschblatt hinein, ob etwas brennt, ja, es brennt etwas, was ist es denn, ich kann es nicht sehen, das Fensterbrett ist zu hoch für mich, ich springe einmal hoch, ich sehe nichts, noch einmal, ich sehe immer noch nichts, ich springe zum dritten Mal, jetzt sehe ich, was brennt, eine Zeitung brennt, die Zeitung liegt auf dem Tisch, auf dem Tisch ist ein Tischtuch, jetzt brennt das Tischtuch auch, wenn das Tischtuch brennt, dann brennt auch die Lampe, die über dem Tisch hängt, wenn die Lampe brennt, dann brennt auch die Gardine, die neben der Lampe hängt, dann brennt auch das ganze Zimmer, die ganze Wohnung, das ganze Haus. Ich mache mich davon, wo ist mein Schiff, da ist es, ich werde meinem treuen Schiff einen Namen geben, wie soll ich es nennen, ich weiß es nicht, doch, ich weiß es, ich werde es Taifun nennen, vorhin bin ich im Taifun gewesen, mein Schiff hat mich aus dem Taifun gerettet, deshalb will ich es Taifun nennen, ein Taifun soll gegen das brennende Haus wehen, auch deshalb will ich mein

Schiff Taifun nennen, ein Taifun, so groß wie die Nacht, in der ich jetzt stecke, damit alle Leute sehen, was ich kann, oh, ich kann viel, sehr viel, ich kann alles, man kann alles, wenn man will, mein Vater hat es immer zu mir gesagt, wenn ich schlechte Noten mit nach Hause brachte, das habe ich mir gemerkt, weiter, weiter, mein Schiff, ich muß weiter, ich habe keine Zeit, ich muß zum Fluß, der Fluß ruft, der Fluß ruft mich, den Mann des Flusses, den Flußmann, ach, ich bin müde, ich bin schrecklich müde, ich bin so müde, daß ich am liebsten wieder nach Hause ginge, aber das kann ich jetzt nicht mehr, das kann ich jetzt nie mehr, ich muß zum Fluß, ich muß, ich muß, ich wäre ein schöner Feigling, wenn ich jetzt schlapp machen würde, weiter, aber ich habe solchen Hunger, wenn ich doch noch eine zweite Gurke hätte, aber ich habe keine mehr, habe ich denn in den Taschen nichts mehr, nein, doch, ich habe noch ein paar Krümel von den Schulstullen, die esse ich, hätte ich sie doch nicht gegessen, jetzt habe ich noch mehr Hunger, aber ich muß aushalten, ich will Christoph Columbus sein, ich muß so viel aushalten wie er, als er nach Amerika fuhr, aber Amerika kam nicht und kam nicht.

Der Fluß kommt nicht und kommt nicht, dafür aber ist der Hund da, er geht nicht weg, gehst du weg, du Vieh, ich will nichts von dir wissen, scht, scht, weg, weg, er geht nicht weg, da, ich trete nach ihm, jetzt muß er weggehen, nein, er kommt auf mich zu, er ist zornig, sein Maul steht offen, ich fürchte mich, ich lasse den Roller Roller sein, ich laufe weg, ich laufe irgendwohin, es ist so neblig, da wird der Hund mich nicht finden, der Nebel ist so dick wie Brei, Brei, ach, Reisbrei, da ist das Vieh, weg, ich trete nach dir, ich trete dich, ich trete dich tot, was, du willst nicht, du schnappst noch nach mir, ich schmeiße einen Stein nach dir, da, noch einen, ich habe dich getroffen, ja, das Vieh blutet, aber jetzt wird es wild, jetzt springt es auf mich los, ich kann nicht mehr ausweichen, jetzt hat es mich, jetzt beißt es mich, ich blute, vielleicht ist der Hund toll, sicher ist er toll, sicher werde ich jetzt auch verrückt, ich bins schon, ich springe ins Wasser, aber das Wasser ist gar kein Wasser, es ist Sand, ich habe Sand im Mund, wo bin ich, ich bin am Fluß, aber ich bin noch nicht im Fluß, der muß erst noch kommen, aber jetzt kommt er, jetzt springe ich in den Fluß.

Hinunter, hinunter, ich fliege, ich klatsche auf, das Wasser ist kalt, das Wasser ist warm, ich bin in der Strömung, die Strömung zieht mich weg, das ist gut so, dann bin ich rasch weg, Hilfe, Hilfe, ich will nicht weg sein, nicht weg, bitte, nicht weg, lieber Gott, hilf mir, daß ich nicht weg muß, ich will leben bleiben, ich will auch ein braver Junge sein, ich, was bin ich für ein armes Würstchen, feige, feige, jetzt geht es tiefer, ach, ich könnte schwimmen, aber ich schwimme nicht, ich will nicht schwimmen, ich will nicht, jetzt gehts schon bis an den Mund, jetzt gehts über den Mund, in den Mund hinein, ich spucke, wo ist der Hund, ist mir der Hund nicht nachgesprungen, wenn er mir doch nachgesprungen wäre, dann könnte er mich vielleicht retten, aber er ist mir nicht nachgesprungen, nein, ich bin allein, das Wasser ist mir an den Ohren, an den Augen, am Haar, jetzt ist von mir nichts mehr oben, alles ist unten, ich bin weg, endgültig weg, Herbert ist nicht mehr da, Herbertchen, Wasser, Feuer, Haus, Eltern, Strick, Spucke, Löschblatt, Roller, Nebel, Gaslaterne, Gas, ich ersticke, tot, bin ich tot, alles ist grün, ich bin auf einer Wiese, Blumen, es riecht, Viehzeug ist auf der Wiese, es leckt mich, es leckt mir das Gesicht ab, ihgitt, aber es ist auch wieder schön, es schleckt mich, laß es schlecken, es legt sich auf mich, es ist so naß wie ich, aber es ist auch warm, mir ist kalt, aber wenn mich das Vieh noch lange wärmt, wird mir auch warm, ja, mir ist schon warm, mir ist schön warm, das Vieh liegt immer noch auf mir, was ist denn das für ein Vieh, vielleicht ist es ein Fisch, ich will einmal nachsehen, aber es hat ja gar keinen Zweck, ich bin ja tot, ich sehe doch einmal nach, es ist, es ist kein Fisch, es ist der Hund, der große, schwarze Hund, der immer neben mir hergelaufen ist, er ist auch tot, der dumme Hund, wolltest du mich retten, und jetzt bist du auch ersoffen, wie, du bist nicht ersoffen, sagst du, du irrst dich, ich weiß es besser als du, du bist ersoffen, ich bin ersoffen, wir sind alle beide ersoffen, wir sind alle beide tot, mein Kerlchen, guck doch um dich, da ist nur Tang, Fische sind natürlich auch da, in einem Fluß sind eben Fische, aber nein, da sind ja gar keine Fische, da ist auch kein Tang, da ist Gras, Sand, da ist Luft, ich rieche etwas, frische Luft, es ist die Luft bei einem Fluß, ja, ich sehe den Fluß, aber er ist nicht in mir, ich bin auch nicht im Fluß, sondern der Fluß ist neben mir, der Fluß ist weit weg, über dem Fluß ist eine Brücke, auf dem Fluß ist ein Schiff, ich höre Autos und Straßenbahnen, ich höre die ganze Stadt, die verdammte Stadt, aber die Stadt ist doch auch ganz schön, ich danke dir, lieber Hund, daß du mich gerettet hast, vielen Dank, komm, wir legen unsre Köpfe zusammen, deinen Kopf und meinen Kopf, wir legen unsre Bäuche zusammen, deinen Bauch und meinen Bauch, dann schlafen wir ein, fest ein, wenn wir wieder aufwachen, dann sind wir wieder zu Hause, oh, du hast kein Zuhause, warte, ich nehme dich mit, da ist es zwar nicht besonders, aber das werden wir schon hinkriegen, wir machen es uns schon ganz hübsch, gute Nacht, mein Dikker, und wenn es uns zu Hause nicht gefällt, dann hauen wir einfach ab.

Erde. Habe ich Erde gesagt? Ja. Weshalb? Ich weiß es, und ihr wißt es nicht. Übrigens: guten Abend. Oder, richtig gesagt: gute Nacht. Ich bitte euch alle um Entschuldigung, daß ich so spät komme. Auch die, welche mich nicht mehr oder noch nicht kennen. Liebe Verwandte, ich bin der Landmesser, euer Bruder, Schwager, Vetter, Neffe, Onkel und so weiter. So, jetzt wißt ihr Bescheid. Nein. Euch ist die Vergangenheit bekannt, die Gegenwart. Jedenfalls eure Vergangenheit, eure Gegenwart. Aber die Zukunft ist euch ein Buch mit sieben Siegeln. Man plappert den Ausdruck so hin, als wäre er nichts. Dabei ist er alles. Ich nenne euch die sieben Siegel: Anteilnahme, Geduld, Kenntnis, Mut, Selbstlosigkeit, Verzicht, Wachsamkeit. Aber mir ist die Zukunft entsiegelt. Ich kann nichts dafür. Ich bin nicht mehr als ihr, eher weniger, ja sogar ganz bestimmt. Mir ist die Zukunft mitten in der Gegenwart zugeflogen. Das heißt, nicht unmittelbar, sondern sie flog zu andern, und mit einem Mal befand ich mich darin. Als Zuhörer. Aber hörte ich etwas? Als Zuschauer: Ich sah, auf einen Schlag, besser gesagt, nach einem Schlag, mehr, als ich jemals gesehen hatte. Und als mir lieb war. Lieb: was für ein albernes, abscheuliches Wort, obwohl ... Erde. Habe ich Erde gesagt? Ja. Warum? Ich weiß es, und ihr werdet es wissen. Liebe Verwandte, ihr sitzt auf der Erde. Aber wie lang werdet ihr darauf hocken? Denn wie lang wird eure Erde eine Erde sein, und wie lang wird also eure Erde eure Erde sein? Ihr feiert euren Familientag. Ich gehöre zu unsrer Familie, aber ich feiere den Tag nicht mit. Ich kann es nicht. Ich darf es nicht. Vorhin habe ich euch guten Abend, dann gute Nacht gewünscht. Ich meinte es ehrlich. Aber indem ich euch etwas wünschte, von dem ich weiß, daß es nicht eintreffen wird, war es auch unehrlich. Verzeiht mir, bitte. Ihr kauert auf euern Stühlen, Sitze aus rotem Samt, Lehnen und Beine, mit Gold bestäubt. Ein Sitz ist frei. Ist er für mich? Ich danke euch. Aber ich werde mich nicht hinsetzen. Wenn ihr erfahren habt, was ich euch mitteilen will, werde ich euch so schnell wie möglich verlassen. So schnell wie möglich: ich meine es wörtlich. Vielleicht kann ich keinen Fuß mehr vor den andern setzen. Oder etwas Ähnliches ist mir passiert. Wir werden es erleben. Erleben. Erde. Habe ich Erde gesagt? Ja. Ihr hockt an euerm langen rechteckigen Tisch. Hockt ihr daran? Ihr trinkt aus euern kristallenen Gläsern euern Rosé. Trinkt ihr noch? Ihr eßt euer Käsegebäck. Eßt es nicht. Vielleicht habe ich es vergiftet. Ohne es zu wollen, das ist klar. Ihr raucht, Zigarren, Pfeife, Zigaretten. Aber ist es nicht gleichgültig geworden, was ihr raucht? Ihr kauert im Rokokosaal eures Hotels. Deshalb flackern auch so viele Kerzen auf euch herunter. Der Portier wechselt sie immer wieder aus. Er entfernt eure vollen Aschenbecher und stellt euch leere hin. Er bringt euch neuen Wein und neues Gebäck. Er war unhöflich zu mir. Wenn es anders um mich stünde, hätte ich ihn geohrfeigt. So aber ließ ich es sein: ich bin zu schwach, und es lohnt sich nicht. Ich muß auch zugeben, daß ich im Gegensatz zu euch nicht wie ein Gast dieses feinen Hotels aussehe. Aber als ich ihm durch meinen Ausweis belegte, daß ich zu euch gehöre, ließ er mich durch. Ja, er zeigte mir sogar den schwierigen Weg zu euch: er war sowieso grade unterwegs. Wie heißt euer Hotel? Imperial. Es ist nicht mein Hotel. Es wird auch das eure nicht mehr sein.

Ich bin Landmesser. Es ist euch nicht unbekannt, daß auch mein Vater und mein Großvater Landmesser waren. Die beiden waren gute Geometer, ich war ein schlechter Vermessungsingenieur. Bis vorgestern nachmittag. Da wußte ich plötzlich, worauf es in meinem Beruf ankommt: Man muß genau sein, man muß erkennen, man muß folgern. Ja, ich brauchte fast zwei Tage bis zu euch. Ich hätte fliegen können. Aber ich fand es schon immer unnatürlich, einen Vogel nachzuahmen. Und nun, nach der Vermessung der Stadt, erst recht. Was für einer Stadt? Ich kenne ihren Namen, aber ich nenne ihn euch nicht. Es ist verboten, ihn preiszugeben. Eines Tages, wenn genug Gras darüber gewachsen ist, werdet ihr es in den Zeitungen lesen und aus den Radios hören. Falls es dann noch

Radios und Zeitungen gibt. Gras gewachsen? Habe ich Gras gesagt? Habe ich gewachsen gesagt? Ich hätte mein Auto nehmen können. Aber war ich noch kräftig genug, allein darin zu fahren? Ich benutzte den Zug. Ich habe es geschafft. Aber werde ich so viel Kraft haben, daß ich euch alles zu Ende berichten kann? Unterbrecht mich nicht. Jede Minute ist wichtig. Gras wachsen. In eurer Stadt wächst noch welches, in jener Stadt wächst keins mehr. In der andern Stadt wächst überhaupt nichts mehr. Wann wird eine Stadt mit der andern übereinstimmen? Die andre Stadt war immer von einer Wüste umgeben. Nun war sie selbst eine Wüste. Eine Wüste, und mehr als das. In den Wüsten, wie wir sie kennen, leben wenigstens Tiere. Tiere. Gras. Ich muß alles gliedern, wie in einem Schulaufsatz. Sonst bekomme ich keine Ordnung hinein, und ich verliere zuviel Zeit.

Erstens: Tiere. Ich habe viele Tiere in der Stadt gesehen, die keine mehr war. Gesehen und angefaßt. Das hätte ich nicht tun sollen. Aber ich bin neugierig, und ich bin ein Landmesser, der endlich die Topographie anwandte, welche er gelernt hat. Ich sah, und berührte, Hunde, Katzen, Pferde, Hühner, Spatzen, Mäuse, Ratten, Schweine, Kaninchen, Schmetterlinge, Wespen, Ameisen, Spinnen, Würmer, Goldfische, Goldhamster, Meerschweinchen, Seepferdchen, Wanzen, Kakerlaken, und so weiter. Solang ich sie nur ansah, sahen sie so aus, als lebten sie, und schliefen bloß. Der Hund schien ein Hund zu sein, der Kakerlak ein Kakerlak. Wie im Märchen: Dornröschen. Was hatte sie verzaubert? Der böse Geist: der Mensch, die Menschen. Was ähnelte dem Prinzen? Ein guter Geist: der Mensch, die Menschen. Aber wenn ich sie anfaßte, verhielten sie sich nicht wie im Dornröschen. Es gab keine Röschen mehr, es gab nur noch Dornen. Die Säugetiere platzten, zerfielen in kleine, kleinere, kleinste Teile, verloren ihre festen Substanzen, wurden wäßrig, verdunsteten, verschwanden. Aber ehe sie weg waren, weg, als wären sie nie da gewesen, stanken sie. Aber sie stanken nicht nach Tier, sondern nach Chemie. Die Vögel lagen nicht auf der Erde herum, sondern waren dort, wo sie das ..., ja, was war es, war es ein Überfall durch einen andern Staat, war es eine Vernichtung durch unbekannte Gewalten, war es ein Zeichen einer göttlichen Ungeduld, war es ein Ausdruck einer Selbstzerstörung der Bewohner dieser Stadt, und auch die Tiere mußten daran glauben, weil die Menschen aufgehört hatten zu glauben – also die Vögel waren dort, wo sie das Ding ereilt hatte, sage ich jetzt einmal, der Einfachheit halber, oder hatte vielleicht wirklich ein Ding das Ende verursacht, ein Es, nicht zu greifen, nicht zu erklären, nie festzustellen: die Vögel standen in der Luft. Anderthalb Meter hoch, hundert Meter hoch, ein paar Millimeter über den Fahrdämmen oder Bürgersteigen. Standen sie? Hingen sie nicht vielmehr, in unsichtbaren Schlingen? Jedenfalls hatten sie alle, soweit ich sie genau betrachten konnte, das Genick gebrochen. Die Insekten waren bereits in einen andern Zustand übergegangen, in jenen nämlich, der uns von ihren Vorfahren bekannt ist: sie waren versteinert. Oder, da sie das Nichts in einer Stadt getroffen hatte, waren sie im Glas begraben, im Holz, im Leder, in den Metallen, in den Kunststoffen, in den Körpern der Menschen. Soweit die Körper der Menschen noch Körper waren. Die Fische verhielten sich anders: sie, die, durch den Untergang, nicht mehr in einem Wasser schwammen, hätten doppelt tot sein müssen. Aber sie waren es nicht. Berührte ich einen von ihnen, zuckte er zusammen, wie von etwas gestochen, das äußerst gefährlich für ihn war. Wie aber konnte ich eine Gefahr für ihn sein, ich, der ich selbst aufs äußerste gefährdet war, womöglich am meistens durch ihn, den Goldfisch oder Knurrhahn? Oder ahnte er, daß ich, ein Mensch, wenn auch kein Einwohner der Stadt, nicht zur Zukunft gehörte, und diese Zukunft war ausschließlich den Wassern und seinen Tieren vorbehalten? Dem Meer? Und eben auf das Meer warteten die Fische in der toten Stadt? Waren sie einmal zusammengezuckt, schnellten sie davon, als schwämmen sie. Dann blieben sie wieder liegen.

Zweitens: die Menschen. Ich kann euch nicht alle aufzählen, die ich erblickte. Es waren zu viele, und ich merke, in diesem Augenblick, daß ... Was? Mir geht es nicht gut. Aber das ist gleich. Wichtig ist nur, daß es euch nicht so geht wie den Leuten in der Stadt. Um offen zu sein, nicht weil ihr und ich Verwandte sind, sondern weil ihr so viele seid: ich muß das, was ich erlebt habe, möglichst vielen auf einmal vermitteln. Ob ihr es wert seid, ist eine andre Frage. Muckt nicht. Kusch. Andrerseits, zweifle ich nicht daran, daß einer oder auch zwei unter euch sind, die in sich gehen, und meinen Bericht so weitergeben, wie er gemeint ist. Die Menschen: ich sah sie nur in Klumpen. Wie Lämmer, wenn der Wolf kommt. Erst rennen sie fort, und geht es nicht mehr weiter, stellen sie sich auf einen Haufen zusammen. Aber der Wolf heult sich eins, und reißt ein Lamm nach dem andern, und der Rest stirbt vor Angst. Oder wird seinerseits ein Wolfsrudel. Liebe Leute, es wird erst besser, ja gut mit euch sein, wenn die Wölfe vor dem Lamm davonrennen. Die Menschen in jener Stadt: ihre Klumpen waren kaum unterscheidbar. Die Kinder mit den Puppen und U-Booten zwischen den Fingern, die Eltern mit der Zeitung in den Händen, die meldet, daß die Verbündeten tausend Feinde getötet haben, die jungen Männer mit den Transistoren, die Mädchen mit den roten Perücken, die Ehefrauen im Zweitwagen, die Ehemänner mit den Dia-Serien, die Verkäuferinnen in der Parfümerie, die Kellner in den Lokalen, die Bankangestellten, die Aktien, die Antiquitätenhändler, die Bauernschränke, die Degenstöcke, die Hemdenmacher, die Krawatten mit den Golfschlägern darauf, mit den Jagdhunden darauf, mit den U-Booten darauf, Schlips darf man nicht sagen, Schlips ist nicht fein, die Zeitung, die nicht meldet, daß zehntausend Degenstöcke tausend Bauern getötet haben, die Zeitung, die nicht meldet, daß wir töten, um Jagdhunde hetzen zu können, daß wir Jagdhunde hetzen, um töten zu können, Aktien statt feiner Lokale, Dias, Trias, Frauchen im Erstwagen, Frauchens Freund im Zweitwagen, Sohn im Drittwagen, Herrchen auf dem Fahrrad, angeschmiert, abgeschmiert, verschmiert, oben die Perükken, lila, nein, nachtschattenviolett, hellgrün, nein, birkenwipfelgrün, unten Creme gleich Milch gleich Balsam. Aber ich wäre selbst ein Wolf, ein Wolfsrudel, ein Gegenmensch, Ohnemensch, ein Schläger, Totschläger, wenn ich euch vormachen würde: ich hätte nur Lumpen gesehen. Ich sah andre. Die meisten waren anders, aber wer mit den Wölfen geheult hat, muß mit ihnen zugrunde gehen.

Ich bückte mich zu ihnen hinunter. Ich horchte, ob einer von ihnen noch atmete. Keiner. Dafür stanken sie, ohne, wie die Säugetiere, zu zerbröckeln und zu zerrieseln, nach Chemie. Obendrein waren sie alle, die Gelumpten und die Lumpen, mit etwas überzogen, daß ich nicht ausmachen konnte. Als ich es anfaßte, merkte ich, daß es kalt war. Eiskalt ist gar kein Ausdruck: die Leichen waren unendlich kalt wie in der Unendlichkeit. Die Unendlichkeit hatte sich ihrer bemächtigt. Obwohl sie, einerseits, hier, vor mir, hinter mir, rechts von mir, links von mir, über mir, wenn sie sich besonders klumpten, auf den Plätzen, in den Gassen, in den Hausfluren und Zimmern lagen, schwebten sie, andrerseits, gleichzeitig auch schon in der Unendlichkeit. Sie, nur sie, die mit einem Film Überzogenen, oder was das für ein klebriges Zeug auf ihnen war, ein Zeug, das wie ein Regenbogen glitzerte, wie ein Regenbogen neben dem andern: denn alles, was auch nur einen einzigen Zentimeter von ihnen getrennt war, faßte sich wie unter normalen Umständen an. Falls es dergleichen gibt. Ich zweifle daran. Und ihr, was meint ihr? Nichts? Könnt ihr schon nicht mehr reden? Habe ich euch angesteckt? Ich hätte die bunte Glasur auf den Elenden, Verelendeten, nicht berühren sollen. Es hat mich erwischt. Ich ... Ich bin ... Ich bin einer ... Von, von ... Ihnen, ihnen, ihnen.

Ich faßte auch das an, was ein Zentimeter von ihnen entfernt war. Zum Beispiel die Wörter oder Sätze, die sie auf den Asphalt und auf die Fußböden gekritzelt oder in sie hinein geritzt hatten: eben warst du noch da, Liebling, jetzt bist du weg; eben war ich noch da, jetzt bin ich weg; in diesem Augenblick las ich noch im Idioten, im nächsten Augenblick flatterte das Buch davon; bei mir war es noch da, aber die Buchstaben waren erloschen; ich spielte Murmeln, aber dann wurde ein Kreis daraus; bei mir ein Dreieck; ich aß meine Grünkernsuppe, ich biß mir den Unterkiefer an einem Stein aus; ihr ließet mich los, ihr liefet fort, ich holte euch nicht ein, ich, euer Enkel; ich bin ein Heuschreck, ich kann hüpfen, aber nur einmal, also bin ich kein Heuschreck; ich sehe nur noch Stubenfliegen, außer den Stubenfliegen und mir ist nichts mehr da; es regnet, regnet es, es schneit, schneit es; der Himmel ist kein Himmel mehr, sondern eine Ölhaut, woran ich klebe; bin in einen Gully geklettert, in den siebten von uns aus; habe den Kanten mitgenommen, verzeiht; ich bin in der Kirche; meine Schreibmaschine; meine Brille; Gallenpillen; fleißiges Lieschen; wo?; wann?; nirgends; nie; schuldig.

Drittens: die Häuser und die Straßen. Ich hatte die Stadt erreicht. Ihr kennt sie nicht. Falls ich euer Leben richtig überblicke. Aber ich kannte sie auch nicht mehr, obwohl sie mir früher wie meine Haut vertraut gewesen war. Haut. Und Haut. Ich war Landmesser. Nein, ich bin keiner mehr. Seht meine Haut an. Ist sie nicht mit einem Film überzogen? Glitzert sie nicht wie ein Regenbogen? An der Nase? An den Ohren? An den Fingerspitzen? Ich kann es nicht sehen, aber ich spüre es. Nase, Ohren und Finger haben angefangen, kalt zu werden. Haut. Und Haut. Ich kannte die Häute von Ilse, Karin und Marion in der Stadt. Ich vermute, daß sie vereist sind. Oder ihre Zähne sind da vereist, ihre Achselhöhlen dort, ihre Bauchnäbel woanders. Denn die Stadt ist zerbrochen, zerschnitten, zerrupft. Nicht, daß der Bahnhof, das Warenhaus an der Ecke, der Eissalon des Diktators in der Seitenstraße, der botanische Garten, der Josephplatz, das Fundbüro, die Arrestzellen im Polizeipräsidium, die internationale Bank, das internationale Hotel, der Palast des Kardinals, die Passage, das Opernhaus, das Theatercafé, das Siegesdenkmal des Königs, nicht mehr vorhanden gewesen wären. Aber sie alle standen nicht mehr so, wie sie früher gestanden hatten: Da die Plätze nicht mehr rund oder eckig waren, und da die Straßen nicht mehr parallel oder im rechten Winkel zueinander verliefen, waren auch die Häuser verstellt. War ich in Kreta? Oder wie hieß die alte

Stadt, die ein Labyrinth war? Mir ist es gleich. Aber mir ist nicht gleich, daß sich das Labyrinth der alten Stadt in der neuen Stadt wiederholte, die, ihrerseits, eine alte Stadt geworden war. Oder war sie gleich der alten Stadt geworden? Oder war sie eine neue Stadt geworden, eine zukünftige Stadt? Folgende Stadt: ein einziges Gemengsel aus spitzen und stumpfen Winkeln, aus Kreisen, die sich überschnitten, aus Hyperbeln und Parabeln, aus Serpentinen, aus Folgen von Zickzacklinien, aus Geraden, die durch Mauern geschützt waren, aber die Mauern waren doppelt, und doch immer wieder unterbrochen, als sollte der Schutz gleichzeitig aufgehoben werden, und die Teile gegeneinander versetzt, wie wir es, ihr und ich, am Anfang und am Ende von Puffgassen gesehen haben. Also kleine Labyrinthe innerhalb des großen Labyrinths. Hier spricht euer Landmesser, liebe Verwandte.

Spricht er? Er sprach. Er, der entweder nicht mehr er selbst ist, oder der überhaupt nicht mehr da ist. Jedoch, er ist immer noch da. Er redet ja noch, er ... Er lallt noch. Er versucht, zu seinem Platz zu gelan..., den ihr ihm freigehal... habt. Geli... es ihm? Viellei..., viellei... nicht. Er trippelt. Er stottert. Er trippelt einen Millimeter nach dem andern. Er stottert nur noch Buchstaben. Nein, er kann wieder ganze Sätze reden. Oder redet er sie nicht selbst? Ist etwas andres in ihn hineingeschlüpft? Aber was? Oder wer? Ich kann nicht mehr. Ehe ich den Stuhl erreicht habe, sinke ich zusammen. Ich knie mich hin. Ich liege. Ich bin aus Eis. Ich stinke. Eigentlich müßte ich längst stumm sein. Taub und blind bin ich schon. Und ihr?

Rosa, die Frankfurterin

Beckmann, Maler, nahm sie in das Bild,
Synagoge, Litfaß-Säule, Platz.
Malen ist nicht Schreiben. Fehlt der Satz
von der Rosa, die das Bild verhüllt.

Rosa war ein Mädchen, wie Ihr seid,
Bürgerin aus Frankfurt an dem Main,
hatte alles, Busen, Schoß und Bein,
aber eines nicht: Gerechtigkeit.

Hatte wieder mehr als andre, Stern,
mit den Zacken, gelb, ein Todespaß,
doch sie biß nicht in das gelbe Gras,
hatte doch das grüne Gras zu gern.

Sprang, zu Freunden, in das grüne Dach,
bis der Bomben Brand vom Himmel sprang;
wenn das Pack vom Judenmesser sang,
Rosa lag im Kohlenkasten wach.

Als der Krieg schon fast zuende war,
trieb der Hunger Rosa hoch. Und aus
wars mit ihr, und aus mit Mann und Maus,
Haut und Haar der ganzen Mörderschar.

Sind es alle? fragt der Schreiber sich,
wenn er mitten durch die Straßen streicht,
Rosas Mörder ist mein Wirt vielleicht,
und jetzt haßt er meinen Satz und mich.

Beckmann, Max, wir danken Dir Dein Bild,
Synagoge, Säule, Lampe, Draht,
gib uns guten Rat und gute Tat,
denn Du maltest alles unverhüllt.

Seht, die Mauern, Fenster schief und krumm,
seht das alte Bild: es irrt sich nicht,
unterm gelben Neonröhrenlicht
wird gefragt, die Frage läuft herum.

Schornstein, Zaun sind krumm und schief, und nur
Mond und Katze sind im Gleichgewicht.
Mensch, aus Faß und Brett mach Dein Gericht.
Stell Dich drauf. Du witterst Deine Spur.

Das Ende von Frankfurt am Main

Bordbuch
Startzeit: 10. Mai, 07.30.
Tatsächlich erfolgter Start: 07.31.
Voraussichtliche Rückkehr: 11. Mai, 07.30.
Absicht: Feststellung der Veränderungen durch Maßnahme.
Methode: Schnellstmöglicher Flug über in Frage stehendes Gebiet. Schnellstmöglicher Rückflug. Laufend durch Augenschein beobachten, laufend fotografieren. Nie landen, auch nicht in Fällen äußerster Not oder äußersten Interesses. Bei Beschuß von Erde aus, bei Versuchen fremder Flugzeuge, zur Landung zu zwingen, und so weiter, abdrehen, schnellstmöglich zurückfliegen.
Zustand des fliegenden Gegenstands: Flugkörper, Geräte in Ordnung, Besatzung in Ordnung.

Ins unreine. Wenn ich wieder im Hafen bin, schreibe ich alles auf, wie es sich gehört. Falls ich noch einmal in den Hafen zurückkomme. Was könnte mich daran hindern? Frankfurt am Main? Ausgerechnet. Es ist erledigt. Wir haben es fix und fertig gemacht. Ich weiß nicht, warum. Das heißt, die andern haben es kleingekriegt. Ich habe bloß fotografiert, was daraus geworden ist. Es war kein Kunststück, die Stadt hopszunehmen. Mitten im Frieden. Aber wer nicht hören will, muß fühlen. Warum sollte sie eigentlich auf uns hören? War ja nicht unsre Stadt. Aber was gehts mich an? Ich mache, was sie sagen. Sie. Die, welche alles wissen und alles können. Frankfurt am Main war eine ganz hübsche Stadt. Ich habe einmal da gewohnt. Vor vielen Jahren. Deshalb haben sie auch mich geschickt. Sie. Ich fürchte mich vor ihnen. Ich traue mich zum Beispiel nicht, auf diesen Zettel zu schreiben, wer sie sind.

Erst einmal ins unreine. In Stichworten. Und zwar schnell. Ich habe so ein komisches Gefühl. Die Stadt kann nicht schuld daran sein. Der fliegende Gegenstand ist in Ordnung. Ich bin gesund. Oder nicht? Hat die Stadt mich angesteckt? Ausgeschlossen. Der fliegende Gegenstand ist zu. Wie ein Sarg unter der Erde. Mehr, viel mehr. Vollkommen. Ich kann ihn nicht aufmachen. Solange er fliegt, kann keiner ihn öffnen. Ich bin auch nicht zu früh gestartet. Allerdings ist die Stadt noch immer vergiftet. Aber das bißchen Zeug, das jetzt noch da ist, kratzt mich nicht. Trotzdem bin ich nicht auf der Höhe. Es ist zum Totlachen. Totlachen. Ich, der Flieger mit der längsten Flugstrecke. Ich schwitze. Wenn das alles ist. Solange der fliegende Gegenstand fliegt, kann keiner ihn aufmachen, weder von innen noch von außen. Auch die, die sich darin auskennen, können ihn nicht öffnen, wenn er fliegt. Und das sind bloß zwei. Ich weiß nicht, wer sie sind. Wenn ich lande, sehe ich sie zum ersten Mal in meinem Leben. Wenn ich lande.

Ins unreine. Während ich schreibe, lasse ich den fliegenden Gegenstand über der Stadt kreisen, ich meine, über dem, was von ihr noch übriggeblieben ist. Solange der fliegende Gegenstand kreist, stelle ich noch einmal den Fotoapparat ein. Ich habe schon alles aufgenommen. Ich habe nichts ausgelassen. Keinen Zentimeter. Aber es ist besser, wenn man ganz sicher geht. Vorhin habe ich aus großer Höhe fotografiert. Jetzt nehme ich direkt über der Erde auf.

Ins unreine. Als ich mich der Stadt näherte, sah ich schon von weitem, daß die sogenannten Wahrzeichen nicht mehr existierten. Der Stadtwald. Aus Lack. Immerhin aus grünem Lack. Das einzige, was noch an Bäume erinnerte. Ihren Stadtwald haben die Frankfurter geliebt. Am Wäldchestag haben sie ihn auf den Kopf gestellt. Einmal habe ich auch mitgemacht. Aber unter dem Lack war es nicht still. Es explodierte darunter. Ich sah es nicht, ich hörte es. Der Lack war undurchsichtig. Was explodierte? Ich weiß es nicht. Kann sein, daß der Gegner Munition im Stadtwald deponiert hatte, die jetzt, nach unserm Angriff, in die Luft ging. In die Luft? Nein, bloß bis zum Lack. Der Lack scheint unzerstörbar zu sein. Der Gegner? Meine Gegner waren die Frankfurter nicht. Ich hatte nichts gegen sie. Sie waren Leute wie ich. Wenn noch einer von ihnen am Leben wäre, würde ich zu ihm sagen: Ich habe nichts gegen

Sie. Aber es lebt keiner mehr. Das Stadion. Aus Lack. Glatt, künstlich. Künstlich? Der Lack über dem Stadion hatte die Farbe von Menschenhaut. Wir haben an einem Sonntag angegriffen. Sonntags gingen die Frankfurter besonders gern in ihr Stadion.

Ich schwitze. Wahrscheinlich ist mir ganz einfach übel. Wieso ist mir übel? Übel ist gar kein Ausdruck. Ich schwitze und sehe schlecht. Wieso sehe ich schlecht? Das gibt es doch gar nicht. Ins unreine. Der Dom. Lack. Bis oben hinauf. Aber ich bin genau, obwohl ich bloß ins unreine schreibe. Der Dom war nicht mit Lack überzogen, sondern es sah bloß so aus. Die Masse, in die wir Frankfurt am Main verwandelt haben, ist kein Lack. Woraus sie besteht, ist ein Geheimnis. Ich kenne es nicht. Ich bin ein kleiner Mann. Sie kennen es. Sie. Aber eins weiß ich auch. Die Masse ist ewig, obwohl sie tot ist. Sie ist tot, obwohl sie ewig ist. Alles, was darunter begraben ist, ist ewig tot. Der Dom. Sah wie ein Vieh aus der Urzeit aus.

Dein Dom, Herr Jesus Christus. Die Frankfurter haben an Dich geglaubt, bis zum letzten Tag, wie unsre Leute meldeten, die wir vor dem Angriff in die Stadt geschickt hatten, als Pfarrer, Soldaten auf Sonntagsurlaub oder Liebespärchen getarnt. Was sagst Du dazu, Herr über Himmel und Erde? Falls Du etwas sagen kannst. Wer ist Herr über Himmel und Erde? Wir oder Du? Sieh einmal Deinen Main an, falls Du Augen hast zu sehen. Auch Dein Main ist gelackt. Blau gelackt. Sieht hübsch aus. Ist aber nichts. Nichts. Gar nichts.

Ich bin auch bald nichts mehr. Ich schwitze wie ein Schwein. Ich sehe immer schlechter. Jetzt weiß ich, woran es liegt. Es ist ganz harmlos. Der Schweiß aus meinen Haaren läuft mir in die Augen. Ich wische ihn weg und sehe wieder ganz gut. Wieso schwitze ich aber so? Weiter. Der Eiserne Steg, der über den Main führte. Weg. Aber jetzt, wie ich zum zweiten Male hinsehe, finde ich ihn doch noch. Er ist ganz winzig geworden. Er ist zusammengeschmolzen. Aber davon abgesehen ist er unverändert. Komisch, daß das eine so und das andre so reagiert hat. Wir konnten die einzelnen Reaktionen nicht voraussehen. Wir hatten das Mittel nicht ausprobiert. Es wäre zu gefährlich gewesen. Es wäre tödlich gewesen. Wir wußten bloß, daß es ein Vertilgungsmittel ist. Wir flogen unsern ersten Angriff, das heißt, die andern flogen ihn, während ich zum zweiten Verband gehöre. Der ausradierte, winzige Eiserne Steg glich einer Mücke, die ein Antiungeziefermittel erwischt hat.

Dabei fallen mir die Mücken ein. Zuerst sah ich sie über der toten Großmarkthalle, dann über der toten Festhalle, dann über der Römerstadt, schließlich über dem Sachsenhäuser Friedhof. Öfter habe ich sie nicht gesehen. Aber das genügte mir. Sie sahen wie normale Mücken aus. Kein Mensch hat vorher soviel Mücken auf einem Haufen gesehen. Auch in den Sümpfen nicht, die es in den Tropen gibt. Es waren Milliarden von Mücken. Ich flog ganz dicht heran. Jede einzelne glich den Mücken, die uns im Sommer stechen. Aber alle zusammen glichen ihnen ganz und gar nicht. Ich drehte meinen fliegenden Gegenstand ab. Ich floh. Nicht, daß sie mich angegriffen hätten. Keineswegs. Dafür waren sie viel zu sehr mit sich selber beschäftigt. Ich beobachtete es ganz genau, als ich sie wieder anflog. Ich mußte ja alles, was ich entdeckte, auf die Platte bekommen, alles ohne Ausnahme, ob ich wollte oder nicht. Also auch die Mücken, vor denen ich mich so fürchtete, wie ich mich noch nie in meinem ganzen Leben gefürchtet habe. Sie flogen nämlich gar nicht, sondern standen in der Luft. In der toten Luft über dem toten Frankfurt am Main. Aber sie, sie waren nicht tot. Sonst hätten sie sich ja auch nicht in der Luft halten können. Was machten sie da? Sie flogen auf der Stelle, und während sie so schwebten, vermehrten sie sich ununterbrochen. Sie klebten aneinander und wurden im selben Moment mehr. Sie trieben es miteinander und spuckten im selben Moment ihren Nachwuchs aus. Ich kreiste um sie herum und fotografierte sie von allen Seiten. Als ich sie schon längst verlassen und schon das Schauspielhaus, den Hauptbahnhof und das Städelsche Kunstinstitut tot und gelackt aufgenommen hatte, dachte ich immer noch an die Mücken. Was waren das bloß für Tiere? Waren es wirklich normale Mücken? Hatte unser Mittel sie so vermehrt? Oder hatte unser Mittel sie überhaupt erst erzeugt? Ich betrachtete meine Negative.

Da sah ich noch etwas. Hinter den Klumpen schienen noch einmal Mücken zu sein. Diesmal aber viel weniger. Ich mußte herausbekommen, was der zweite, kleinere, dünnere Mückenhaufen hinter dem ersten Klumpen bedeutete. Dafür war ich eingesetzt. Ich fotografierte noch die Universität und kehrte zu den Mücken zurück. Ich flog zu allen vier Punkten, wo die Mücken den Himmel dunkel machten. Den Himmel, der die Farbe eines Auges hatte, das vom grünen Star befallen ist. Überall waren die dicken und die dünnen Klumpen. Aber jetzt sah ich, daß die dünnen Klumpen nicht aus Mücken bestanden, sondern Netze waren. Netze, an denen Mücken webten. Als ob sie Spinnen wären. Hatte unser Mittel die Funktionen der Mücken verändert? Oder waren es wirklich ganz neue Tiere? Dann waren wir soviel wie der liebe Gott.

Der liebe Gott. Ich glaubte ja noch an ihn, obwohl er uns hatte hantieren lassen. Merkwürdiger Mensch, merkwürdiger Flieger. Andrerseits wäre ich stolz auf uns gewesen, wenn ich mich nicht so gefürchtet hätte. Denn ich stellte fest, daß die Netze inzwischen viel größer geworden waren. In diesem Zusammenhang dachte ich daran, daß die Mücken ihre Netze an den vier Ecken der Stadt webten. Wenn sie so weitermachten, hatten sie bald ganz Frankfurt zugewebt. Bildeten sie sich etwa ein, sie würden die Stadt beherrschen und nicht wir? Konnten sie sich überhaupt etwas einbilden? Konnten sie denken? Falls sie dachten, dachten sie falsch. Ich zweifle nicht daran, daß unsre fliegenden Gegenstände die Netze zerreißen werden, wenn ich meinen Bericht abgeliefert habe.

Wenn ich dazu komme. Vielleicht ziehen vorher die Mükken ihre Netze zu, und ich bin gefangen. Aber sicher kann sogar mein fliegender Gegenstand die Netze zerstören, und er ist doch bloß ein Beobachter. Oder kann er es nicht? Ich kenne die Substanz der Netze nicht. Hat es das Zeug schon einmal woanders gegeben? Klebt es? Zieht es an sich heran? Verschluckt es das, was ihm zu nahe gekommen ist? Ist es lebendig? Aber ich darf mich auf nichts einlassen. Ich will fotografieren, nicht kämpfen. Ich muß mich bloß rechtzeitig aus dem Staub machen. Kann ich es?

Ich schwitze gräßlich. Ich kann fast nichts mehr sehen. Ich wische mir wieder den Schweiß aus den Augen. Zufällig sehe ich mir mein nasses Taschentuch an. Mein Schweiß ist rot. Wieso rot? Aber bevor ich noch darüber nachdenken kann, sehe ich eine Mücke in meiner Kabine. Eine Mücke. In meiner Kabine. Was ist das für eine Mücke? Habe ich sie vom Flugplatz mitgebracht? Dann ist es gut. Oder ist es eine von den Mücken, die über der Stadt an ihren Netzen weben? Dann haben sie mich geschnappt. Und meine Meldung verhindert. Und unsre Zentrale lahmgelegt. Ohne meine Meldung wissen sie nicht weiter. Ich würde es ihnen gönnen. Andrerseits bin ich ohne sie geliefert. Ohne sie. Sie. Aber es kann ja keine von den Frankfurter Mücken sein. Nichts kann in meinen fliegenden Gegenstand hinein. Nichts. Ich bin gerettet. Bin ich es? Was ist mit dem roten Schweiß? Ich muß so schnell wie möglich zurück. Ich merke, wie ich die Herrschaft über den fliegenden Gegenstand verliere. Wie kommt das bloß? Er sinkt und sinkt. Ich kann nichts dafür. Ich habe keine Tiefe eingeschaltet. Er sinkt von allein. Er streift den grauen Lack, der die Kaiserstraße bedeckt. Ich versuche zu kurven. Ich steige wieder. Wenn ich bloß aus Frankfurt herauskomme.

Ich fliege immer noch über braunen, gelben oder grünen Lack. Gerbermühle, Oberrad, Offenbach, Hanau. Erst hinter Hanau hören die Folgen unsres Angriffs auf. Falls man von den Leichen absieht, die auf den Landstraßen, in den Gassen der Dörfer und in den Wäldern herumliegen. Leute aus Frankfurt, Oberrad, Offenbach und Hanau haben versucht, dem Tod ein Schnippchen zu schlagen. Sie sind nicht weit gekommen. Ich sehe einen kleinen Jungen mit seinem Roller. Er steht wie eine Salzsäule da. Wer hat schon einmal so dagestanden? Lot oder Lots Weib in der Bibel. Ich weiß es nicht genau. Ich habe seit der Konfirmation nicht mehr in der Bibel gelesen. Wir haben unsre eigene Bibel. Die Vorschrift, wie man die fliegenden Gegenstände navigiert. Habe ich bei mir. Habe auch einen Krimi bei mir. Ich werde ihn lesen, wenn ich wieder auf meinem Schlafsack liege. In der Baracke. Ich wollte, es wäre eine Stunde danach. Wie man in Frankfurt sagt. Sagte. Damals, als man noch etwas sagen konnte. Aber ich brauche mich gar nicht so zu haben. Ich habe es grade nötig, mich über die Frankfurter lustig zu machen. Der kleine Junge mit dem Roller hat einen Lackfleck auf seinem Pull. Der Fleck glitzert grün. Denn der Pullover ist grün. Und ich, ich habe meine Mücke in der Kabine. Eine Mücke, die der Lack aus sich herauskotzte. Ich habe meinen roten Schweiß. Ich weiß jetzt, was das für ein Schweiß ist. Die Mücke, die um mich herumfliegt, saugt mir die roten Blutkörperchen ab. Vielleicht hat sie bloß ein einziges Mal auf mir gesessen. Ich habe es nicht gemerkt. Sie hat mich gestochen. Sie hat mich infiziert. Der Lack wird auch mich überziehen. Mich. Der Lack. Kann ich schon welchen sehen? Noch nicht. Oder doch? Noch nicht. Doch. Da ist ein Pünktchen. Es glitzert. Es ist schwarz. Denn meine Uniform ist schwarz. Das Pünktchen wird sich schnell vergrößern. Es wird mich erstikken. Mich in meinem fliegenden Gegenstand. Weil ich ihn nicht mehr bediene, wird er mitten in der Luft stehen bleiben. Die Bauern auf dem Feld und unsre marschierenden Soldaten werden sagen: guck mal, ein Fesselballon. Sie werden den fliegenden Gegenstand für einen Fesselballon halten, weil sie sich unter dem Ding, das in der Luft steht, nichts andres vorstellen können. Ich werde vermißt sein. Zuerst. Dann werden sie den fliegenden Gegenstand finden. Sie werden sich denken, daß ich darin bin. Sie werden den fliegenden Gegenstand öffnen. Nicht meinetwegen. Sie brauchen meine Notizen. Sie. Dann werden sie auf mich stoßen. Auf mich und auf meine Notizen. Alles wird mit Lack überzogen sein. Inzwischen hat sich nämlich die Mücke im fliegenden Gegenstand vermehrt. Ihre Brut hat alles lackiert. Sie werden versuchen, den Lack zu zerkleinern. Es wird nicht gelingen. Sie, sie bekommen meine Notizen nicht, und ich werde für immer und ewig in meinem fliegenden Gegenstand gefangen sein. Sie, sie werden die Fahrleiter hinunterstürzen. Der Lack.

Ich aber werde allein sein. Bloß die Vögel und die Schmetterlinge werden um mich herumfliegen. Sie werden mit ihren Schnäbeln gegen den Lack klopfen. Sie werden mit ihren Flügeln den Lack berühren. Sie werden vergiftet auf die Erde fallen. Sie werden die Erde vergiften. Jedermann wird auf das Ding zeigen, das sich starr und glitzernd in der Luft befindet. Das vergiftet ist und vergiftet. Alle werden mich meiden wie die Pest. Aber es wird ihnen nichts nutzen. Nichts.

Dann wird alles gut sein

Am 1. September 1950 wird es anfangen. Dann wird der alte Indianer vom Huronensee am Ufer hocken und angeln. Er hat schon ein paar Fische gefangen, doch es ist noch nicht genug. Plötzlich aber wird er zu angeln aufhören. Er hört etwas. Zuerst weiß er nicht, was es ist. Doch dann merkt er, daß ein Windchen aufgekommen ist, und das Windchen ist auch in die Binsen gefahren, und schüttelt sie, und dadurch, daß die Binsen zittern, entsteht ein Geräusch. Aber das Geräusch ist nicht lange das Geräusch, das die Binsen machen, wenn die Winde in sie hineinwehen. Bald ist es ein Ruf, so, wie ihn die sterbenden Soldaten in den Niemandsländern ausstoßen, ein Ruf ohne Worte darin, doch ein Ruf mit den Schmerzen und mit der Furcht vor dem Tod darin. Der alte Indianer wird den Ruf kennen, er wird den kennen, der ruft. Er wird sich nicht darüber wundern, daß sein Enkel ruft, obwohl er im letzten Krieg gefallen ist. Die toten Soldaten sterben nicht. Sie ziehen herum und teilen uns mit, was sie für nötig halten, daß wir es erfahren. Allmählich wird der Ruf des Enkels kein Ruf mehr sein, er wird Worte, ja Sätze enthalten. Der alte Indianer wird die Nachricht verstehen. Er wird sich vor den Binsen verbeugen und aufstehen. Er wird die Angel und die Würmer liegenlassen, wo sie liegen. Die Fische wird er mitnehmen, denn er wird jetzt beginnen, einen langen Marsch zu machen.

Ich schwöre, daß zur gleichen Zeit, da der Indianer sich mit seinem Enkel unterhält, ein Samojede des äußersten Sibiriens zum Markt fahren wird. Er wird im Schlitten fahren, Hunde werden den Schlitten ziehen, und der Samojede wird Felle bei sich haben, die er auf dem Markt verkaufen will. Mit einem Mal aber wird er den Schlitten anhalten. Er hat einen Schatten gesehen, der vor den Hunden hinübergehuscht ist. Der Schatten ist ihm bekannt vorgekommen, doch kaum war der Schatten, der auf jeden Fall einem Menschen glich, erschienen, war er auch schon wieder fort. Der Samojede wird nicht weiterfahren, obwohl der Schatten verschwunden ist. Er wird auf den Schatten warten. Er weiß, daß die Schatten, wenn sie erst einmal da waren, immer wieder kommen, solange, bis sie das erzielt haben, was sie erreichen wollten. Der Samojede irrt sich nicht. Der Schatten kehrt zurück. Er wird mitten durch den Samojeden schweifen. Dabei wird er ihm etwas zuflüstern, etwas und noch etwas, nämlich, daß er der Vater des Samojeden ist, der im vergangenen Krieg fiel, und das, was der alte Indianer vom Enkel in den Binsen erfahren hat. Der Samojede wird darüber nicht erstaunt sein. Als der Schatten ihn durchquerte, ist ihm fast das Herz stehengeblieben. Da wußte er, daß der Schatten sein Vater war. Denn der Samojede liebte seinen Vater, sonst keinen, und das Herz blieb einem nur dann stehen, wenn man denen begegnet, die man liebt. Der Samojede wird mit dem Kopf nicken. Er wird den Schlitten wenden und nach Südwesten fahren. Die Felle wird er unterwegs verkaufen. Er braucht sie, um sich etwas zu essen zu kaufen. Der Weg ist weit.

Zu eben der Zeit wird ein junger Mann aus Brüssel sein Taxi fahren. Er fährt leer, es gibt nicht viele Kunden, und grade deswegen fährt er spazieren, denn vielleicht trifft er so jemanden, der ihm winkt, daß er ihn dahin oder dorthin fahren soll. Wie der Taxameterchauffeur so durch die Autos, Fußgänger, Straßenbahnen und Lastfuhrwerke fährt, wird er jählings die Stimme seiner Braut hören, die im Krieg von den Bomben getötet worden ist. Er ist nicht überrascht, und er ist doch überrascht. Zwar redet er manchmal mit dem totem Mädchen, doch dann ist Nacht, und er liegt in seinem Bett und denkt an sie. Aber in der Hauptstraße der Stadt ist die Braut noch nie zu ihm gekommen. Der Chauffeur wird bremsen, das Taxi wird stehen. Der Chauffeur wird versuchen, festzustellen, von wo aus die Braut gerufen hat. Er wird ein Radiogeschäft sehen, der Inhaber des Ladens hat einen Lautsprecher über seiner Ladentür angebracht. Aus dem Lautsprecher schnarrt ein Schlager. Doch in die Musik ist die Stimme des Mädchens gemengt. Der junge Mann wird nicht daran zweifeln, daß niemand außer ihm das Mädchen hört. Schließlich spricht sie nicht mehr. Der Chauffeur wird dem Radio zunicken. Er wird zu einem Händler fahren und das Taxi verkaufen. Er braucht viel Geld für die Wanderung.

In jener Stunde wird ein Jude in Warschau einen Korb flechten. Der Jude wird blind sein. Er hat damals, als das Ghetto vertilgt wurde, seine Augen verloren. Er flicht und flicht. Doch jäh wird er damit aufhören. Denn die Wände der unterirdischen Höhle, worin er wohnt, werden zu beben anfangen, so, wie sie zitterten, als die Schlacht in der Stadt war. Aber der Jude wird nicht erschrecken. Er wird augenblicklich erkennen, daß jetzt endlich die Mitteilung zu ihm gekommen ist, auf die er immer gewartet hat, seitdem in jenem Jahr ein Flammenwerfer die Tochter neben ihm verbrannt hat. Jetzt endlich schickt ihm die Tochter eine Nachricht darüber, was er von nun an zu tun hat. Auch der Inhalt der Nachricht wird dem Juden sofort vertraut sein. Er wird, kaum daß die Wände der Höhle wieder aufgehört haben zu zittern und zu wispern, seinen Korb hinstellen. Er wird aufstehen und aus der Höhle nach oben tappen. Er kümmert sich nicht darum, wie es ihm unterwegs gehen wird. Es ist ihm gleich. Er muß bloß dorthin, wohin ihn seine Tochter gerufen hat. Er wird einen kleinen Jungen in der Gasse treffen. Er nimmt ihn mit. Das Kind muß ihn zu dem fernen Ort bringen.

So und nicht anders werden sie davonziehen. Aber sie sind nicht allein. Unterwegs werden sie noch andere treffen, die gleich ihnen Bescheid bekommen haben, daß es jetzt so weit ist. Sie werden Leuten aus Spanien begegnen, Negern, Malaien, Norwegern und was weiß ich noch wem. Alle werden sich aneinander anschließen, ohne viel zusammen zu reden. Sie wissen ja, worum es sich handelt, und sie wissen, daß es der Nebenmann auch weiß, genau so wie sie selber. Sie werden sich durch nichts davon abhalten lassen, zu ihrem Ziel zu gelangen. Kein Regen wird sie stören, kein Sturm, kein Gewitter. Sie werden viel Hunger haben, aber auch das wird sie nicht hindern, zu wandern und zu wandern. Sie werden im September wandern, sie werden im Oktober wandern. Manche von ihnen werden über die Meere setzen. Andere werden schroffe Gebirge überqueren. Wieder andere werden schäumende Flüsse durchwaten. Sie werden im November wandern. Der Herbst wird gekommen sein. Die Nebel werden, feucht und ungesund, wabern. Sie werden im Dezember wandern. Der Winter wird über sie herfallen. Frost wird sie beißen, Schnee wird sie einhüllen. Sie werden in Hausgängen und in Scheunen schlafen. Anfang Dezember werden sie den Rhein, die Oder, die Elbe und die Weser überschreiten. Denn sie werden in Deutschland sein, dort, wo sie hinkommen sollten. Am 24. Dezember werden sie in Frankfurt am Main eintreffen.

Hier werden sie sich auf dem Sachsenhäuser Berg sammeln, am Rand des Stadtwalds. Sie ruhen sich ein bißchen aus. Sie sind sehr matt. Ihre Füße sind zerschunden, ihre Beine können nicht mehr, ihre Rücken sind krumm, ihre Herzen schlagen wie irr, ihr Atem pfeift, ihre Haut ist geplatzt, ihre Münder stehen offen, ihre Augen tränen. Sie denken kaum noch etwas. Aber das ist auch nicht nötig. Sie haben nur noch das zu erledigen, weswegen sie von zu Hause weggegangen sind. Nachdem es ihnen etwas besser geht, werden sie quer durch Frankfurt ziehen, durch die Oppenheimer Landstraße, durch die Schweizer Straße, über die Untermainbrücke, durch die Friedensstraße, über den Roßmarkt bis zur Hauptwache. Weil sie nicht so wie die Frankfurter aussehen, werden viele Fußgänger mit ihnen gehen. Wenn sie an der Hauptwache angekommen sind, wird der Haufe ungefähr tausend Menschen umfassen. Da Weihnachten ist, wird sich die Polizei ihnen nicht in den Weg stellen, obwohl sie nicht weiß, was sie von diesen merkwürdigen Menschen halten soll. Sie haben sich verkleidet, denken die Polizisten, sie haben den Karneval auf den Heiligabend verlegt.

Mitten auf dem Schillerplatz werden sie alle etwas aus ihren zerschlissenen Kleidern herausnehmen, der eine dies, der andere das, ein dritter wieder etwas anderes, ein vierter noch etwas anderes, und so weiter, und so weiter. Sie haben die Gegenstände aus ihrer Heimat mitgebracht. Dann werden sie sich dicht zusammenstellen und beginnen, die Gegenstände aneinanderzusetzen. Sie werden sie auch aneinandernähen, wenn es erforderlich ist, schnell, schnell, nur schnell, flüchtig, ungefähr. Es kommt nicht drauf an. Das Ding wird, kaum daß es vorhanden ist, wieder vergangen sein. Aber alles muß gemacht sein, ehe die Leute, die zusehen, nach Hause gegangen sind, um zu bescheren und sich bescheren zu lassen. Endlich sind sie fertig, und sie richten das Ding, das sie hergestellt haben, hoch. Es ist sehr groß, so groß wie ein Baum im Wald. Doch es ist kein Baum, es ist das Gegenteil von einem Baum. Es wird nichts Gutes sein, es wird das Gegenteil von etwas Gutem sein, es wird das Gegenteil von jedem Guten sein. Es wird ein Ungeheuer sein. Sein Kopf wird aus dem Schwanz einer Flattermine bestehen, sein Rumpf wird aus Drahtverhau gebildet sein, der zu einem Körper zurecht gezogen ist, seine Arme sind die Läufe von Maschinengewehren, seine Beine sind unsichtbar. Denn um das Ding wird ein Mantel flattern, ein Mantel voll von Löchern am Rumpf und an den Armen, doch an den Beinen ist der Mantel zu. Der Mantel wird aus Zeitungspapier und Kinderhemdchen gestückelt sein. Wenn die Frankfurter das Scheusal genug betrachtet haben, werden die Wanderer anheben, Kinderlieder zu singen. Jeder von den Wanderern wird ein Lied in seiner Sprache singen. Aber die Frankfurter werden die Lieder verstehen. Sie begreifen überhaupt alles, was geschieht. Sie verstehen auch, was es heißt, als die Wanderer die Zeitungen und die Kinderhemdchen anzünden. Es wird einen großen Brand geben. Der Brand wird größer sein, als der Kriegsgott groß ist. Der Brand wird bis zum Taunus, bis zum Vogelsberg, bis zum Spessart und bis zum Odenwald zu hören und zu sehen sein. Die Kinderlieder aus Australien, Kanada, aus der Ukraine und aus Kalifornien werden noch viel weiter zu hören sein. Die Schreie der Frankfurter werden abermals noch viel weiter zu hören sein. Aber die Frankfurter schreien nicht lange. Die Frankfurter sind kluge Leute. Sie werden beginnen, sich über das, was sie erlebt haben, zu unterhalten. Endlich werden sie glücklich sein. Glücklich unterhalten sie sich. Dann gehen sie nach Haus. Auf dem Nachhauseweg denken sie nach. Zu Hause erzählen sie von der Vernichtung des Krieges. Am ersten Feiertag erzählen sie es ihren Nachbarn. Am zweiten Feiertag berichten sie es in der ganzen Stadt. Am ersten Tag nach dem Fest gehen sie in die benachbarten Städte und reden dort vom Untergang des Kriegs. So geht das fort und fort und endet nicht.

Die Wanderer aber werden ganz einfach nicht mehr da sein. Sie werden wieder in Warschau, in Brüssel, am Huronensee und in Sibirien sein. Wie sie dahingekommen sind, weiß ich nicht. Vielleicht sind sie als Wolke, Vogel oder Wind dahingekommen. Eins aber weiß ich, und ich bitte darum, mir das zu glauben. Ich weiß, daß die Geschichte, die ich aufgeschrieben habe, sich begeben wird, wenn vielleicht nicht gerade zwischen dem 1. September und dem 24. Dezember 1950, so doch nächstens, das heißt, um die Ecke unserer dunklen Tage und Nächte, unserer finsteren Wochen, Monate und Jahre. Und dann wird alles gut sein. Lache keiner. Über mich darf jedermann lachen, wem es Spaß macht. Aber über die Geschichte darf nicht ein einziger lachen.

Wenn mich einer fragt, was aus dem Popanz geworden ist, antworte ich ihm: nicht viel. Als der Mantel aus Zeitung und Hemd brannte, fing das Gestell aus Drahtverhau und Waffen zu scheppern an. Es schepperte und rasselte und krachte und barst und stürzte nieder. Es war nur noch ein armer Dreck. Es war nichts mehr wert, so, wie es nie etwas wert gewesen war. Aber der riesige Lärm, mit dem es zusammenbrach, ist auch bis weit hinaus zu hören gewesen. Die Reste wurden verschrottet oder zusammengekehrt, je nachdem. Seht, jetzt habe ich in der Vergangenheit erzählt, obgleich ich bisher immer in der Zukunft berichtet habe. Es ist schon ganz richtig so. Das alles gehört von rechtswegen in die Vergangenheit, in das, was gewesen ist, in das, was versunken und verschollen ist, ins Nichts.

Vorbereitungen zu einem Tyrannenmord

Mir träumte, ich ginge in Richtung Palast. Zum erstenmal hatte ich einen Plan. Da er bis in die winzigsten Einzelheiten ausgedacht war, war er gut, und da er gut war, mußte er erfolgreich sein. Zunächst, träumte ich, schlüge ich einen Haken. So kam ich vor die Stadt. Hier, in einem Wäldchen, zog ich mich um. Niemand sah mich. Zu Silvester treiben sich die Bewohner der Stadt ausschließlich in den Straßen herum. Ich zog mich wie der Tyrann an und schminkte mich, beim Schein einer Taschenlampe und vor einem Taschenspiegel, wie er. Alles ging sehr schnell; ich hatte es oft geübt. Nachdem ich meine Kleider, die Lampe und den Spiegel vergraben hatte, kehrte ich zur Stadt zurück. Ich tänzelte wie der Tyrann; ich konnte es gut. Ich glich ihm vollkommen. Ich zweifelte nicht daran, daß mich jeder Bewohner der Stadt für den Tyrannen halten würde. Fast glaubte ich, ich sei es. Ich kam in die Stadt. Niemand kümmerte sich um mich. Dies war der Beweis dafür, daß alle meinten: da tänzelt er selbst. In jeder Silvesternacht tänzelte der Tyrann durch die Straßen, allein, wie es schien, doch in Wirklichkeit standen überall die harmlos tuenden Wachen herum, die aufpassen mußten, daß ihm nichts geschähe. Ich fürchtete mich nicht davor, sie könnten argwöhnen, ein Doppelgänger sei unterwegs. Denn immer zu Silvester tänzelte der Tyrann zum Beispiel im Osten der Stadt, und, plötzlich, war er im Westen. Wir Sklaven sollten wähnen, der Tyrann könnte zaubern. Dabei eilte er nur, auf eine Weise, die ich noch nicht herausbekommen hatte, durch das System der unterirdischen Katakomben. Wahrscheinlich hatte er sich insgeheim eine Art privater Untergrundbahn bauen lassen. Ich begriff nicht, daß ich mir darüber noch nicht im klaren war. Aber dafür wußte ich etwas andres. Ich, und zwar ich allein, kannte einen Pfad quer durch die Katakomben, bis zum äußersten und tiefsten Ende der Gänge und Sümpfe. Dieses Ende der Katakomben besteht aus einer Kammer. Die Kammer hat kein Fenster. Wohin sollte auch der hinsehen, der in der Kammer wäre? Aber die Kammer hat eine Tür. Wenn sie geschlossen ist, ist keine Luft mehr darin. Nein, ein bißchen ist noch darin, ein bißchen entsetzliche Luft aus den Mooren und Pfaden. Aber das verbraucht sich rasch, wenn sich jemand in der Kammer befindet, und wenn die Tür geschlossen ist. Wer in der Kammer eingesperrt ist, erstickt. Nicht gleich, aber bald. Er erstickt so langsam, daß ihm noch alle Sünden einfallen können, und er erstickt so rasch, daß er bald jede Hoffnung aufgibt, gerettet zu werden. Die Kammer ist das Ende, und ich, ich bin der einzige Mensch, dem bekannt ist, daß der Pfad zur Kammer unter dem Tyrannenpalast anfängt.

Während ich so durch die Stadt tänzelte, träumte ich davon, was ich mit dem Tyrannen machen würde, wenn ich ihn gefangengenommen hätte. Ich würde ihn mit in die Tiefe nehmen. Ich würde ihn in der Tiefe lassen. Ich aber würde wieder ans Tageslicht kommen und zu euch, die ihr euch ohne euren Tyrannen fürchtet, folgendes sagen: Laßt ihn, wo er ist, ihr kommt ohne ihn aus, ihr fahrt besser, wenn er nicht da ist. Wohin? würden einige von euch meinen letzten Satz wörtlich beantworten, Narr, der du bist, du hoffst, uns unsren Tyrannen geraubt zu haben, warte nur, warte ein Jahr, warte ein paar Jahre, und ein neuer Tyrann wird da sein, er wird dich verschlingen. Einige von euch werden mich sogar ganz einfach angreifen. Aber ich werde wie aus heiligem Stein sein, und sie werden mir nichts anhaben können. Keiner von euch wird mir danken, daß ich euch befreit habe. Einige fragen aber auch nur: Wo ist er? Entweder fragen sie aus Neugier, oder sie fragen aus Tücke, weil sie ihn von dort herausholen wollen, wohin ich ihn für immer verbannt habe, und ein paar fragen vielleicht auch nur, weil sie erfahren wollen, wie man Tyrannen unschädlich machen kann. Ihnen allen erwidere ich dies: Ich nahm ihn in seinem Palast gefangen. Wie ich verfuhr, ist mein Geheimnis. Ich knebelte ihn. Ich band ihm die Arme, über dem Rücken verschränkt, zusammen. Die Beine ließ ich frei. Er mußte ja gehen. Er mußte zum letztenmal in seinem Leben gehen. Wenn er versuchen würde, sich zu wehren, würde ich ihn töten. Es hätte mir leid getan. Es würde ihm die Qual erspart haben, die er uns allen zugefügt hat. Aber ich war davon überzeugt, daß es nicht dazu käme. Er hatte Angst vor mir. Er war ein Tyrann. Tyrannen sind feige. Und fliehen konnte er nicht. In den Katakomben kann man nicht fliehen. Wer hier flieht, kommt um. Der Tyrann wollte nicht umkommen. Er rechnete sich seine Rettung aus. Ich rechnete mir nichts aus. Ich wußte, daß alles so sein würde, wie ich es mir vorgenommen hatte. Ich machte die Falltür, den Eingang zu den Katakomben, auf. Ich ließ ihn vorangehen. Ich folgte, eine Taschenlampe in der linken Hand. In der rechten Hand hielt ich einen Revolver. Ich machte die Falltür hinter uns zu. Wir stiegen hinab. Tief hinab. Dann wurde der Pfad eben. Bis zu meinem Ziel, der letzten und tiefsten Höhle der Katakomben, wechselte die Beschaffenheit des Pfads oft. Er fiel ab, er stieg an, doch im ganzen fiel er. Manchmal stieg er so steil in die Höhe, daß ich geglaubt hätte, wir kehrten zur Oberfläche der Erde zurück, wenn ich es nicht besser gewußt hätte. Manchmal fiel der Pfad auch so steil nach unten, daß wir ausrutschten und viele Meter hinabschlidderten. Zuweilen gerieten wir in Sackgassen. Entweder waren es wirklich Sackgassen, und ich hatte mich verlaufen. Aber ich fand mich wieder zurecht. Oder es waren keine Sackgassen. Dann verrückte ich einen Felsen, und der Pfad setzte sich fort. Wer in die Katakomben gerät und nicht weiß, daß ein Felsen den Pfad öffnet, stirbt. Denn hinter dem, der in eine solche Sackgasse eingedrungen ist und mit dem rettenden Felsen nicht Bescheid weiß, schließt sich der Pfad zusammen. Ich hatte es selbst einmal erlebt, kurz, nachdem ich die Falltür zu den Katakomben gefunden hatte und nun den verborgensten und unzugänglichsten Ort suchte, wohin ich den Tyrannen bringen könnte, wenn ich ihn gefunden hätte.

Damals tappte ich sozusagen blind durch die Katakomben. Ich wußte nicht, wer sich, außer mir, in der Tiefe befand. Ich durfte auf keinen Fall entdeckt oder sogar erkannt werden. Meine ersten Vorbereitungen zum Tyrannenmord durften nicht gleich vereitelt werden. Natürlich hatte ich auch damals eine Taschenlampe bei mir. Aber ich hatte mir vorgenommen, sie nur dann zu benutzen, wenn es nicht anders ging. So konnte ich also, falls jemand unten war, kaum gesehen werden. Allerdings konnte ich auch niemanden sehen, es sei denn, er stünde dicht vor mir. Und hören konnte man mich auch nicht, so, wie ich niemanden hören konnte. Alle Pfade im System der Katakomben waren voll Schlamm. Oft war er so tief, daß ich mich kaum herausziehen konnte. Ich zog mich heraus. Ich habe darüber nachgedacht, wie es mir wohl gelungen sein könnte; ich weiß es nicht. Ich versuchte, mich an den Wänden der Pfade hochzuziehen, die ihrerseits auch mit Schlamm verkrustet und im Durchmesser nirgendwo mehr als einen halben Meter voneinander entfernt waren. Ich konnte sie also sofort anfassen, wenn der Schlamm auf dem Pfad keinen Felsen, sondern das Grundwasser bedeckte. Aber da die Wände, und auch Decke und Boden, so nahe zusammen waren, konnte ich mich, wenn ich in die Tiefe sackte, kaum bewegen, um mich zu retten. Trotzdem rettete ich mich immer wieder. Das klingt vermutlich so, als wäre ich besonders geschickt oder sogar heldenhaft gewesen. Ich bin kein Held. Ich hatte Angst, nichts als Angst. Ich bin ein kleiner Mann. Ich würde mich schämen, wenn mich jemand einen Helden nennen würde. Ich tue nur das, was ich kann, und sogar noch weniger als das. Ich tue es, obgleich ich Angst habe. Wer könnte wohl auch keine Angst haben, wenn er sich in folgender Lage befindet: er tappt und tappt im Schlamm, hinter ihm ist es so schwarz wie in der Nacht, vor ihm ist es so schwarz wie in der Nacht, er watet im Schlamm, er versinkt im Schlamm, da, da meint er, etwas zu hören, er knipst seine Taschenlampe an, obgleich er weiß, daß er sie nicht anknipsen darf, er sieht, was er gehört hat, er sieht Ratten, lauter Ratten, er ist von Ratten umzingelt, die Ratten fürchten sich nicht vor ihm, sie haben noch nie einen Menschen gesehen, aber sie wittern, daß das Ding mitten unter ihnen etwas zu fressen ist, sie greifen ihn an, sie kauen schon an seinem Anzug, gleich sind sie durch den Stoff, gleich sind sie an der Haut, eigentlich müßte er, nein, ich, eigentlich müßte ich die Lampe ausknipsen, doch wie könnte ich das, da die Ratten über und unter und neben mir sind, da ich fast erstikke, weil Gas, schwefliges Gas, aus dem Schlamm dringt, da ich merke, daß ich im Kreis gestapft bin, daß ich also nichts erreicht habe, gar nichts, da ich fühle, daß die Decke des neuen Pfads, den ich gefunden habe, sich senkt, so daß ich kriechen muß, wie ein Salamander, dem Kopf und Schwanz abgeschnitten sind, denn er kann nicht mehr denken, und er kann nicht mehr weiter. Aber ich kam aus dieser Klemme, aus dieser und aus andern.

Als ich jetzt, den Tyrannen vor mir, dem ich, links oder rechts, die Richtung angab, indem ich ihn mit dem Revolver gegen den linken oder rechten Ellenbogen stieß, zum soundsovielten Mal durch die Katakomben tappte oder kroch, gab es keine Klemmen mehr für mich. Leider gab es also auch für den Tyrannen keine Schwierigkeiten, die ihm ans Leben gingen oder wenigstens ans Leben zu gehen schienen, sondern nur Anstrengungen. Ich konnte ihn nur zur Langsamkeit zwingen, damit er den Schlamm, die Ratten und das Gas so heftig wie nur möglich spürte. Mehr konnte ich ihm im Augenblick nicht antun. Aber wir kämen ja zur äußersten und tiefsten Kammer. Wir kamen hin. Er blieb davor stehen. Ich drängte ihn hinein. Die Höhle war nur einen Meter hoch, zwei Meter lang und zwei Meter breit. Er legte sich platt auf den glitschigen Boden. Er sah zur glitschigen Decke hinauf. Ich band ihm auch noch die Beine zusammen. Ich kniete mich über ihn. Ich sah ihn an. Er sah mich an. Wir sagten kein Wort. So, dachte ich, nun bist du dort, wo du hingehörst, am Ende der Erde, jeden Atemzug, den du noch machen kannst, näher am Tod, so, nun hast du es so, wie du es uns allen gemacht hast, aber besser ist es, wir machen es dir so, als daß du es uns so machst, denn du bist nicht nur der Tyrann Soundso, sondern du bist auch ein Stellvertreter aller andern Tyrannen, auch der kleinsten. Ich gehe, Tyrann. Von jetzt an muß ich auf mich aufpassen, daß ich kein Tyrann werde. Ich gehe. Wir haben uns angesehen. Was du gedacht hast, weiß ich nicht. Es interessiert mich nicht. Es interessiert niemanden mehr. Schon bist du nicht mehr da. Ich stehe auf. Mein Blick in deine erbarmungslosen Augen war zuerst eine Anklage, dann ein Verhör, schließlich das Urteil. Ich gehe zur Tür deines Verlieses. Ich weiß nicht, warum hier einmal eine Tür angebracht worden ist. Wahrscheinlich für dich und deinesgleichen. Deinesgleichen gibt es immer. Ich schließe die Tür ab. Ich werfe den Schlüssel in den Schlamm. Dann ist es still. Nein, es ist nicht still. Die Ratten kommen. Sie wollen dich fressen. Doch sie können nicht an dich heran. In deiner Höhle ist auch nicht die winzigste Ritze. Nach ein paar Stunden wirst du nicht mehr leben. Du wirst, ehe du stirbst, nur noch die Ratten hören. Wie sie an deiner steinernen Tür nagen. Wie sie zornig sind, daß sie den Stein nicht fressen können, damit sie dich fressen. Wie sie, aus Zorn, den Pfad mit ihren Schwänzen schlagen. Wie sie, aus Zorn, mit den Zähnen knirschen. Du weißt, Tyrann, daß die Zähne der Ratten nicht zu dir gelangen können. Obwohl du es weißt, wirst du Angst haben, daß sie vielleicht doch, vielleicht doch, und sie allein, und sonst nichts und niemand, zu dir gelangen könnten. Bevor du stirbst, Tyrann, bist du verrückt geworden. Verrückt sein, Tyrann, ist das Schlimmste, was es gibt. Verrückte, die merken, daß sie verrückt sind, weinen manchmal. Du wirst nicht weinen. Tyrannen weinen nicht.

Aber, so träumte ich weiter, ich war ja erst auf dem Weg zu ihm und seinem Palast. Ich hatte mir etwas vorgestellt, was mir und dem Tyrannen noch bevorstand. Es war eine purpurne Nacht. Ich tänzelte auf den Park zu, der den Palast umgab. Das Parktor stand offen. Im Schilderhaus hielt ein Soldat Wache. Er salutierte. Er hielt mich für den Tyrannen. Ich ging in den Park hinein. Schon sah ich, im Schimmer des purpurnen Monds, den Palast. Aber noch staunte ich über die Figuren, zu denen die Büsche des Parks gestutzt waren. Doch ich durfte mir mein Erstaunen nicht anmerken lassen, da ich selbst befohlen hatte, daß die Büsche so beschnitten würden. Alle sahen gleich aus. Alle glichen mir selbst. Jeder Busch war ein Tyrann. Ich war ein Busch. Dann kam ich in das erste Zimmer. Fußboden, Decke und Wände waren mit purpurner Seide bespannt. Die Seide war zerschlissen, ja, sie hing in Fetzen herunter. Ich blieb darin hängen, machte mich aber wieder los. Das erste Zimmer war das erste Zimmer; sonst hatte es keine Funktion. Das zweite Zimmer setzte gewissermaßen das erste fort. So lagen alle Zimmer des Palasts in einer Geraden hintereinander. Das zweite Zimmer war das Zimmer für die Verhöre. Es war vollkommen leer. Dafür hatte es ringsherum zwei Wände. Ich sah es, weil die innere Wand nicht ganz so hoch wie die äußere war. Überall in der inneren Wand waren Öffnungen: Ich erblickte die Öffnungen für die Köpfe, für die Hände und Füße der zu Verhörenden. Vermutlich wurden, wenn die Delinquenten in den Schraubstöcken steckten, die übrigens mit purpurnem Samt ausgeschlagen waren, ihre Köpfe, Hände und Füße mit denen verglichen, die in den Listen notiert waren. Im Zimmer für die Vorbereitung der Verhöre – das eigentliche Verhörzimmer war das dritte, das Blumenzimmer – hingen purpurne Schilder von der Decke herab. Darauf stand: Hier finden Unterhaltungen statt, oder: Seid höflich, oder: Die Welt ist schön. Es war wie mit der zerschlissenen Seide im ersten Zimmer. Der Reichtum sollte ärmlich aussehen, die Verruchtheit sanftmütig. Auch die Blumen im Blumenzimmer waren purpurn. Ich zweifelte nicht daran, daß nicht nur die Blumen dufteten, wenn die Verhöre anders verliefen, als vorgesehen war. Als ich eine bestimmte Stelle im Blumenzimmer betrat, schaukelte der Fußboden. Ich wußte Bescheid. Wenn die Gäste des Tyrannen nicht so antworteten, wie er es erwartet hatte, drangen aus zahllosen winzigen Löchern in den Wänden giftige Schwaden, welche die Angeklagten und schon längst Verurteilten betäubten. Sie stürzten. Der Fußboden neigte sich, wurde abschüssig, und die Opfer rollten ins nächste Zimmer, um gefoltert zu werden. Tatsächlich war das benachbarte Zimmer das Folterzimmer. Es war mit Fenstern bespickt. Durch die Zimmer waren herrliche Landschaften zu sehen. Längs der linken Fensterreihe breitete sich, natürlich, ein Teil des Parks aus.

Hinter der rechten Fensterreihe lag eine Insel. Sie lag mitten in einem Meer. Das Wasser kräuselte sich, ein Wind bewegte es. Auf der Insel wimmelte es von Menschen. Ich glaubte, im Traum zu träumen, weil es innerhalb unsres Lands, wie überall, kein Meer geben kann. Ich weiß nicht, warum ich es rief, aber ich rief es: Ich bin unschuldig. Im gleichen Augenblick war das Meer mit der Insel verschwunden, und auch der Park war nicht mehr da.

Gleichzeitig war es dunkel geworden. Jetzt erst fiel mir auf, daß das Folterzimmer hell gewesen war. Ich knipste meine Taschenlampe an. Ich sah, daß die Fenster noch vorhanden waren, aber hinter den Scheiben befand sich nur ein brüchiges Gemäuer. Ich bin schuldig, rief ich. Sofort wurde es wieder hell, und die Landschaften des Parks und der Insel im Meer erschienen. Ich bin unschuldig, rief ich. Es wurde dunkel, die Landschaften erloschen. Ich bin schuldig, rief ich, es wurde hell, die Landschaften kamen wieder. Sie waren auf die steinernen Flächen in den Fensterrahmen projiziert. Immer, wenn ich rief: unschuldig, roch ich etwas, und immer, wenn ich rief: schuldig, hörte der Geruch auf. Ich schnupperte. Ich wußte, wonach es roch. Es roch nach Schlangen. Ich rief noch einmal: unschuldig. Ich horchte. Ich hörte, wie die Schlangen zu kriechen anfingen. Ich hörte sie klappern. Also waren es Klapperschlangen. Ich knipste meine Taschenlampe an. Ich sah keine Schlangen. Es waren keine da. Vermutlich hatte der Tyrann eine Geräusch- und Geruchmaschine einbauen lassen, die den Angeklagten Klapperschlangen vortäuschen sollte. Nach dem Folterzimmer kam das Zimmer zum Spielen mit Kindern. Überall war Spielzeug. Doch es lag nicht unordentlich herum, wie es sonst in Kinderzimmern zu sein pflegt, sondern war in Regalen gestapelt. Im ersten Regal waren nur Hampelmänner, im zweiten nur Stehaufmännchen, im dritten nur Puppen, im vierten nur Baukästen, im fünften nur Bilderbücher, im sechsten nur Ausschneidebogen, im siebten nur Autos zum Aufziehen. Alle Spielsachen in den Regalen waren, wie Wäschestücke in den Spinden unsres Heers, bis auf den Millimeter genau ausgerichtet. Die Hampelmänner waren der Tyrann, die Stehaufmännchen waren der Tyrann, die Puppen waren der Tyrann, in den Bilderbüchern und auf den Ausschneidebogen war der Tyrann abgebildet, die Chauffeure in den Autos waren der Tyrann, und wenn man die Baukästen zusammensetzte, ergaben die Steine oder Klötze den Palast des Tyrannen, durch dessen purpurne Finsternis ich in diesem Augenblick wanderte. Ich hörte nicht auf zu tänzeln. Ich wußte nicht, ob im Musikzimmer, im Bücherzimmer oder in der Gemäldegalerie, durch die ich nacheinander kam, hinter einer Musiktruhe, hinter einem Regal oder hinter einer Plastik ein Wächter hockte, der mir, falls er merkte, daß ich nicht der war, der ich vorgab zu sein, ein Lasso um den Hals warf. Im Musikzimmer hingen sicher über hundert Apparate an den Wänden. Ich drehte an einem Knopf. Der Apparat spielte „Weißt du, wieviel Sternlein stehen?" Dann hörte er mitten in der Melodie auf, schnurrte weiter und fuhr mit dem Anfang des dritten Satzes der fünften Symphonie von Beethoven fort. Hierauf unterbrach er die Symphonie und spielte ein Stück aus dem Rosenkavalierwalzer von Richard Strauss. Schließlich hörte ich „Lés préludes" von Liszt. Ich drehte ab. Im Bücherzimmer standen vier Regale, die alle Wände füllten und bis zur Decke reichten. Ich zog ein Buch heraus. Es war „Der Großinquisitor" von Dostojewskij. Ich zog ein zweites Buch heraus. Es war „In Stahlgewittern" von Ernst Jünger. Das dritte Buch hieß „Gleichheit und Freiheit" und war von Clemens Ostertag geschrieben. Als ich mir ein viertes Buch ansah, war es wieder „Der Großinquisitor" von Dostojewskij. Das fünfte war abermals das Buch von Ernst Jünger. Das sechste war wieder der Ostertag. Diese drei Bücher wechselten sich ununterbrochen ab. In der Gemäldegalerie hing nur ein einziges Bild. Es war so lang und so hoch wie die Wand vom Bücherzimmer bis zum Ankleidezimmer. Auf dem Bild war links der Tyrann zu sehen, und rechts waren ein Mann, eine Frau und ein Kind. Die Frau streckte das Kind dem Tyrannen entgegen, der seinerseits die Hände nach dem Kind ausstreckte. Der Mann stand abseits.

Seine Hacken drückten sich gegeneinander, seine Fußspitzen standen fast in einem rechten Winkel zueinander. Er sah in die Augen des Tyrannen. Ich entdeckte im Rahmen des Bilds mehrere Knöpfe. Ich drückte einen Knopf hinein. Der Tyrann rollte in den Rahmen, nach links, und die Familie rollte auch in den Rahmen, nach rechts. Dann rollte der Tyrann wieder aus dem Rahmen heraus, und von der anderen Seite rollten viele Männer in das Bild. Sie bildeten eine Reihe. Sie waren Soldaten. Sie hatten die Augen rechts. Sie sahen den Tyrannen an. Der Tyrann sah die Soldaten an. Er hatte eine große Fahne in den Händen. Sie war purpurn. Auf den purpurnen Grund war eine goldene Lilie gestickt. Die Fahne flatterte über die Schultern des Tyrannen. Ich drückte einen andern Knopf. Tyrann und Soldaten rollten in den Rahmen, Tyrann und Soldaten rollten ins Gemälde zurück. Während der Tyrann wieder die Fahne trug, stürmten die Soldaten, Karabiner oder Maschinenpistolen in den Händen, gegen einen Feind, der außerhalb des Bilds war. Ihre Münder standen offen. Sie schienen zu singen. Ich drückte noch einmal. Tyrann und Soldaten rollten fort. Doch indes der Tyrann zurückkehrte, rollten von rechts nicht nur Männer aus dem Rahmen, auch Frauen und Kinder waren dabei. Sie lagerten auf einer großen Wiese und blickten zu dem Tyrannen empor. Der Tyrann, der einen Kranz aus purpurnen Lilien im Haar hatte, hielt, wie es schien, eine Rede. Er lächelte. Ein Mann auf der Wiese hatte ein Buch in der Hand, ein andrer hatte eine Kelle in der Hand, ein dritter trug einen Laib Brot, ein vierter eine Roggenähre, ein fünfter einen Hammer, ein sechster einen Äskulapstab. Die Frauen hatten purpurne Lilien in den Haaren und hielten Säuglinge im Schoß oder größere Kinder an den Händen.

Plötzlich merkte ich, daß das Gemälde undeutlich wurde. Ein Nebel hüllte es ein. Aber der Nebel kam nicht aus dem Bild, sondern aus dem Fußboden der Gemäldegalerie. Ich erschrak. Ich machte, daß ich weiterkam. Ich kam in das Ankleidezimmer. Auch hier war es neblig. Trotzdem sah ich, daß je sieben Uniformen, Fräcke, Straßenanzüge, Sportkombinationen, Wintermäntel, Sommermäntel, Hausmäntel, Bademäntel in den geöffneten Schränken hingen. Jede Uniform war gleich der andern, jeder Frack gleich dem andern, und so war es auch mit den übrigen Bekleidungsstücken. Ich zog einen der Fräcke an. Er paßte mir. So rasch ich konnte tänzelte ich weiter. Denn der Nebel nahm immer mehr zu. Als ich in das Zimmer zum Photographieren kam, war der Nebel noch stärker. Aber er hinderte mich nicht daran, die Einrichtung des Photographierzimmers einigermaßen zu sehen. In der Mitte stand ein Photoapparat. Ich ging zu ihm hin und machte eine Aufnahme. Wovon? Von dem, was ich gerade im Objektiv sah, von den Aufnahmen des Tyrannen, die überall an den Wänden hingen. Doch als ich den feuchten Abzug betrachtete, sah ich etwas, was ich nicht photographiert hatte. Ich sah den Tyrannen selbst, nicht seine Aufnahme an der Wand. Er schien zu leben. Es kam mir so vor, als knebele und fessele er mich. Ich machte eine andre Aufnahme. Wieder war der Tyrann auf dem Abzug. Aber diesmal schien er mich aufzufordern, mich selbst zu knebeln und zu fesseln. Ich machte eine dritte Aufnahme. Abermals war der Tyrann auf dem Abzug zu sehen. Mir schien, ich kröche den Pfad in den Katakomben entlang, und der Tyrann ginge hinter mir und gäbe mir mit einem Hieb seines Revolvers die jeweilige Richtung an, wie ich zu kriechen hätte. Doch dann bildete ich mir wieder ein, der Tyrann krieche auf dem Pfad, und ich lenkte ihn zu der äußersten und tiefsten Kammer. Hierauf träumte ich wiederum, ich sei sowohl der Kriechende als auch der Revolverschlagende, und der Kriechende sei der Tyrann, und der Revolverschlagende sei ebenfalls der Tyrann, und der Kriechende sei ich selbst, und auch der Revolverschlagende sei ich selbst. Da lief ich aus dem Photographierzimmer heraus. Ich fürchtete mich. Ich zitterte. Der Schweiß brach mir aus. Ich schwitzte so heftig, daß ich fast nichts mehr sah. Doch das lag auch daran, daß inzwischen der Nebel immer undurchlässiger geworden war. Fast ganz undurchlässig und purpurn. Ich tänzelte nicht mehr. Ich redete vor mich hin, ohne es zu wollen. Ich versuchte, damit aufzuhören. Aber es glückte mir nicht. Ich sagte immer wieder dasselbe Wort vor mich hin. Zunächst wußte ich nicht, was es für ein Wort war. Doch dann war mir so, als ob ich das Wort „Polizei" sagte, dieses Wort und noch ein andres Wort dahinter. Aber warum sollte ich das Wort „Polizei" sagen? Und wenn ich es wirklich sagte, was sagte ich dahinter?

Als ich über die Schwelle zum nächsten Zimmer rannte, hörte ich mit einemmal ein paar Stimmen. Es waren Männerstimmen. Sie riefen etwas. Sie schienen mir etwas zuzurufen. Aber ich verstand nicht, was es bedeutete. Vermutlich hinderte mich der Nebel daran, der in dem neuen Zimmer stand, als sei er eine feste Masse, Schlamm, Stein oder ein Rattenberg. Er ließ mich auch nicht sehen, wer in dem neuen Zimmer war. Doch hörten die Männer nicht auf, mir etwas zuzurufen. Ich zweifelte nicht daran, daß sie mich meinten. Jetzt fing der Nebel an, sich zu bewegen. Hier wurde er vollkommen undurchsichtig, dort löste er sich auf.

Schließlich war er nicht mehr da. Dafür hatte er an den Stellen, wo er sich verfestigt hatte, Männer gebildet. Sie riefen. Sie riefen mir zu. Sie saßen an einem Kneipentisch. Sie spielten Karten. Sie hatten Filzpantoffeln an den Füßen. Sie hatten keine Jacken an, so daß ich ihre Hosenträger und Netzhemden sehen konnte. Jeder von ihnen war der Tyrann. Einer sah wie der andere aus. Sie sahen wie ich selbst aus. Ich sah wie sie alle aus. Ich war der Tyrann. Oder ein Tyrann. Sie riefen mir zu: Komm her. Ich ging zu ihrem Tisch. Sie spielten Skat. Während drei von ihnen spielten, kiebitzten die drei andern. Was soll ich? fragte ich. Mitspielen, antworteten sie. Wer seid ihr? fragte ich. Ich, sagte der erste, bin der Tyrann. Und wer ist der zweite? fragte ich. Auch der Tyrann, antworteten sie. Und der dritte? fragte ich. Auch der Tyrann, antworteten sie. Und der vierte, fünfte, sechste? Alles Tyrannen. Und wo ist der Tyrann? fragte ich. Hier, antworteten sie. Wo? fragte ich. Wir sind es, antworteten sie. Und was bin ich? fragte ich. Du bist auch der Tyrann, erwiderten sie. Ich setzte mich zu ihnen. Ein Spiel war zu Ende. Los, sagten sie, du bist dran. Ich mischte die

Karten, ich gab. Wir spielten. Ich bin der Tyrann für die Justiz, sagte einer von den Männern. Ich bin der Tyrann für die Erziehung, sagte der zweite von ihnen. Ich bin der Tyrann für Industrie und Handel, sagte der dritte. Ich bin der Tyrann für Politik, sagte der vierte. Ich bin der Tyrann für das Kriegswesen, sagte der fünfte. Ich bin der Tyrann für das Kirchenwesen, sagte der sechste. Und was bin ich? fragte ich. Du, erwiderten die sechs Männer, wir haben es dir doch zugerufen. Und was? fragte ich abermals. Du bist der Tyrann für die Polizei, antworteten sie, der Polizeichef. Richtig, rief ich, wo ist mein Telefon? Es steht vor dir, antworteten sie. Ja, da war es. Ich hob den Hörer ab. Ich wählte. Jawohl, sagte jemand am andern Ende der Leitung. Der Tyrann, sagte ich, befindet sich in der letzten und tiefsten Kammer der Katakomben. Ihr müßt euch eilen, sonst erstickt er, wartet, ich zeige euch den Weg zu ihm, ich komme.

Oh, when the Saints go marching in

Oh, when the Saints go marching in,
besuchen sie das ärmste Kind
mit Puppen und mit Broten,
und wenn sie damit fertig sind,
ziehn sie zum Bürgermeister hin,
entsprechend den Geboten,

und nehmen dem, der alles hat,
und geben es der Sünderin
voll Flüchen und voll Zoten.
Es findet eine Teilung statt,
denn Fisch und Tuch und Holz und Gin,
die Äpfel und die Schoten,

erhält der Bettelmann, der Dieb,
so daß der Mörder sich besinnt
und betet für die Toten,
und was am Ende übrig blieb,
wirft man dem Staube hin, dem Wind,
für Hufe und für Pfoten.

Oh, when the Saints go marching out,
dann ist die Stadt aus Hauch gebaut,
als seis im Paradiese,
doch gleich darauf ist alles stumm
und blind und taub, das Eigentum
der Wächter und Verliese.

Diebsgeschichte

Ich habe es selbst gesehen.

Wenn es mir ein andrer erzählt hätte, hätte ich ihm einen Vogel gezeigt. Ich glaube nicht daran, daß es Engel oder Drachen gibt oder daß man etwas erreichen kann, ohne seine Augen und Hände zu gebrauchen. Was mich betrifft, so kann ich ohne sie nicht auskommen. Ich habe Augen wie eine Katze in der Nacht, und meine Finger sind wie Eidechsen, die keiner sieht. Ich muß zugeben, daß meine Finger so behend und unsichtbar flitzen, als hätte jemand andres seine Hände im Spiel. Wer aber? Der sogenannte liebe Gott? Ich kenne ihn nicht. Mir ist nur der Gott der Diebe bekannt. An ihn glaube ich, ja, ich habe ihn gern.

Doch dafür muß er auch etwas leisten, so, wie vorhin, als ich die Handtasche der Dame mit dem Schleier über der Stirn und den Augen aufmachte. Ich holte die Geldbörse heraus, öffnete sie und nahm mir, was mir zustand. Die Dame hatte zuviel, was ich zuwenig hatte. Außerdem ärgerte ich mich über ihren Schleier, der nicht nur die Hälfte ihres Gesichts versteckte, sondern auch die Abgefeimtheit ihrer Seele, ihren Geiz und ihre Habgier. Dann flüsterte ich der Dame zu, ihre Tasche stünde auf und sie hätte ihre Börse verloren. Ich wisperte, weil ich ihre Aufmerksamkeit nicht beeinträchtigen wollte. Da sie nicht wußte, was sich gehört, bedankte sie sich nicht. Sie hörte nicht auf, die Leiche zu betrachten.

In diesem Augenblick ereignete sich das, was ich selbst gesehen habe und was mir keiner ausreden kann. Auch Sie nicht, Sie Helfershelfer.

Ich habe sogar Zeugen. Nicht die Schleiereule, die es bestimmt nicht gesehen hat. Eine Dame hat keine Augen für das Besondere, für die Ausnahme, für einen Toten, der gegen ihre Ordnung ist. Dergleichen ist auch nicht für sie bestimmt. Nur für mich und andre Leute meines Schlags, die wissen, was sie tun, nämlich, sich die Milch und den Honig zu nehmen, den sie nicht bekommen. Davon verstehen Sie nichts, Sie Räuber.

Meine Zeugen sind zum Beispiel der Hirt und sein Hund. Ich muß zugeben, daß die beiden Zeugen in eigner Sache sind. Andrerseits bestätigt der Ausgang ihr Zeugnis. Aber ich habe noch zwei andre Zeugen, nämlich die Ameise und die Amme des Generals. Sie sind einwandfrei. Wir fünf sagen übereinstimmend aus, ohne uns verabredet zu haben. Ich soll die Beobachtungen der vier andern zu Protokoll geben. Ich soll Ihnen sagen, Knecht, daß sie leider verhindert sind.

Der Hirt muß sein Pferd beerdigen, der Hund begleitet ihn, der Hirt kann den Hund nicht entbehren, die Ameise muß einen Span vor den Eingang zu einer unterirdischen Höhle legen, damit Ihr Fuß, Lakai, nicht darin wühlen kann, die Amme kann nicht reden, so weint sie vor sich hin. Ihr General ist tot, ihr Generalchen, das sie in die Windeln und ins Leichentuch gewickelt hat.

Es ist an Krebs gestorben, hat sie mir auf dem Friedhof gesagt, leise, damit es keiner hört.

Denn wer das Wort vernimmt, wird von der Krankheit befallen, fragen Sie mich nicht, Büttel, wieso die Amme mir etwas zuraunte, das mich zerstören wird?

Ein Landstreicher wie ich ist nur ein Kerl, kein Mensch. Ammen von Generalen sind auch nicht viel besser als die Polizisten, denen nicht alle Leichen gleich sind. So hat mir die Amme auch gesagt, daß sie der Ruf des toten Generals nicht überrascht hat. Mich hat er verwundert, Petzer.

Wenn es mir ein andrer erzählt hätte, hätte ich ihm einen Vogel gezeigt. Einen Riesenvogel mit einem Schwanz, hundert Meter lang. Aber ich habe es selbst gesehen.

Zuerst habe ich die Menge gesehen, die Gaffer, die immer dabeisein müssen, wenn ein Leichenzug durch eine Straße wandert. Sie können nicht genug davon kriegen. Ich weiß nicht, warum es so ist. Vielleicht freuen sie sich darüber, daß es mit ihnen noch nicht soweit ist, vielleicht fürchten sie sich vor dem eignen Tod, der sie meiden wird, wenn sie sich mit dem Tod andrer beschäftigen, vielleicht haben sie einen Spaß an dem Entsetzen der andern. Wissen Sie, Verräter, warum es so ist?

Ich sah die Polizisten, Ihre Kumpels, Taugenichts, die für die Ordnung zu sorgen haben, die keine ist. Was Ordnung ist, wissen wir allein, wir Diebe, Landstreicher, Penner, Krakeeler, Saufause und Habenichtse.

Die Polizisten standen herum und warteten. Sie paßten auf, daß die Damen mit den Schleiern, die alten Weiber und die jungen Dinger, die die Mörder verehren und die Opfer verachten, nicht vom Bürgersteig auf den Fahrdamm übertraten, nicht einen Zentimeter, nicht einen Millimeter: He, Herrschaften, jeder bleibt, wo er ist, keiner darf benachteiligt oder bevorzugt werden, ruhig Blut, gleich ist es soweit, gleich ist Weihnachten.

Und da traf der Leichenzug endlich ein.

Zwar sah man ihn noch nicht, aber man hörte ihn wenigstens schon. Es ertönte eine furchtbare Musik, die aus der Mitte der Erde zu dringen schien, aus den ältesten Gräbern, von den Gerippen gespielt, die am meisten abgenagt sind.

Gleichzeitig aber vernahm man etwas andres, ein Knarren, ein Quietschen, ein Tappen, dazu eine Stimme, die sang. Doch die Stimme tönte von ganz woanders her als die furchtbare Musik. Nichtsnutz, Sie kennen die Straßenkreuzung, wo alles passierte.

Die breite Straße und der schmale Weg treffen aufeinander, die breiteste Straße und der schmalste Weg. Auf dem Weg kam ein Karren heran, ein Wägelchen, in dessen Deichsel sich der alte Pferdehirt gespannt hatte, der jedermann bekannt ist. Sonst zog sein Pferd den Karren, aber wenn man kein Pferd hat, muß man sich selber helfen. Das Pferd konnte den Karren nicht ziehen, es lag oben darauf, es war tot. Der Hirt zog sein Pferd zum Schindanger.

Er sang ein Lied auf den Tod seines Pferds: Pferd, mein Pferd, wir waren ein Gespann, Pferd, mein Pferd, das Pferdchen und der Mann, und da das Pferd kein Pferd mehr ist, ist auch der Mann kein Mann.

Er sang wie einer, der nicht mehr über die Erde geht, sondern langsam mit den andern Wolken erscheint und verschwindet. Da er wie eine Wolke sang, oder wie ein Stern, oder wie ein Teilchen der Unsterblichkeit, das irgendwo schwebt und schimmert, war sein Gesang gleichzeitig eine Mitteilung über den Tod seines Pferds und eine Nachricht aus der Welt der Engel und Teufel, eine Warnung an die Leute bei der Straßenkreuzung, mit dem Tod zu leben.

Desto unangebrachter und törichter benahmen sich die Polizisten, als sie ihm befahlen, stehenzubleiben und erst die Leiche des Generals vorbeizulassen, ehe er sein Pferd auf dem Schindanger begrub.

Er ließ es sich nicht gefallen und sagte: Wer zuerst kommt, mahlt zuerst.

Aber einer von den Polizisten hob ihn hoch und setzte ihn auf den Karren zu dem toten Pferd.

Der Hirt fuhr fort: Ein Toter ist ein Toter.

Der Polizist hieb ihm auf den Mund, so daß er blutete.

Der Hirt sagte: Ein Grab ist ein Grab, das Grab ist gleich der Grube.

Der Polizist stellte sich in die Deichsel hinein und drehte den Karren in die Richtung, aus der er gekommen war. Doch der Hirt drehte seinen Kopf, in die entgegengesetzte Richtung, zur Straßenkreuzung hin, und wenn ihm der Polizist das verboten hätte, hätte er ihm den Kopf abdrehen müssen, so starr war sein Hals, so drohend blickten seine Augen. Wohin blickten sie, Tunichtgut?

Zu den Augen des Generals. Aber die waren geschlossen, und der war noch gar nicht da. Trotzdem, ich weiß es ganz genau, sahen die Augen des Hirten mitten in die Augen des Generals hinein. Und die Augen des Hirten, Mitmacher, zogen, ich wette einen Hosenknopf gegen einen Schnaps, den ganzen Leichenzug zu sich heran und veranlaßten ihn, anzuhalten, und zwar so, daß die Kanone, auf der die Leiche des Generals lag, genau an der Straßenkreuzung stehen blieb.

Ich habe übrigens falsch gewettet, Kerl, denn ich habe keinen Hosenknopf. Ich habe einen Strick um meine Hosen gebunden, einen Strick, den ich nachher vielleicht für meinen

Hals brauche. Doch ich werde unsre Wette gewinnen, Lumpenhund. Ich habe es selbst gesehen.

Wenn es mir ein andrer erzählt hätte, hätte ich ihm einen Vogel gezeigt. Kaum stand der Zug still, begann der General, sich aufrecht hinzusetzen. Der General, sage ich, nicht der Leichnam, obwohl ich weiß, daß der General kein General, sondern ein Leichnam war. Aber in diesem einzigen Augenblick oder in diesen wenigen Augenblicken, ein, zwei, drei Augenblicken, war der General kein Leichnam. Kein Leichnam und kein General, sondern ein Wesen, ein Hirt womöglich, oder ein Bäcker, oder ein Briefträger, oder ein Straßenkehrer, oder ein Möbelträger, oder ein Matrose. Irgendeiner, der etwas anfaßt, und außer ihm und dem Ding, das er anfaßt, ist nichts andres vorhanden.

Oder ein Dieb.

Oder ein Abgesandter des Himmels, wenn es Ihnen so lieber ist, Dummkopf, wo, wie ich in der Schule gelernt habe, die Gerechten eine ewige Versammlung abhalten und versuchen, das Unrecht auf der Erde ein bißchen zu verkleinern, auf der häßlichen und schönen Erde.

Die Ameise und der Hund und ich, wir haben sogar gesehen, wie der tote General dem Hirten zublinzelte. Die Ameise, die am Straßenrand ihr Loch verklebte, sagte es dem Hund, und der Hund sagte es mir. Es wäre nicht nötig gewesen, da ich es selbst beobachtet hatte, doch zweimal und dreimal gesehen ist besser als einmal gesehen. Außer uns dreien sah keiner das Blinzeln, aber den Ruf muß eigentlich jeder gehört haben, oder die Leute an der Straßenkreuzung waren tauber als taub.

Der Ruf lautete: Durchlassen.

Er lautete wie ein Befehl, und das hätte niemanden erstaunt, da er aus dem Mund eines Generals erschallte. Doch alle müssen darüber verwundert gewesen sein, daß der Ruf wie eine Bitte klang. Er war sanft, freundlich und demütig, so, als erwarte der General nicht, daß seine Bitte erfüllt werde.

Aber sie wurde erfüllt, und unter dem Eindruck des außerordentlichen, wie von einer Lerche gezirpten Rufs und der

Begebenheiten, die ihm folgten, bemerkte keiner außer der Ameise, dem Hund, der Amme und mir, daß sich der General, oder was immer er war, wieder hinlegte, die Arme über der Brust verschränkte und in den Zustand einer Leiche zurückkehrte, oder zu was immer.

Hierauf trat jener Polizist aus der Deichsel des Wägelchens heraus. Ich frage Sie, Kindskopf, ob Sie es auch getan hätten, wenn Sie in seiner Lage gewesen wären. Sie brauchen nicht zu antworten, Schwindler.

Der Hirt kletterte vom Karren herunter, drehte ihn herum und zog ihn quer durch den Leichenzug hindurch. Das heißt, als er den Zug erreicht hatte, konnte er nicht weiter. Doch die vier Pferde, die vor die Kanone mit dem General darauf gespannt waren, wichen etwas zurück, und der Karren passierte. Die Amme, die in der letzten Reihe der Trauernden stand, weil sie nur eine Amme war, erzählte mir hinterher, daß der Hirt sich bedankt hätte.

Danke, hätte er geraunt, sonst nichts, ein einziges Wort für das einzige Wort des Generals.

Ich habe es nicht gehört, da ich zu weit weg stand, aber ich glaube der Amme.

Sodann schnaubten die Pferde einmal, wie wenn sie sich an dem Hin und Her des Rufens und Raunens beteiligen wollten und ihr Einverständnis mit diesem Gespräch der Gerechtigkeit erklären wollten, schüttelten sich, daß die schwarzen Schabraken oder Schabernacken, oder wie die Dinger heißen, hochflogen und die Orden auf dem Samtkissen in den Dreck fegten.

Ein Offizier hob sie auf und legte sie auf das Kissen zurück. Ich sah ihm an, daß er nicht wußte, wie er sich verhalten sollte. Das hatte er nicht geübt: Jerum.

Aber da zogen die Pferde an, und der Offizier konnte die Orden grade eben noch auf den Samt legen, oder er wäre von den Tieren umgerissen worden.

Auch die Musik spielte wieder, diese Musik, die keine war, höchstens eine Erinnerung an die vergangenen Schlachten oder eine Vorbereitung auf die kommenden Schlachten.

Ich werde nicht daran teilnehmen, Freundchen. Wer nimmt schon einen Dieb?

Mit dem Kopf durch die Wand

Eben bin ich in mein Zimmer zurückgekommen. In mein Zimmer? Mein Zimmer ist kein Zimmer, sondern eine Höhle, obwohl es sich mitten in einer Mietskaserne befindet. Mietskaserne, Kaserne? Vielleicht ist es schon keine Höhle mehr, sondern eine Zelle, und ich weiß es nur nicht. Wie kann ich irgend etwas wissen, außer dem, was ich eben in der Stadt erfahren habe? Es ist alles, was es auf Erden gibt. Jedenfalls ist es alles, was es für mich gibt. Es und ich. Ich sage nicht: ich und es. Denn es ist stärker als ich. Stärker? Es ist so stark, daß mir nichts andres übrigbleibt, als zu verschwinden.

Ich habe mein Zimmer abgeschlossen. Ich habe den Riegel vorgeschoben. Ich habe die Türritzen abgedichtet, damit kein Gas in mein Zimmer kommt. Kein Gas? Wenn nicht mein Vater und meine Mutter vergast worden wären, hätte ich keine Angst vor Gas. Früher war Gas etwas Gutes. Man konnte Pudding und falschen Hasen darauf kochen. Aber dann wurde das Gas böse. Ich habe auch das Fenster abgedichtet. Ich habe es verhängt. Ich habe das Fenster und die Tür verbarrikadiert. Vor das Fenster habe ich den Schrank gerückt, und vor die Tür habe ich das Bett gestellt. Der Schrank war so schwer. Aber wenn man Angst hat, kann man, was man sonst nicht fertigbrächte. Das Bett kann vor der Tür stehenbleiben. Ich brauche es nicht mehr. Ich werde nie wieder schlafen.

Ich wache. Ich warte. Ich muß wachbleiben, damit mich die, welche ich in der Stadt getroffen habe, nicht überrumpeln können. Ich warte auf sie. Ich rühre mich nicht. Ich darf es nicht. Sonst höre ich nicht, was passiert. Etwas wird passieren. Wie? Die, welchen ich begegnet bin, werden mich umzingeln. Sie werden auch mich töten. Sie müssen es, denn sie müssen sich schützen. Ich bin eine Zeugin gegen sie. Eine armselige Zeugin, ich weiß. Aber wer ist nicht erschöpft, wenn er ununterbrochen verfolgt wird? Verfolgt, ohne angreifen zu können? Verfolgt, allein, halb verrückt? Allein? Allein und nicht allein. Wer verfolgt wird, ist nicht allein. Immerhin ist er mit seinen

Verfolgern zusammen. Aber er hat keinen Freund. Ich habe keinen. Wie könnte ich einen haben, in einer Stadt, in einem Land, wo solche Leute leben, wie ich sie vorhin gesehen habe? Meine Freunde sind tot, von denen getötet, die in dieser Stadt spazierengehen, kaufen und verkaufen. Sogar die Gegenstände, die ich liebe, haben mich verlassen. Mein Wecker. Er ist stehengeblieben, obwohl ich ihn erst heute früh aufgezogen habe. Wieso ist er stehengeblieben? Er ging immer richtig. Habt Ihr ihn angehalten, Ihr Fußgänger? Meinetwegen. Ich brauche ihn nicht mehr. Mein Lieblingsbuch. Darin heißt es: wir sollen nicht bloß Menschen, wir sollen auch mehr als Menschen sein. Wie könnten wir es, wenn wir weniger als Menschen sind? Aber der Satz steht nicht mehr in meinem Buch. Ich zweifle nicht daran, daß Ihr ihn ausgelöscht habt. Meine lange, dicke, gelbe Kerze. Zwar ist sie noch da, doch sie würde das Feuer meiner Streichhölzer nicht annehmen. Falls meine Streichhölzer noch brennen können. Sie sind sicher feucht. Ich versuche es gar nicht erst. Ich weiß Bescheid. Ihr habt die Streichhölzer und die Kerze präpariert. Ich würde es auch nicht wagen, die Streichhölzer anzustecken. Ich tue Euch nicht den Gefallen, daß das Gas, welches Ihr vielleicht schon in mein Zimmer geblasen habt, explodiert.

Was habe ich noch? Einen Bleistift und die Wände meines Zimmers. Ich werde mit meinem Bleistift auf die Wände des Zimmers schreiben. Ich werde Fragen stellen. Wer wird meine Fragen beantworten? Ich weiß es nicht. Natürlich kommt es auf den Inhalt meiner Fragen an. Er ist unbequem, rechthaberisch und nachtragend. Er beschäftigt sich mit der Vergangenheit. Mit einer Vergangenheit, von der jene Fußgänger behaupten, und die Leute in den Autos auch, ja, sie ganz besonders, daß sie vergangen ist, so vergangen, als ob sie nie vorhanden gewesen wäre, von der ich aber sage, daß sie mich umstellt, überall, auf der Straße, in meinem Zimmer, in meinem Papierwarengeschäft, wenn ich Hefte und Gummis an die Schulkinder verkaufe. Nein, keiner wird meine Fragen beantworten. Jene werden ganz einfach leugnen, daß es meine Fragen überhaupt gibt. Also werde ich mich zum Stellvertreter von jenen machen und meine Fragen selbst beantworten. Meine Fragen? Es sind nicht nur meine Fragen. Die Fragen schwirren um jeden herum. Wenn er sie annimmt, schwirren sie durch jeden hindurch. Denn sie sind keine Fragen, wie man sie bisher gekannt hat: wie geht es Ihnen, was machen Sie morgen, haben Sie schon den Film Ariane gesehen? Es sind Fragen, die ihre eigenen Antworten sind.

Wieso bin ich erst heute darauf gekommen? Weil heute mein Geburtstag ist? Weil ich heute zum erstenmal, seitdem ich zurückgekommen bin, stundenlang spazierenging? Wahrscheinlich wollte ich gerade an meinem Geburtstag feststellen, daß ich die Wahrheit vergessen hatte. Wahrscheinlich wollte ich mir selbst etwas zum Geburtstag schenken, da ich wußte, daß ich niemanden habe, der an mich denkt. Und wenn es das Entsetzen wäre. Die Kinder werden dasselbe tun, was ihre Eltern getan haben. Sie haben schon damit angefangen. Sie sind zu klein, als daß sie wissen könnten, daß ich mir einen gelben Stern annähen mußte. Aber sie ahnen es. Sonst könnten sie nicht so gemein zu mir sein. Es ist ihnen bekannt, daß ich sehr kurzsichtig bin. Trotzdem machen sie sich über mich lustig. Zum Beispiel schleichen sie sich so leise in meinen Laden, daß ich sie nicht höre. Plötzlich stehen sie vor der Theke und schreien mich an: wollen Sie uns nichts verkaufen? Oder führen Sie nicht einmal das popligste Zeug von der Welt? Na, wenn nicht, denn nicht. Dann gehen wir eben zur Konkurrenz. Ich kann ihnen nicht antworten. Ich bin zu Tode erschrocken. Zu Tode? Vielleicht wollen sie mich töten. Vielleicht haben ihnen ihre Eltern gesagt: die, macht die fertig. Die ist ein Schandfleck. Oder sie reißen die Ladentür ganz besonders laut auf. Dann gehe ich hinter den Ladentisch und warte auf die Wünsche der Kinder. Aber sie sprechen nicht. Ich frage sie, was sie wollen. Sie antworten nicht. Warum nicht? Ich taste nach ihnen. Sie sind gar nicht mehr da. Sie haben sich so leise, daß ich es nicht hören konnte, davongemacht. Sie haben mich an der Nase herumgeführt. Sie haben mich betrogen. Sie haben mir nichts abgekauft. Sie kaufen immer weniger bei mir. Sie wollen mich verhungern lassen. Vielleicht haben ihnen ihre Eltern gesagt: entweder hat sie ihre Entschädigung, dann hat sie mehr als genug, oder sie hat noch keine Entschädigung, dann soll sie sehen, wie sie fertig wird, hoffentlich macht sie es nicht mehr lange. Die Kinder werden dasselbe tun, was ihre Eltern getan haben. Ich habe den ersten Satz an die Wand geschrieben. Ich kann nicht ordentlich schreiben. Mein Bleistift ist abgeschrieben. Ich kann ihn nicht spitzen. Ich habe keinen Anspitzer hier. Ein Messer kann ich nicht nehmen. Ich will mich nicht schneiden. Ich habe noch nie mit Messern umgehen können. Macht nichts. Ich will ja nur ein paar Sätze an die Wände schreiben. Wenn sie nur möglichst viele Leute lesen, nachdem ich verschwunden bin. Oder auch nur einer. Einer würde genügen, ein einziger, der merkt, warum ich meine Sätze hingeschrieben habe, und der sich daranmacht, sie in Handlungen zu verwandeln. Ich schreibe meinen zweiten Satz an die Wand. Die Tapete mit den Leisten aus Phantasieblumen tut mir leid. Ich kann es nicht ändern. Mein zweiter Satz.

Ich bin kurzsichtig, aber wer kurzsichtig ist, beobachtet besser als jemand, der gute Augen hat. Während ich vorhin spazierenging, beobachtete ich genau. Ich kann nicht sagen, wie es anfing. Jetzt sah ich nichts Besonderes, und jetzt sah ich nur das Besondere. Ich sah die Kainszeichen. Zuerst meinte ich, daß ich mich irrte. Um herauszubekommen, ob ich mich irrte oder nicht, sah ich mir die Augen der Fußgänger an. Ich sah gute Augen und böse Augen. Den guten Augen sah ich das Gute an, wie man es überall beobachten kann. Aber das Böse in den Augen der Fußgänger war ein anderes Böses, als man es anderswo sieht. Es war das Böse, wie ich es aus den Lagern kenne. Es war das Mörderische, verborgen unter Gleichgültigkeit, gespielter Gleichgültigkeit, Höflichkeit, alltäglicher Bosheit, Hoffärtigkeit, Geschäftigkeit, Gedankenlosigkeit, Abwesenheit, verborgen, fast verborgen, kaum verborgen, aber es war das Mörderische. Viele von den Fußgängern blickten so, als sähen sie noch die offenen Gräber vor sich, und in die Gräber gingen die Gefangenen hinein, in die Gräber, die sie sich selbst gegraben hatten, und jetzt mußten sie die Gräber, worin sie standen, selbst zuschaufeln, nicht ganz, denn das konnten sie nicht, so daß die, welche sie zum Tode verurteilt hatten und die mit denen identisch waren, die ich vorhin in den Straßen der Stadt entdeckt hatte, Hand anlegten, um die Ermordeten unsichtbar zu machen, nicht den Mord, denn für sie war es kein Mord, sondern eine Strafe, nein, keine Strafe, sondern eine Selbstverständlichkeit. Identisch? Ich erkannte keinen von denen wieder, mit denen ich zu tun gehabt hatte. Aber hatte nicht vielleicht der Fußgänger vor mir, rechts neben mir, links neben mir, hinter mir, der, der mir entgegenkam, der, den ich überholte, der, den ich streifte, der, dem ich auswich, der, der stehenblieb, der, der mit einemmal zu laufen anfing, meinen Vater oder meine Mutter umgebracht? Meinen Vater, meine Mutter? Warum gerade diese beiden? Warum nicht den Häftling Nr. 477 192? Ihn, den ich nicht gekannt hatte, oder von dem ich nie etwas gehört hatte? Ich schämte mich, weil ich selbstsüchtig war. Ich ging weiter, obwohl ich kaum noch gehen konnte. Am liebsten wäre ich hierher gerannt, wo ich jetzt bin. Aber ich fürchtete mich. Vielleicht schlüge mich der Vertreter in Trikotagen, wenn er sich ertappt sah, tot, der Bankangestellte, der Bürgermeister, der Klempnermeister, der Gasableser, der Diplomingenieur. Doch ich setzte auch noch aus einem andern Grund meinen Weg fort. Ich wollte nicht fahrlässig sein. Ich wollte noch eine zweite Methode anwenden. Ich wollte die Stimmen der Fußgänger hören. Wer kurzsichtig ist, beobachtet besser als jemand, der gute Augen hat. Das war mein zweiter Satz. Ich schreibe den dritten Satz gleich darunter.

Hört auf die Stimmen, denn Stimmen verraten. Aber nur dann, wenn man die Sprechenden überrascht. Deshalb horchte ich nicht auf die Unterhaltungen der Fußgänger, sondern sprach sie an. Dabei fragte ich sie nicht nach der und der Straße oder nach diesem oder jenem Café oder Kino. Vielmehr stellte ich, auf die Gefahr hin, daß sie an meinem Verstand zweifelten, folgende Fragen, aber ich hatte keine Angst, daß sie mich daraufhin der Polizei ausliefern würden, die einen, weil sie Abel hießen, die anderen, weil sie sich selbst auslieferten, wenn sie mich anzeigten: was haben Sie gedacht, als Sie den ersten gelben Stern sahen? Was haben Sie daraufhin getan? Haben Sie einmal vor einer Leinwand gestanden, und Sie wußten nicht, ob Sie einen Unterhaltungsfilm oder eine Namensliste von Gefangenen sehen würden, die zum Transport bestimmt waren? Haben Sie als Gefangener oder als Wächter vor einer solchen Leinwand gestanden? Was würden Sie dazu sagen, wenn Sie erführen, daß der Rechtsanwalt, der Sie verteidigt, vor fünfzehn Jahren befahl, hundert kleine Kinder in einem Ofen zu verbrennen? Oder, wenn es nicht hundert Kinder gewesen wären, sondern wenn es sich nur um ein einziges Kind gehandelt hätte? Oder, wenn es nicht Ihr Anwalt, sondern Ihr Bäcker wäre, der Ihnen Ihre Brötchen liefert? Oder Ihr Chauffeur? Ihr Chef? Ich stellte jedem, den ich ansprach, nur eine Frage. Denn ich wollte nicht so grausam sein wie die Mörder meiner Eltern. Ich wollte nur etwas erfahren. Etwas? Ich wollte erfahren, ob ich es wagen könnte, morgen durch die Stadt spazierenzugehen, nachdem es heute fraglich geworden war, oder ob ich verschwinden mußte. Ich wollte wissen, ob ich, ohne Angst zu haben, aufmachen könnte, wenn es bei mir klingelte. Die Fußgänger teilten es mir mit. Die einen antworteten, und es schien mir, sie seien keine Menschen, sondern Engel, wobei niemand sich darüber wundern sollte, daß eine Frau wie ich von Engeln redet, doch wer in Not ist, holt sich seine Freunde von überallher: ich ekelte mich vor denen, die sie dazu gezwungen hatten, ich bot ihnen an, sich bei mir zu verstecken, ich habe vor keiner solchen Leinwand gestanden, ich würde meinen Rechtsanwalt oder Bäcker anzeigen. Die andern antworteten nicht. Sie gingen weiter, als ob sie nichts gehört hätten. Sie reagierten überhaupt nicht, weder durch eine Bewegung in ihrem Gesicht, zum Haß hin, zur Qual hin, zur Verachtung hin, noch durch eine Veränderung ihres Atems oder ihres Gangs. Bei ihnen versagte meine Probe. Sie entzogen sich ihr. Warum? Weil sie schuldig waren? Weil sie unschuldig waren? Weil sie sich nicht für meine Fragen interessierten? Aber waren sie unschuldig, wenn sie sich nicht darum kümmerten? Weshalb kümmerten sie sich nicht darum? Ich konnte sie nicht zu den Engeln schlagen, aber ich konnte sie auch nicht zu den Teufeln zählen. Vielleicht fiel ich ihnen auch zur Last. Weshalb? Weil sie ein schlechtes Gewissen hatten, ohne unmittelbar beteiligt zu sein? Weil sie, gerade in diesem Augenblick, nicht aus und ein wußten? Weil sie oberflächlich waren und nur an den Kuchen dachten, den sie ihren Kindern mitbringen wollten, oder an den zögernden, fast ablehnenden Kunden, den sie zum letztenmal besuchen wollten, oder an das Rendezvous, das darüber entschied, ob sie es mit der Freundin gegen die Ehefrau halten würden, oder umgekehrt? Ich entschloß mich, sie nicht zu den Teufeln zu rechnen. Wer zweifelt, ist im Unrecht, wenn er verurteilt. Wieder andere antworteten mir. Aber sie antworteten nicht so, wie es meine Engel getan hatten. Sie sagten, und ihre Erwiderungen waren voll Wut, Feindseligkeit und Niedertracht, ja, Schamlosigkeit, so daß ich glaubte, jenes Ende wäre schließlich doch noch über mich gekommen, das mich vor dreizehn Jahren fast ereilt hätte, und die Soldaten mit den Birken in den Händen stünden wieder vor mir. Hört auf die Stimmen, denn Stimmen verraten.

Ich floh. Aber es nutzte mir nichts. Schon während ich davonlief, merkte ich, daß die Soldaten mit den Birken hinter mir her waren. Ich sah sie nicht. Aber ich spürte sie. Ich, die ich ihnen zweimal begegnet war, wußte, daß ich sie ein drittes Mal treffen würde. Das erstemal stand eine Reihe von ihnen vor einer Reihe von uns. Jeder Soldat hatte eine junge Birke in der Hand. Sie hatten die Birken aus der Erde gerissen, weil sie ihre Gewehre weggeworfen hatten. Sie hatten ihre Gewehre weggeworfen, weil sie sich ihren Feinden ohne Waffen ergeben wollten. Aber vorher wollten sie uns noch die Köpfe einschlagen. Sie wollten uns los sein. Wir sollten nicht gegen sie aussagen. Sie schlugen uns die Köpfe ein. Wir waren sechsunddreißig, sie waren zwölf. Sie holten weit aus und schlugen mit einem Stamm drei Köpfe ein. Sie eilten sich. Sie warfen die Birken weg. Ich sah es. Ich nehme einen Eid darauf. Sie hatten auch meinen Kopf getroffen. Aber der Soldat, der mir gegenüberstand, hatte wohl nicht genau gezielt. Ich stellte mich tot. Ich war gerettet. Bis heute. Bis zur zweiten Begegnung mit den Birkenmännern. Sie antworteten folgendes: ich will so tun, als hätte ich Ihre Frage überhört, Sie können froh sein, daß ich so gut gelaunt bin, sonst hätten Sie etwas anderes von mir gehört, Sie können Gott danken, daß Sie kein Mann sind, ich wünschte, ich könnte so, wie ich wollte, machen Sie, daß Sie dahin kommen, wo man Sie damals vergessen hat. Hört auf die Stimmen, denn Stimmen verraten.

Ich schreibe meinen vierten Satz auf die Wände meines Zimmers. Wer vergißt, ist sündig.

Es klingelt. Ich habe gewußt, daß es klingeln wird. Ich weiß, wer klingelt. Es ist für mich. Für meine Wirtin ist es nicht. Für sie klingelt nie jemand. Sie ist eine Witwe, hat keine Kinder, niemand kann sie leiden, und da es fast Nacht ist, kommen auch der Gasmann oder der elektrische Mann nicht mehr.

Mein fünfter Satz. Wehre Dich gegen die Menschen, die keine Menschen sind. Wer vergißt, ist sündig. Wehre Dich gegen die Menschen, die keine Menschen sind. Es klingelt immer noch. Es hat nicht aufgehört zu klingeln. Entweder hat einer von den Soldaten mit den Birken auf die Klingel gedrückt, und er läßt sie nicht mehr los, um mich durch das Geräusch mürbe zu machen. Es ist der einzige Laut in einer vollkommenen Stille. Nein, es gibt noch einen zweiten Laut. Ich kratze meine Sätze. Aber lange kann ich nicht mehr schreiben. Mein Bleistift ist gleich abgeschrieben. Mein sechster Satz.

Die Sätze sind soviel wert wie die Handlungen. Es klingelt. Oder es hat einer von ihnen auf die Klingel gedrückt, und die Klingel ist steckengeblieben. Nein, so ist es nicht. Sie machen keinen Fehler. Bei ihnen gibt es keine Zufälle. Vielleicht ist auch ein Vogel mit seinem Schnabel gegen den Klingelknopf gestoßen. Oder ein Windstoß hat die Klingel berührt. Es ist möglich. Es ist möglich, daß ihnen auch die Vögel und die Winde gehorchen. Oder die Klingel hat von sich aus zu klingeln angefangen. Ja, das ist es. Die Klingel ist ein Apparat. Die Apparate sind ihnen untertan. Die Sätze sind soviel wert wie die Handlungen.

Siebter Satz. Die Sätze werden die Handlungen vernichten. Es klingelt. Ich schreibe. Aber das Klingeln ist das lauteste auf Erden, und das Schreiben ist das leiseste auf Erden. Das Klingeln ist kein Geräusch mehr. Es hat einen Leib bekommen. Es ist ein Pfeil geworden. Der Pfeil fliegt durch mein Zimmer. Er gilt mir. Er fliegt auf mich zu. Aber er trifft mich noch nicht. Er schont mich aus Bosheit. Er umkreist mich. Seine Kreise werden immer enger. Er kreist um meinen Kopf. Meine Augen, meine kurzsichtigen Augen, sind besonders gefährdet. Die Soldaten mit den Birken in den Händen wissen, warum. Ich habe es an die Wand geschrieben. Wer kurzsichtig ist, beobachtet besser als der, der gute Augen hat. Sie fürchten sich vor meinen armen Augen. Sie zittern. Sie beben auch vor meinen Gedanken. Achter Satz. Die Sätze werden die Handlungen vernichten. Wer denkt, handelt. Ich werde nicht länger warten. Ich werde das tun, was ich mir vorgenommen habe. Ich werde mit dem Kopf durch die Wand gehen. Hinter der Wand werde ich geborgen sein. Werde ich geborgen sein? Oder werde ich wieder ein Zimmer finden, durch das ein Pfeil fliegt?

Wer denkt, handelt. Ich schwebe durch die Wand. Ich sehe ein Zimmer. Was für ein Zimmer? Mein Zimmer. Was höre ich? Es klingelt. Was sehe ich? Ein Pfeil fliegt. Sehe ich auch meine Sätze an den Wänden? Ich sehe sie nicht. Dafür sehe ich einen andern Satz, den ich nicht geschrieben habe. Er lautet: Pfeil, Du kannst sie nicht verfehlen.

Krähenflügel

Der alte Mann war seit gestern tot. Die andern hatten an seiner Brust gehorcht, ob er auch wirklich tot war. Sie brauchten dazu keinen Mantel aufzuknöpfen, sie mußten auch kein Hemd über seinen Kopf ziehen, denn er hatte außer seiner Hose nichts mehr an, obwohl es so kalt im Winkel war, daß der Schweiß des Alten in seinen Achselhöhlen gefror. Ein paar von den andern hatten ihm die Schuhe ausgezogen, Strümpfe hatte er sowieso nicht mehr. Das mit den Schuhen hatte die Greisin gesehen, aber als sie um Hilfe rief, schlugen die beiden Diebe so auf sie los, daß sie ohnmächtig wurde. Doch wer den Mantel und die Jacke genommen hatte, wußte niemand. Keiner legte dem Alten einen Sack auf die Haut, niemand konnte ihn leiden, er log und machte jedermann schlecht. Nur die Alte versuchte, den Greis zuzudecken. Sie kroch zu ihm hin, doch sie kam nicht weit, dann konnte sie nicht mehr. Bevor sie zurückkroch, warf sie dem Alten ihre Schürze und ihr Kopftuch zu, aber sie hatte keine Kraft, das Zeug fiel zwischen sie und den Alten. Hier schneite es bald zu, die Dachsparren hatten sie längst verbrannt.

Ehe der Alte starb, fragte der Junge: Wenn er nun tot ist, taut dann das Eis in den Achseln? Dann ist er ja noch kälter, antwortete der Mann. Nachdem der Greis tot war, legte sich die Greisin, die bisher auf der Seite gelegen hatte, auf den Rücken und sah in die Ecke hinein, wo das, was von der Mauer übrig war, in den Rest des Dachs überging. Was siehst du denn da? fragte das junge Mädchen. Den Himmel, sagte die Alte. Was ist denn da drin? fragte das Mädchen weiter. Du nicht, erwiderte die Greisin. Was ist wirklich drin? fragte der junge Mann. Krähen, sagte die Alte. Krähen, wiederholte der Mann und versuchte aufzustehen. Aber es ging nicht, und so kletterte er auf allen vieren über die andern hinweg, aus dem Zimmer heraus, durch die Türfüllung hindurch, an der Falltür, die zum Keller führte, vorbei. Der Mann kroch langsamer, als er an der Falltür war, der Keller fiel ihm ein, in den sie nicht hinein konnten, weil er vom Geröll des Treppenflurs zugeschüttet war. Als sie gekommen waren, wollten sie in den Keller hinunter, da war es etwas wärmer, und wer weiß, was alles im Keller lag, Kohlen, Kartoffeln, Grütze. Da sie aber nicht in den Keller konnten, blieben sie in den Winkeln des einzigen Zimmers, von dem sie noch sehen konnten, daß es einmal ein Zimmer gewesen war. Die Tapete klebte noch an den drei Wänden, die standen, viele Rosen machten die Tapete aus.

Dann war der Mann bei den Knochen des toten Pferdes, das sie gefunden hatten, als sie zum Haus gelangten, und sofort zerrissen und gegessen hatten. Die Frau wollte es roh essen, aber die andern waren dagegen. Sie holten Fichten aus einer Schonung, aber sie mußten weit gehen, bis sie Holz fanden, alle Dörfer waren hin, jedes Stück Holz hatten die verbrannt, die vor ihnen angekommen waren, die Wälder waren weg. Sie brieten das Pferd und aßen es in zwei Tagen. Einer wollte mehr haben als die andern. Sie schickten ihn vom Feuer fort, und wenn er wiederkam, jagten sie ihn immer wieder davon. Schließlich fand ihn einer, der Wasser suchen sollte, erfroren. Er war kaum noch da, aber der andre erkannte ihn an der Pelzmütze. Ehe der Tote noch vereisen konnte, hatten ihn die Tiere gefressen. Der Wasserholer stülpte sich die Mütze auf und ließ die Teile der Leiche liegen, wie sie lagen.

Der Mann aber, der bei den Knochen des toten Pferds stand, sah nach dem Westen, wo, wie er gehört hatte, sich die großen Wälder dahinzogen. Er sah sie nicht, aber er konnte sie sich vorstellen, er war früher, als er noch kein wandernder Toter war, Holzfäller gewesen. Er sah sie vor sich, weiß vom Schnee und also desto dunkler, stumm, obwohl sie voll von Tieren waren, und doch schreiend, weil etwas, das so leise ist, gerade deshalb besonders laut ist. Da er die Wälder nicht sehen konnte, schaute er wenigstens dorthin, wo die finstere Ebene und der finstere Himmel sich trafen. Von dorther mußten die Krähen kommen, plötzlich mußte die erste über den Bogen hinweg sein, den Wolken und Schnee schlugen, sie erschien, wußte er, wie ein Traum, doch sie war kein Traum, sie stand, obwohl sie flog, sie stand, obgleich sie sich näherte. Endlich war sie da, bei ihm, und wenn sie über ihm war, war der Schwarm dort, wo die erste Krähe zuerst flog. Wenn aber der Schwarm über ihm strich, war die Schneeschmelze da. Dann fing die Feindschaft mit dem Wasser an, doch sie dauerte nicht lange, ein paar von ihnen ertranken, aber es ertranken nicht so viele, wie erfroren waren. Sie froren nicht mehr, sie zitterten nicht mehr, die Weiber schrien nicht mehr, die Kinder weinten nicht mehr, und sie fanden etwas zu essen. Vielleicht kamen sie auch zu einem Amt, wo man ihnen ein Zimmer gab, wo sie schlafen konnten, ohne zu denken: morgen bin ich erfroren.

Er konnte nicht mehr stehen, er setzte sich, doch er konnte auch nicht sitzen, so daß er sich hinlegte. Doch kaum lag er, versuchte er wieder aufzustehen. Da es nicht ging, rief er nach den andern, daß sie ihn holen sollten, damit er nicht erfror. Aber die andern kamen nicht, oder sie hörten ihn doch, waren aber zu matt, zu ihm zu kriechen. Er schrie. Doch mitten in seinem Schrei hörte er zu schreien auf. Er hörte etwas, er blickte nach oben, da war nichts, aber er hörte es immer noch, es war ein Flügelschlag, nein, es war kein Flügelschlag, es war ein Flügelschlagen, viele Flügel schlugen, Krähenflügel, Flügel der Schneeschmelze. Er lächelte und schlief ein. Er wachte nicht wieder auf.

Als ihn die andern am nächsten Morgen fanden, begruben sie ihn, denn das Eis war über Nacht weich geworden. Gegen Morgen fing es zu tauen an. Niemand wußte, wieso, aber sie wachten alle zur gleichen Zeit auf. Keiner hatte den andern geweckt, so, wie es sonst war, daß einer wachte, während die andern schliefen, und wenn seine Zeit um war, ging er zu dem hin, der an der Reihe war zu wachen, und legte ihm die Hand auf die Schulter. Einmal war einer, der wachen sollte, eingeschlafen. Als er später aufwachte, waren schon zwei Frauen erfroren. Als ihn die andern totschlagen wollten, war er fort. Lange suchten sie ihn, dann fanden sie ihn auf der Landstraße, die Spuren der Reifen eines Tonners im Gesicht.

Alle wachten gleichzeitig auf. Heute nacht hatte keiner mehr gewacht, niemand konnte mehr wachen, so elend waren sie. Aber als sie aufwachten, ging es allen etwas besser, ohne daß sie zuerst wußten, woher es kam. Die Frau sagte zum Jungen: Los, Jungchen, mach, daß du wegkommst, vielleicht findest du was zu essen. Der Junge stand auf, langsam, weil er meinte, daß er nicht stehen konnte. Doch er konnte stehen. Vorsichtig fing er zu gehen an, da er glaubte, daß er nicht gehen konnte. Aber er konnte gehen. Sonst widersprach er, wenn jemand etwas von ihm wollte. Doch heute sagte er: Hoffentlich habe ich Glück. Dann schnupperte er, denn er roch etwas. Es roch eigentlich nach nichts, trotzdem war es da. Es roch nach Luft, nach warmer Luft. Der Junge machte den Mund auf und ließ den Atem heraus. Der Atem schwebte nicht so neblig aus dem Mund wie sonst, er war viel dünner. Der Junge lief aus dem Verschlag und sah nach, ob die Krähen da waren, denn wenn die Krähen da waren, war es mit dem Winter aus. Die Krähen, rief der Junge und lief in die Ebene hinein.

Da fuhren alle hoch und schleppten sich nach draußen und sahen nach den Krähen. Die Krähen waren da, sie waren alle da, alle Krähen der ganzen Welt waren hier bei ihnen. Noch flogen sie in der Höhe der Wolken, so daß sie oft darin vergingen. Dann aber schossen sie herunter, gerade auf sie zu, fast bis zu ihren Gesichtern herab. Aber gerade noch, bevor sie die armen Augen und die sehnsüchtigen Münder streiften, hielten sie inne. Jetzt flogen sie um sie herum und hüllten sie ein, daß ihnen ganz warm wurde. Doch dann, viel schneller als sie erschienen waren, flogen sie davon, Rudel der Barmherzigkeit. Alle sahen ihnen nach, bis sie verschwunden waren. Jetzt machen sie woanders den Frühling, sagte einer. Dann stimmt das, sagte ein andrer, was unser Friseur immer gesagt hat. Paßt auf, rief ein Alter, jetzt bringt uns der Junge was zu essen.

Er kam schon. Er taumelte. Aber er schwankte nicht, weil er nicht mehr laufen konnte, sondern weil er so schwer trug. Er klemmte unter dem rechten Arm ein langes Brot, in der linken Hand hielt er einen Topf am Henkel fest. Als er bei ihnen war, sahen sie, daß Grütze im Topf war und daß der Junge eine Zigarette rauchte. Er legte das Brot auf einen Mauerstein, von dem der Schnee abgetropft war, und stellte den Fuß darauf, damit keiner das Brot wegnehmen und damit fortlaufen konnte. Er behielt den Topf in der Hand und holte mit der andern viel Tabak aus der Hosentasche. Er verteilte ihn, jedem das Gleiche. Dann ließ er den Topf kreisen. Nachdem alle von der Grütze gegessen hatten, brach er vom Brot Stücke ab, die fast gleich groß waren. Unterdes hatte er einem von den Männern die Zigarette gegeben, der zündete sich eine Pfeife an, rauchte, und als alle ihr Brot verzehrt hatten, gab der Mann seine Pfeife herum, und alle rauchten. Wo hast du das her? fragte jemand. Von einem Posten, sagte der Junge. Was hast du dem Posten gegeben? fragte ein andrer. Nichts, antwortete der Junge.

Und sie aßen, und sie rauchten, und wie sie so Grütze aßen und Brot aßen und Pfeife rauchten, vergaßen sie beinahe schon, daß sie vor einer Stunde fast gestorben waren. Eine Frau kniete hin und begann zu beten, ein alter Mann fing zu singen an, ein junger Mann und ein Mädchen liefen in den Verschlag, wo jetzt niemand war. Legt euch nicht in die Pfützen, rief ihnen eine andre Frau nach. Jetzt müßten wir noch etwas für die Kinder haben, sagte eine Alte. Das Brot ist alle, sagte eine Schwangere, und wenn sie von der Grütze essen, kotzen sie alles wieder heraus. Die Grütze ist zu fett für sie, meinte ein junges Mädchen. Der Posten hat es gut gemeint, rief ein Greis. Natürlich, sagte ein Mann. Ich glaube, sagte ein andrer, es ist besser, wenn wir aufhören zu schwätzen. Ja, sagte der Greis, wir müssen uns um das Wasser kümmern.

Während sie noch überlegten, ob sie besser hierbleiben oder versuchen sollten, zur nächsten Stadt zu kommen, trippelte mit einemmal eine Ziege mitten unter sie. Als sie nach dem Fell faßten, wollte die Ziege weglaufen. Aber es war schon zu spät, sie hielten sie alle fest. Fürchte dich nicht, sagte der Alte zu der Ziege, die bebte, wir tun dir nichts. Nee, rief eine Frau, gar nichts, wir fressen sie bloß. Wenn sie Milch hätte, sagte der Junge, brauchten wir sie nicht zu schlachten. Milch, antwortete die Frau, im Winter Milch, was für ein Unsinn. Versucht es doch einmal, sagte der Greis, die Ziege ist fett, sie ist ganz warm, und sie hat eine gute Zunge. Sicher ist sie aus einem Stall weggelaufen, rief der Junge, den wir nicht gesehen haben. Die Frau lachte und fing an, die Ziege zu melken. Sie hatte Milch, rasch hielt der Alte seinen Hut darunter. Dann brachten sie die Milch dem jungen Mädchen, das sein Kind an die Brust gelegt hatte, obwohl nichts aus den Knospen herausfloß. Das Mädchen nahm den Hut und ließ die Ziegenmilch in das Mäulchen rinnen. Jäh rötete sich die weiße Haut des Kinds.

Schließlich fingen sie an, gegen die Schmelze zu kämpfen. Aber vorher nahmen die, die noch einen Hut oder eine Mütze aufhatten, ihre Kopfbedeckung ab und hielten ihre Haare dem Westwind hin. Tausend Meter über ihnen kreiste eine Krähe und schrie. Sie schrie den fernen Rudeln zu, was sie sah, und die erwiderten den Schrei mit hallenden Rufen. Doch die Leute hörten nichts davon. Sie waren wieder für sich, und die Tiere waren auch wieder für sich.

Die Stufen der U-Bahn hinauf

Eines Morgens in diesem gottverfluchten Jahr.

Ach, ihr wollt wissen, welches Jahr ich meine?

Jedes, liebe Leute, jedes.

Um sieben Uhr fünfzehn.

Ach, ihr wollt wissen, woher ich das so genau weiß, daß es grade sieben Uhr fünfzehn war?

Nun, ich weiß es ganz genau, weil ich dabei war, als das geschah, was ich euch zu erzählen angefangen habe.

Schriftsteller müssen immer dabei sein, bei den andern, heißt das. Wenn sie nicht bei den andern sind, sind sie bei nichts, höchstens bei sich selber, und das ist kaum etwas.

Sprang ein Eindecker aus den schiefernen Wolken.

Sprang, sprang.

Ein Heuschreck, ein Skorpion.

Stürzte und stürzte.

Weil aber nie etwas auf dieser so herrlich geordneten Erde ohne ein Zweites ist.

Weil keine Frage ohne Antwort ist.

Keine Ursache ohne Wirkung.

Weil keine Wimper aus dem Auge fällt, ohne daß der uralte Mann hinter der Milchstraße und hinter dem Zehennagel es geordnet hat.

Dies aber ist der Inhalt des Lebens von dir und von mir, daß wir uns gegen diese Ordnung auflehnen.

Entweder, indem wir sie aufs genaueste und leidenschaftlichste ausführen, dann sind wir Mönche.

Oder, indem wir, mutterseelenallein oder mit allen andern zusammen, jener Ordnung den Garaus zu machen versuchen, dann sind wir Jesus Christus oder Lenin.

In dem Augenblick also, als der Flieger die Wolken verließ.

Hinab, hinab.

Klommen viele Leute die Stufen hinauf, die Stufen der Treppe des Schachts der Haltestelle der Untergrundbahn in Berlin namens Potsdamerplatz.

Unter ihnen ein junger Kerl.

Weiß der Teufel, was für ein Kerl, irgendeiner.

He, warst du es nicht, der du dies liest?

War es mein Sohn?

Unser Nachbar?

Ein Student?

Ein Kellner?

Dachdecker?

Borsigarbeiter?

War es ein Herumtreiber?

Ein Hurenbock?

Ein Kriegsgefangener?

Genug, es war bis zur Begegnung der Leute auf den Stufen mit dem Flugzeug, das auf die Leute losjachtete, wie wenn es ein Stuka wäre.

Kennt ihr sie noch, unsre stolzen Mörder, unsre unübertrefflichen Niederträchtigkeiten?

Dann aber hatten die andern noch unübertrefflichere Niederträchtigkeiten?

Hoch lebe der Mann, der am tüchtigsten morden kann.

Es lebe die Zukunft.

Es lebe die Zukunft des ungeborenen Schottenkinds Abraham Sullivan.

Des ungeborenen Polenkinds Stanislaus Pilcz.

Was ihr nun auffassen könnt, wie ihr wollt, bitte.

Wer abtreibt, macht's gut und schlecht.

Wer nicht abtreibt, macht's auch gut und schlecht.

Jener junge Bube war bis zum Atemzug, da er den Eindekker nicht bemerkte, ein durchschnittlicher Jüngling, kein überflüssiger.

Denn es gibt nichts Überflüssiges.

Vom Atemzug an aber, da er den Franzosen bemerkte, mit dem blauen Kreis auf den Flügeln, mit dem weißen Kreis, mit dem roten Kreis, war er ein junger Mann, der fast wußte, was er wollte.

Wer aber weiß das schon?

Weißt du es?
Ich weiß es nicht.
Ich bin dumm.
Ich kann nur fragen.

So ist auch das, was ich hier aufschreibe, eine einzige Frage. Nämlich die Frage nach der Befreiung von der Furcht, was aus uns wird.

Jener junge Mann aber wollte plötzlich gut sein.

Gut sein, so schäumten die Gedanken durch ihn hindurch, gut sein ist nur dann etwas, wenn ich etwas Gutes tue.

Was aber ist das Gute, das ich tun kann?

Ich weiß es nicht, ich weiß es nicht.

Womit ich, liebe Leute, fast schon meinen Bericht fertig hingeschrieben habe.

Fast, fast.

Fehlt aber noch etwas, ein bißchen.

Aber gerade dies bißchen ist soviel wie das Schwarze unter dem Nagel.

Seht ihr, einer beschreibt einen Nagel, wie er aus der Haut herauswächst.

Ob er einen Mond hat.
Oder ob er keinen Mond hat.
Ob er Rillen hat oder nicht.
Ob er rund oder spitz geschnitten ist.
Oder abgefressen vielleicht.
Aber vom Schwarzen unter dem Nagel.
Also von dem, was die Hand des Nagels.

Was der Arm, was der Leib, was das Herz, was der Gedanke tun.

Davon sagt er auch nicht ein Wort.
Das aber ist falsch.
Das ist böse.
Das ist gelogen.
Entstellt.
Widernatürlich.
Das ist eine Sünde.

Jedermann muß immer alles sagen, was er denkt.

Vorher aber muß er, was die Voraussetzung zu jenem ist, alle Gedanken, die er denkt, zu Ende denken.

Wenn er das nicht kann, muß er sich helfen lassen.

Von wem?

Ja, von wem?

Er kann sich von einem Politiker helfen lassen.

Von einem Jesuiten.

Von einem Schriftsteller.

Von einem Lehrer, was weiß ich.

Er kann damit hereinfallen.

Er kann Glück haben.

Jener junge Mann auf der untersten Stufe der U-Bahn hatte niemanden, außer sich selber.

Als er auf der untersten Stufe war, flog der Franzose über ihn und über die andern hinweg.

Da fiel ihm ein, daß er gut sein wollte.

Als er auf der mittleren Stufe war, fiel ihm ein, daß er etwas Gutes tun wollte.

Als er auf der obersten Stufe war, fiel ihm ein, daß das Gute, das er tun wollte, vielleicht in dem und dem bestand.

Was das aber war, sage ich noch nicht.

Und weshalb nicht?

Weil ich es selbst noch nicht weiß.

Wie kann ich so gut über ihn Bescheid wissen?

Jeder Schriftsteller hat etwas vom heiligen Shakespeare.

Der war auch, zunächst, außerhalb des Narren beispielsweise.

Dann aber ging er in ihn hinein.

Es blieb ihm nichts andres übrig.

So bin ich auch in jenen jungen Mann hineingegangen, den ich nun endlich mit einem Namen nennen will.

Ich will ihn Philipp Müller nennen.

Aber das ist alles noch nicht genug.

Ich muß auch in die übrigen hinein, die mit ihm die Treppe hinaufklettern.

Er ist nämlich nichts ohne sie.
Er ist einer von ihnen, nichts sonst.
Er ist nichts Besondres.

Stand auf der untersten Stufe, als der Eindecker in die Köpfe hinein flog.

Hinein, hinein.
Nein, nicht hinein.
Nur fast hinein.
Bis kurz davor.
Bis, ach, bis anderthalb Meter davor.
Daß die Greise schon dachten: Jesus.
Oder: Gott sei mir Sünder gnädig!
Oder: So ist das also.

Daß die Männer riefen: Duckt euch, rührt euch nicht, verdammte Scheiße, Margot.

Daß die Frauen heulten: Anton.
Wohin?
Runter.
Die Kinder kreischten.
Doch nur wenige von den Kindern kreischten.
Die meisten waren stumm.
Die Gesichter und die Gesichtchen.
Die befleckten und die unbefleckten.
Die grausamen und die lieben.
Die süßen und die schattigen.
Zu den Wolken emporgezerrt, zu den schiefergrauen.
Zum schwirrenden, bohrenden Propeller.
Zu den dengelnden Tragflächen, Flügeln des Endetiers.
Zum einzelnen Franzosen im Sitz.
Harmloser Soldat.
Mechaniker auch.
Festgeschnallt.
Armer Kleiner.
Muß ja, Befehl ist Befehl.
Wer befahl dir, so tief zu fliegen?
Keiner.

Mein Lieber, das fiel dir so ein, das machte dir Spaß.

Oder, ei, du wolltest was damit.

Halt mal, es war genau sieben Uhr fünfzehn.

Was gab es um sieben Uhr fünfzehn?

Es gab die Verabredung des französischen Fliegers Marcel Bertrand mit der deutschen Zeitungsverkäuferin Maria Behrendts.

Um sieben Uhr fünfzehn stehst du, Maria, auf dem Potsdamerplatz, und verkaufst die Tägliche Rundschau und den Telegraf.

Einmal Rußland, wird der Mann mit dem Sack verlangen.

Was hast du denn im Sack, Mensch?

Was ich im Sack habe?

Das geht dich gar nichts an.

Geht mich wohl etwas an, Mensch, hast Holz im Sack.

Mann, ich habe das Holz nötig, wie das liebe Brot, sage ich dir.

Hast du Brot?

Siehst du, du hast kein Brot.

Ich aber habe Brot.

Merkst du was.

Riechst du, du hast kein Brot.

Ich aber habe Brot.

Merkst du was.

Riechst du was.

Ich geb dir Brot.

Du gibst mir Holz.

Fertig ist die Laube.

Ein Lügentelegraf, wird der Bote von der Apotheke sagen, der Ampullen holen soll.

Aber er kriegt keine.

Es gibt keine.

Heute nicht.

Morgen vielleicht.

Vielleicht wird Holz versteigert.

Dann können sie spritzen, die feinen Leute mit den feinen Ärzten.

Unsereins hat Husten und Scharlach und Blinddarmentzündung, Asthma, wenn's hoch kommt.

Sonst haben wir nichts.

Bei uns wird geschnitten.

Da wird nicht gespritzt.

Mädchen, flüsterte Marcel gestern abend, das hörst du nun jeden Tag, den Gott werden läßt, morgen früh sollst du's nicht hören, da komme ich, Liebling, ich komme zu dir, hinunter zu dir.

Marcel kam.

Maria lächelte, als er erschien.

Sie wußte den Grund.

Sie wußte, daß es kein Unfall war.

Sie wußte, daß es kein Angriff war.

Aber die Kinder wußten es nicht.

Sie schauten, obwohl sie blickten, blind in den Flieger hinein.

O Gott, sie waren schon geblendet.

Es war wie damals auf der Wiese, als sie Blindekuh spielten. Ha, Blindekuh, jawohl, jawohl, Fräulein Rotekreuzschwester, mit einem Mal sind wir blind, sind wir auch Kühe?

Sicher, ich bin sicher eine Kuh.

Ich bin kein Kind mehr.

Mir hat etwas auf die Schulter gehauen, ich gucke hin, ich habe keine linke Schulter mehr, da ist nur noch rote Farbe, und ein Loch, aber das gibt es doch gar nicht, ein Mensch muß doch eine Schulter haben.

Zwei Schultern, eine linke und eine rechte, womit wir Kinder am Reck und an den Ringen turnen.

Schwingt, schwingt höher.

Tiefer, immer tiefer sauste der Flieger.

Gleich war er im Gekräusel der Kinderhaare.

Im Gesträhn, im Unschlitt der Kinderaugen.

In der Unschuld.

In der Furchtlosigkeit der Ahnenden.

Daß der Tod hauchte, aber wegstelzte, ehe er noch streifte.

Gleich war das Flugzeug in der Haut.

In der Vogelbruthaut.

Gleich waren die Kinder auf den Stufen der U-Bahn Gekrös.

Ausgekratzte Frühgeburten.

Mädchen, Frauen, hört zu.

Wenn die Kerle zu euch kommen, sagt nein.

Oder, falls ihr nicht nein sagen wollt.

Wer weiß, was ihr grade für eine Hose anhabt.

Sagt ja.

Doch macht das Kind weg.

Macht das Kind weg, sage ich euch.

Es ist doch nur für die Eindecker und für die Doppeldekker da.

Aber diesmal spielte der Flieger nur.

Er brauste herab.

Ein Engel, dem es schlecht ging, weil er nur Tränen verursachen konnte, doch nie Gelächter und Lächeln.

Er prasselte, klirrte, fauchte, schnaubte, heulte.

Dann war er vorbei.

Er war vorbei.

Und er war nicht vorbei.

Denn er breitete, ein Gespenst, erst, als er vorüber war, seinen Schatten aus.

Einen hohen und breiten Schatten.

Einen Schatten, der viel zu hoch und viel zu breit war.

War denn der Flieger ein Drache?

Der Schatten war auch gekommen, ohne daß die Sonne schien.

Zwar waren die Wolken einen Atemzug lang nicht schiefern gewesen.

Einmal atmete der junge Mann namens Philipp Müller ein.

Ließ den Atem stehen, weil er jetzt grade an die unterste Stufe stieß.

Atmete aus und sagte zu seinem Hintermann, der ihn auch gerempelt hatte, du Arschloch.

Womit, dachte Philipp Müller, ich also begonnen habe, Gutes zu tun.

Während dieses Atems waren die Wolken einmal grünspanig.

Da schlug die Sonne durch die Wolken.

Da holte sie den Schatten aus dem Eindecker heraus.

Und der Schatten war noch viel gräßlicher als das Flugzeug.

Das Flugzeug benahm sich zwar wie ein Kriegsflieger.

Aber den kannten sie wenigstens.

Das war ein dummer Junge.

Dem gehörte der Hintern voll.

Der ging, wie er kam.

Es war ja Frieden.

Was hast du gesagt, Frieden?

Ja, Frieden, Kuchen, Rosinenkuchen, Rosinenfrieden.

Aber so einen Schatten gab es nicht.

Und wenn es ihn doch gab, so stimmte etwas nicht.

So war etwas nicht geheuer.

Ein Ungeheuer war in der Luft.

Ja, jetzt war es in der Luft.

Meistens war es mitten in ihnen drin.

Oder um sie herum.

Es hatte viele Namen.

Es hieß:

Ich habe etwas, du hast nichts, was geht's mich an.

Oder es hieß:

Ich habe nichts, folglich sollst du auch nichts haben.

Oder:

Ich bin ganz gewiß nicht schuld daran, daß es so gekommen ist, ich habe ja nie etwas gemacht.

Oder:

Ich will mit dem ganzen Zeug nichts zu tun haben, ich riegele hinter mir zu, ich ziehe den Bettzipfel über mich.

Solche Leute waren auch unter denen, die die Stufe traten, als der Flieger schrie.

Der Schatten die Köpfe abschnitt.

Ich schwöre euch, daß an jenem Morgen, um sieben Uhr fünfzehn nicht nur die Schädel der Leute am Berliner Potsdamerplatz vom Hals getrennt wurden.

Ab, ab.

Das Hirn vom Herzen.

Die Sehne des Unterkiefers von der Sehne des anfangenden Brustkorbs.

Nein, nein, nein.

Überall:

In Kanada, in Bjelorußland, in Südwestafrika huschten die vermaledeiten Schatten mitten durch die Schafherden.

Mitten durch die wimmelnden Schlangennester.

Durch die Verbrüderungen der Saufenden.

Die Entzweiungen der entzückten Paare hindurch.

Ach, es waren nur Schatten.

Abziehbilder.

Aber es waren zugleich Erinnerungen.

Warnungen.

Drohungen.

Es war die Schrift an der Wand.

Die phosphorne Schrift an der bebenden Wand.

Es war das Ausrufezeichen, das hieß:

Schluß jetzt.

Es war das Fragezeichen, das lautete:

Wie lange noch?

Aber, Leute, es ist so irre, daß ich an meinem Verstand zweifle.

Denn entweder bin ich irre.

Oder jene sind verrückt.

In Connecticut, in Bourget, in Mukden, in Haifa.

Und auf den Stufen des Potsdamerplatzes in Berlin gab es Leute, die sich gar nicht um den Schatten der Schatten kümmerten.

Das ist eine Wirtschaft, meinten sie bei sich, gleich der zweite und der dritte in der ersten Reihe, die im nächsten Augenblick schon oben war.

Man kommt nicht durch, man kommt nicht durch, dabei muß ich nach Hause, ich muß ganz schnell nach Hause, ich kann kaum noch, ich kann die Kohlen nicht mehr tragen, ich kann nicht mehr, die ganze Nacht gemacht und getan, da haben Sie Ihren Zentner, und weg, das ist alles, das zehrt, Ungerechtigkeit wiegt mehr als ein Zentner.

Ja, und der andre dachte:

Wenn doch nur noch die Schokoladenfrau da ist, gestern hat sie gesagt, sie kommt zum letztenmal, vielleicht war's ein Trick, ich weiß nicht, gestern hatte ich kein Geld, woher nehmen und nicht stehlen, heute habe ich welches, fragt mich nur nicht, woher, jetzt muß sie doch da sein, sonst ist doch alles umsonst.

Aber er sah nicht mehr, ob sie da war, oder nicht.

Von hinten knuffte ihn einer.

Er fiel beinahe.

Er war wütend.

Er drehte sich um.

Da fiel er grade.

Fallend sah er noch, daß unter ihm eine ganze Reihe gefallen war.

Von oben nach unten.

Von unten nach oben.

Dann sah er gar nichts mehr.

Er war ohnmächtig.

Idiot, sagten einige.

Sieh auf die eigenen Füße, dann fällst du nicht.

Hält den ganzen Betrieb auf.

Hat wohl noch nie einen Flieger gesehen.

Andre dachten noch etwas an den Eindecker, der ja auch hätte ein Bomber sein können.

Da aber Frieden war, war es eben kein Bomber.

Daß aber Frieden war.

Daß kein Krieg war.

Das war doch eigentlich wundervoll.

Was?

Eine Niederlage ist eine Niederlage.

Gewiß, gewiß, das müssen wir nun eben ausbaden.

Oh, wir rappeln uns schon wieder hoch.

Das deutsche Volk wird es schon wieder schaffen.

Dann hatten sie den Schatten vergessen, der durch ihre Ohnmacht hindurchgeweht war.

Sense des Entsetzens vom Orinoko bis Jericho.

Vorher war er gar nicht für sie da.

Hinterher vergaßen sie ihn.

Wozu schicke ich euch mein metallenes Vieh?

Dazu, mein Herr, antworte ich Ihnen.

Der hoffärtige und demütige Schreiber dieser Sätze.

Damit jener junge Mann, Philipp Müller hieß er.

Durch die Lücke.

Die Stufen der U-Bahn hinauf.

Laufen konnte.

Wo sich alles noch stritt.

Trat. Boxte. Haßte.

Sich voreinander ekelte.

Damit der junge Mann jenem andern Mann, der das Geld für die Schokolade in der Hand hatte, jetzt aber ohnmächtig unter den trampelnden Schuhen lag, half.

Damit er ihn sah.

Ansah. Aufhob. Wegtrug.

Auf einen Haufen von Steinen legte.

Nein, Alter, das ist zu hart für dich, her mit dem Kopf, ich setz mich zu dir, komm tu den Kopf in meinen Schoß, weich ist's da ja nicht, ich hab Knochen wie die Vogelscheuche im Hof bei uns, machst du schon die Augen auf, mach sie ruhig wieder zu, niemand tut dir was, ich tu dir nichts, tu mir, bitte, auch nichts, ich hab Zeit, hast du auch Zeit, was, du hast keine Zeit, du willst Schokolade kaufen, du bist wohl nicht ganz bei Groschen, ach, bei der Jule, ja die ist da.

Sie, Fräulein, kommen Sie mal her, hier blüht der Weizen, wenn wir mal welchen hätten, fünfundzwanzig Mark die Tafel, hier, das nennen Sie eine Tafel, ach, das ist nicht anders, schieben Sie ab, sonst kommt womöglich noch die Polizei.

Die Polizei, die Polizei, die backt sich selbst ihr Spiegelei.

Hierauf, wie es so geht, ging es dem Alten wieder gut.

Er sagte: Danke schön.

Jener junge Mann sagte: Bitte schön.

Der eine ging dorthin, wo der war, dem er die Schokolade schenken wollte.

Zu irgendeinem bettnässenden Kind ging der kindsköpfige Alte.

Wahrscheinlich.

Was geht's mich an.

Was geht's Sie an.

Aber daß jener junge Mann zum Beispiel nun einen Mann anredete, den er noch nie in seinem Leben gesehen hatte.

Den er grade eben erst entdeckt hatte.

Als einen Mann, wie er wähnte, mit Gedanken über den Menschen in den Eingeweiden.

In den Ganglien und in den Zellen.

Und ihn in ein Gespräch verwickelte.

Ja, genau so.

In das Hin und Her der Unterhaltung wickelte, so daß der andre gar nicht mehr herauskam.

Er mochte sich noch so heftig sträuben.

Was er aber in Wahrheit gar nicht tat.

Weil er wirklich und wahrhaftig ein Mensch war.

Womit unser junger Mann ein Glück hatte, wie es nur in den Märchen vorzukommen pflegt.

Sehen Sie, das geht Sie etwas an.

Das geht mich etwas an.

Das geht uns alle etwas an.

Etwas?

Ach was, viel.

Unendlich viel.

Die beiden Männer sprachen ja über das Christentum und über den Kommunismus und über den Krieg.

Sprachen?

Nein, sprechen.

Nicht imaginär, an irgendeinem Vormittag, um sieben Uhr fünfzehn in Berlin, am Potsdamerplatz, jenseits der Stufen des Untergrundbahnhofs.

So, wie es der Herr Verfasser dieser Geschichte erfand.

Sondern sie sprechen immerwährend und allerorten.

Glaubt es nur.

Sie hören nicht auf damit.

Sie müssen ja so sprechen.

Was bleibt ihnen denn anderes übrig.

Es geht ja um die Wurst.

Immerwährend und allerorten gibt es junge Männer, die Stufen hinauflaufen.

Jede Stufe ein Faustschlag auf die Trägheit.

Jeder Tritt auf jede Stufe ein Hieb, ein Treffer gegen den Solarplexus der Gedankenlosigkeit.

Zweifelt jemand daran, daß die Jünglinge die Schatten fortblasen werden?

Die Schatten der Flugzeuge, in denen sie – sie geben es grinsend zu – ganz gerne einmal gesessen haben?

Fort werden sie sie blasen.

Fort, weit fort.

Bis sie zerstäuben.

Zum Staub der Staube werden.

Fernab.

Im Eis der Sterne, wo die Erde nicht ist.

Unsre saudumme, hanebüchene Erde.

Einmal wird es sein, daß ein Jüngling den letzten Schatten wegpusten wird.

Pht.

Weg ist er.

Eine Staubflocke.

Ein Dreck.

Einmal wird es sein.

Und wenn es der letzte Jüngling ist.

Der Arzt ist nicht normal

Unten, im Keller des Hauses Hohenzollerndamm 255, Dach weg, Fenster kaputt, ohne Holz- und Pappverkleidung, Einwohner geflohen, vier Säulenweiber, welche die Erker stützen, vorhanden, Gerechtigkeit, Arbeit, Kunst, Religion, unten befinden sich der General, die Frau des Generals, das Faktotum.

Oben ziehen sich die Panzer Hitlers, von Pferden gezogen, zurück, fahren die Panzer Stalins in Richtung Fehrbellinerplatz.

Unten denkt der General nach, stirbt die Frau des Generals, flüstert das Faktotum vor sich hin.

Oben hat die Reichshauptstadt kapituliert.

Unten verwest die Frau des Generals, aber der Leichnam wird niemals aufhören mitzuteilen, warum die Frau des Generals gestorben ist, unten haben der General und das Faktotum die letzten alten Kartoffeln aufgegessen, der General, der in einem Ohrensessel und an einer Holzkiste sitzt, bewegt sich nicht mehr, das Faktotum weiß, daß unter dem Koks noch Kartoffeln liegen, es versucht, die Kartoffeln zu finden, aber es geht nicht, es ist stockdunkel, die letzte Kerze ist verbraucht, das Faktotum kriecht am Rand des Kohlenhaufens entlang, es wühlt und wühlt, es kriecht und kriecht, die letzten Kartoffeln stinken durch den Koks hindurch, aber das Faktotum hat keine Schaufel, seine Hände sind schwach, einmal zieht es eine Kartoffel an einem Keimling aus dem Koks heraus, doch sofort rieselt der Koks über dem Loch zusammen.

Oben besetzen die Amerikaner, Engländer und Franzosen die westlichen Stadtteile Berlins.

Unten verwesen die Leichen des Generals und des Faktotums, aber sie werden niemals aufhören mitzuteilen, weshalb der General und das Faktotum im Keller geblieben sind.

Oben fliegen die Flugzeuge, welche die sowjetische Blokkade brechen, zum Flughafen Tempelhof und verproviantieren die Berliner, die in Zehlendorf, Frohnau und Lichtenrade wohnen, mit Eipulver und Kartoffelschnitzeln.

Unten lassen die Gebeine der Frau des Generals phosphoreszierend aus sich heraus, was sie bis zum Ende der Erde zu klagen haben, wir sind die Reste der Frau des Generals, wir klagen den General an, er hat es nie genau genommen, vom ersten Augenblick an, schon in Wiesbaden, als wir heirateten, am nächsten Tag mußte ich unser Dienstmädchen entlassen, wir wurden versetzt, vom Nerotal, wo der Kaiser, der einen Morgenritt unternahm, mit der verkrüppelten Hand unserm Sohn über die blonden Locken fuhr, der Kaiser war in Kürassieruniform, ihr Panzer blitzte in der Sonne, Lina, unser Faktotum, und ich konnten es vom Erker aus sehen, mein Mann war im Dienst, oder sonstwo, wer weiß, wo, vom Nerotal nach Schlesien, hier blieben wir bis zum Ende des ersten Weltkriegs, dann gingen wir nach Berlin, wo mein Mann Versicherungsvertreter war, bis er in die Reichswehr übernommen wurde, unter Hitler machte er endlich Karriere, obwohl er ihn haßte, weil er ein Prolet war, im zweiten Weltkrieg wurde er geschaßt, er konnte den Mund nicht halten, die Pension reichte nicht vorne und nicht hinten, trotzdem konnte er es nicht lassen, er hatte Erfolge, er sah gut aus, die jungen Dinger liefen ihm nach, bis zum letzten Tag, er hatte mir immer wieder versprochen, es sein zu lassen, ich glaubte ihm immer wieder, aber er brach immer wieder sein Wort, auch dann noch, als die Russen Berlin umzingelt hatten, am letzten Tag kamen Leute, die am Teufelssee eine tote Schauspielerin gefunden hatten, die große Welt ging unter, die kleine Welt ging unter, das Mädchen hatte sich ein Schild um den Hals gebunden, auf das Schild hatte es geschrieben: Nachricht an Herrn von Maltzahn, Hohenzollerndamm 255; er leugnete nicht, der Tod des Mädchens schien ihn nichts anzugehen, er kümmerte sich weder um mich noch um das Faktotum, wir waren in den Keller gezogen, er hörte Radio, er notierte sich die Meldungen aus dem Führerhauptquartier, die Meldungen der Russen und des BBC, er trug sie in eine Karte von Berlin ein, er verglich sie miteinander, sie widersprachen sich, er wurde nicht schlau daraus, er setzte die Fähnchen mit dem Sternenbanner, dem Sowjetstern und dem Hakenkreuz hin und her, das Faktotum schlich nach oben, es stahl aus den Speisekammern der übrigen Hausbewohner das, was sie übriggelassen hatten, schimmliges Brot, Käserinden mit Maden, gelb, mit schwarzen Haaren, Kunsthonig, ich konnte nichts davon essen, ich ekelte mich, ich ekelte mich vor allem, ich aß etwas andres, ich aß Gift, viele Tabletten, ich legte mich auf mein Feldbett, mein Mann merkte nichts, er steckte die Fähnchen um, obwohl jetzt das Radio ausgefallen war, das Faktotum merkte auch nichts, es betete, ich hätte, wenn sie mich gefragt hätten, geantwortet, daß ich es wegen der Russen getan hätte, die alte Frauen und junge Mädchen bevorzugten, aber es fragte mich keiner.

Oben ist die Blockade beendet, die ersten Lastwagen mit Apfelsinen und Tomaten fahren in die Stadt hinein.

Unten lassen die Gebeine des Generals phosphoreszierend aus sich heraus, was sie bis zum Ende der Erde anzuordnen haben, wir sind die Reste des Generals, der General ist tot, aber wir, seine Reste, leben noch, wir werden immer leben, wir, die Knochen und Knöchelchen seines Kopfs und seiner Hände, liegen auf der Holzkiste, die er zuletzt als Tisch benutzt hat, kurz bevor er starb, hat er die Berlinkarte mit den Fähnchen auf den Kellerboden geworfen, er fand sich nicht mehr zurecht, er hielt nichts mehr davon, er wollte das Papier nicht beschmutzen, er weinte, er brach, er konnte das Essen nicht vertragen, das ihm das Faktotum vorsetzte, er hielt das Ende nicht aus, aber noch im Sterben zeichneten seine Finger aus Tränen und Gebrochenem einen Operationsplan auf die Kiste, wie man Berlin hätte verteidigen müssen, wir fügen hinzu, daß er einen Plan zeichnete, wie man die Stadt in Zukunft verteidigen muß, der Plan des Generals ist unvollständig, wir vervollkommnen ihn, wir sind die Vollstrecker des letzten Willens des Toten, wie, haben wir gesagt, des Toten, wie können wir nur so etwas sagen, wie können wir uns nur so irren, denn der General ist nicht tot, er lebt, er lebt durch uns weiter, er ist durch uns unsterblich, er und sein Operationsplan, aber wir werden den Plan nicht preisgeben, seine Einzelheiten dürfen den zukünftigen Feinden nicht in die Hände fallen, gleichgültig, wer es auch ist, nur so viel wollen wir sagen, daß Hitler alles falsch gemacht hat, er hätte die Stadt von ihren Einwohnern evakuieren müssen, er hätte ein paar Bewohner zurücklassen müssen, aber keine Männer, höchstens Greise, dazu Frauen und Kinder, Leute, die entweder zum Tod entschlossen waren oder doch nichts mehr zu verlieren hatten, weil sie vielleicht todkrank waren, oder weil sie Verbrecher waren, dann wären die Russen eingedrungen, sie hätten ganz Berlin besetzt, sie hätten die Greise, Frauen und Kinder nicht beachtet, sie hätten sie nicht als Partisanen angesehen, bis es zu spät gewesen wäre, bis die Partisanen ihre Aufgaben durchgeführt hätten, daraufhin wären die Russen vernichtet gewesen, die Partisanen wären auch vernichtet gewesen, aber das hätte nichts ausgemacht, sie hätten sich eben geopfert, dann wären russische Untersuchungskommandos in die Stadt gerückt, aber auch sie wären vernichtet worden, und so weiter, und so weiter, schließlich wären die Russen außerstande gewesen, den Krieg weiterzuführen, sie hätten auf den Sieg verzichten müssen, sie hätten paktiert, und so wird in Zukunft jeder Feind Deutschlands paktieren, sie alle werden klein beigeben, wenn sie erfahren, was unsre Keller enthalten, nicht nur die Keller Berlins, sondern auch die Keller von Hamburg, München und Frankfurt am Main, alle Keller in jeder Stadt, das heißt, die untersten Keller und Kanalisationsanlagen, die sich in der Nähe von Flüssen, Bächen, Teichen, Abwässern und Kanälen befinden, aber jetzt haben wir schon fast zuviel gesagt, von nun an werden wir schweigen, wir werden erst dann wieder reden, wenn es notwendig ist.

Oben bauen Le Corbusier und Gropius, Henselmann und May neue Stadtteile.

Unten lassen die Gebeine des Faktotums phosphoreszierend aus sich heraus, was ein Faktotum bis zum Ende der Erde zu klagen und zu loben hat, der gnädige Herr ist tot, die gnädige Frau ist tot, ich bin tot, aber der junge Herr lebt, er besuchte uns im Keller, er verabschiedete sich von seinen Eltern, auch von mir, er war ein freundlicher junger Herr, er zog seine Uniform aus, er zog einen Zivilanzug des gnädigen Herrn an, der Anzug paßte ihm wie angegossen, der gnädige Herr und der junge Herr studierten den Stadtplan, der junge Herr entschloß sich, durch den U-Bahnschacht nach Ruhleben die Stadt zu verlassen, dann über Spandau nach Nordwesten bis zur Elbe zu wandern und sich jenseits des Flusses von den Engländern gefangennehmen zu lassen, wir, die Reste von Lina, der Köchin, wissen nicht, ob es ihm gelungen ist, wir wissen es nicht, und wir wissen es doch, Geister wissen mehr als Sterbliche, Geister wissen alles, wir ruhen in den Armen des lieben Gottes, zwischen seinen Beinen, auf seinen Schultern, in seinem Barthaar, ach, es gibt viele Geister, aber der liebe Gott ist ja auch sehr groß, er ist eigentlich alles, und die bösen Geister halten sich bei ihm auf, aber nicht immer, nur manchmal, er verstößt sie immer wieder, bis sie gute Geister geworden sind, mich verstößt er nicht, ich bin ein guter Geist, das kann ich wohl von mir behaupten, ich habe nie etwas Böses getan, ich habe nicht verhindert, daß sich die gnädige Frau das Leben nahm, ich habe es nicht verhindert, weil ich es nicht gemerkt habe, aber ich hätte es eben merken müssen, trotzdem hat mir der liebe Gott erzählt, daß der junge Herr aus Berlin herausgekommen ist, genauso, wie er es vorhatte, die Engländer nahmen ihn gefangen, aber sie entließen ihn bald wieder, er schlug sich so durch, bis die Währungsreform kam, dann ging er in die Industrie, heiratete die Tochter seines Chefs, sollte reaktiviert werden, lehnte es aber ab, weil er das Unternehmen nicht im Stich lassen wollte, er und seine Frau sind glücklich, obwohl er nach seinem Vater geschlagen ist, aber sie weiß es nicht, und das ist die Hauptsache, sie haben zwei Kinder, beides Mädchen, elf und acht Jahre alt, die ältere bekommt grade einen Busen, die junge Frau hat neulich einen Selbstmordversuch gemacht, warum, weiß sie nicht, der junge Herr trägt ein Gebiß, seine Freundinnen dürfen es nicht wissen, der junge Herr fährt einen italienischen Wagen, sonntags spielt er Golf, neulich hat er geweint, weshalb, weiß er nicht, ein

Arzt meint, daß es ihm schlecht geht, der Arzt ist nicht normal, glaube ich.

Oben ziehen die Russen, Amerikaner, Engländer und Franzosen aus Berlin ab.

Atom und Aloe

Atom und Aloe,
im letzten Areal
des schwarzen Ninive,
der Hauch floh vor der Zahl.

Der Kehricht küßt den Aal,
Atom und Aloe,
das Schweißtuch würgt den Wal
rings um Gethsemane.

Atom und Aloe,
der Kern erstickt das Tal,
der Mantel scheucht die See
bis zu dem Marterpfahl.

Die Käfer fressen Kral,
Atom und Aloe,
und Kathedrale kahl,
dann fällt der rote Schnee.

Atom und Aloe,
das scharlachrote Mahl
der Hirschkuh mit dem Reh,
verzehrt zum letzten Mal.

Im letzten Areal
des schwarzen Ninive,
der Hauch floh vor der Zahl,
Atom und Aloe.

Atom, Atom und Aloe,
die Aloe stäubt das Atom,
Gespinst von Lotos und von Schleh,
der Reisig selbst wird autonom.

Der Zephyr zirpt, Hallelujah,
Zenith, Nadir, Nadir, Zenith,
die Taube im Himalaja
erwidert mit dem ersten Lied.

Das Murmeltier pfeift den Akkord,
der Esel schreit im Intervall,
sogar das Lallen und das Wort
entgegnen dem Oboenhall.

Ein Mister Smith in Turkestan,
ein Dimitrij in Mexiko
entzücken sich am Zimbelhahn
und schlafen auf dem Harfenstroh.

Die Sonnenuhr wirft Schatten aus,
zu Hosenmatz mit Lid und Zeh,
zu Elefantenohr und Laus,
zu Ninive und Aloe.

Das Kanu zieht hebridenwärts,
Diakonie an Bord, denn jetzt
und immer tönt die Terz:
das Brudersegel ist gesetzt.

Das Dorf, das aufhört

Wie fängt es an?

Wie es anfängt, Gott, mit einemmal schreit es.

Es, ein Mensch, ein Tier, oder was sonst?

Etwas.

Können Sie es beschreiben?

Nein. Ich will es auch nicht.

Warum?

Vielleicht schreit es noch einmal, vielleicht hole ich es her, wenn ich es beschreibe.

Hier gibt es keine Schreie.

In unserm Dorf schreit es ganz leise und ganz laut, ganz nah und ganz fern, in mir, außerhalb von mir, in allen andern, um alle andern herum, unter meinen nackten Füßen, über den Schornsteinen auf den Dächern.

Schreit es lang oder kurz?

Lang und kurz.

Hoch oder tief?

Hoch und tief.

Verzweifelt, ängstlich, feindselig?

Anders, wie ein Apparat, den keiner kennt, unbekannt, gleichgültig, aber gerade weil es so teilnahmslos ist, oder tut, ist es nicht harmlos.

Wann geschieht es?

Wann es geschieht, Gott, ich weiß es nicht mehr genau, es ist schon lang her, vielleicht mittags.

An einem Sonntag?

In der Woche.

Wie lange dauert es?

Wie lange es dauert, Gott, ewig und ganz kurz, vielleicht, bis es dunkel geworden ist.

Wie ist das Wetter?

Ganz gut, trüb, manchmal kommt die Sonne durch, kein Regen, ohne Gewitter, schön warm, nicht heiß.

Wie läuft es ab, nach einem Plan, ungeordnet?

Wie es abläuft, Gott, nicht nach einem Plan, glaube ich, wie es grade kommt, oder wenn es doch nach einem Plan geht, ist er so verborgen, daß niemand davon etwas erfahren hat, ich auch nicht.

Fällt Ihnen jemand ein, aus Ihrem Dorf, aus der Gegend oder irgendwo, der von einem Plan hätte wissen können, aber er gibt ihn nicht preis, um ihn nicht zu gefährden?

Keiner, aber auch wenn einer von einem Plan gewußt hätte – gab es einen Plan, gab es keinen Plan? –, und wenn er davon erzählt hätte, hätte er ihn doch nicht gefährden können, denn niemand kann ein Dorf daran hindern, aufzuhören, zu verschwinden und sich zu töten.

Wer ist der erste, der nach dem Schrei damit beginnt?

Wer der erste ist, Gott, irgendeiner, ich habe es vergessen, es ist auch gleich, denke ich, irgendeiner in der Mitte des Dorfs, daran erinnere ich mich noch, irgendeiner, der plötzlich sein Haus verläßt, und dann bleibt er davor stehen, er bewegt sich nicht, lange Zeit, doch hierauf kehrt er zur Tür des Hauses zurück, er zögert, er kann sich, wie es scheint, nicht entschließen, in das Haus hineinzugehen oder nicht, er entfernt sich vom Haus, er nähert sich ihm, er geht um es herum, er geht vorwärts, zurück, nach links, nach rechts, einen einzigen Schritt, viele Schritte, er trippelt, so, wie er es sonst nie tut, er schlurft, er läuft beinahe, schließlich begibt er sich an den Anfang des Dorfs.

Was macht er da?

Er – – –

Warum reden Sie nicht weiter?

Ich kann nicht.

Weshalb?

Vielleicht schreie ich, wenn ich weiter spreche.

So, wie es am Anfang der Begebenheiten in Ihrem Dorf geschrien hat?

So, oder ähnlich.

Haben Sie selbst vielleicht damals geschrien?

Ich weiß es nicht.

Wäre es nicht ganz gut für Sie, wenn Sie jetzt schreien würden?

Ich darf nicht.

Wer verbietet es Ihnen?

Ich selbst.

Kein andrer?

Es ist möglich.

Wer ist es?

Es ist mir nicht bekannt.

Dürfen Sie es nicht sagen?

Auch das weiß ich nicht.

Wenn es aber kein anderer ist, das heißt, wenn Sie es selbst sind, warum verbieten Sie es sich, zu schreien?

Weil ich verhindern will, daß das, was sich in unserm Dorf zugetragen hat, auch bei Ihnen geschieht.

Jener, der sich an den Anfang Ihres Dorfs begibt, was tut er da?

Er geht in das erste Haus hinein, hinein und gleich wieder heraus, er flüstert, während er sich im Haus befindet, sein Flüstern ist so leise, daß keiner außerhalb des Hauses es verstehen kann, und es ist so laut, daß alle im ganzen Dorf es begreifen.

Ist jener nicht doch der Urheber der Begebenheiten?

Ein andrer Bewohner des Dorfs kommt ihm vom letzten Haus entgegen.

Haben sich die beiden verabredet?

Ehe sie zusammentreffen, sind schon sämtliche Leute des Dorfs aus ihren Häusern herausgegangen und haben angefangen, alles zu vernichten, was ihnen gehört.

Wer schließt sich aus?

Niemand.

Wer lehnt sich auf?

Kein einziger.

Und Sie?

Ich beteilige mich.

Weshalb?

Es ist selbstverständlich.

Fürchten Sie sich?

Wovor?

Vermuten Sie, außer sich geraten zu sein, ohne aber dem neuen Zustand, der sich von Ihrem bisherigen Leben so außerordentlich unterscheidet, entrinnen zu können?

Ich merke, daß ich nicht entrinnen kann, aber ich habe nicht das Gefühl, außer mir geraten zu sein, im Gegenteil, jetzt erst bin ich zu mir selbst geworden, ja, ich freue mich darüber, daß der alte Zustand beendet ist.

Erkennen Sie in der Vernichtung und in dem, was anschließend geschieht, einen Sinn?

Den Sinn der Vernichtung und des Endes.

Können Sie fortfahren, die Vorgänge in Ihrem Dorf zu beschreiben?

Ich versuche es, ich kann es nicht, ich schreie sonst, ich werde flüstern, damit ich nicht schreie.

Was vernichten die einzelnen?

Die einen vernichten, die andern fangen an, das Dorf zu begraben.

Wer hat den einen dies, und wer hat den andern jenes zugeteilt?

Es kommt, wie es kommt.

Stören sie sich nicht gegenseitig?

Jeder ist für sich, jeder geht dem andern aus dem Weg, nicht, weil er ihn meidet, sondern weil er fertig werden will, und weil er möchte, daß auch der andre fertig wird.

Reden sie nicht miteinander?

Sie sind stumm, seit dem Flüstern des einen in den südlichen Häusern und des andern in den nördlichen Häusern haben sie geschwiegen, es scheint, daß die Leute im Dorf zuerst die Sprache vernichtet haben.

Was vernichten sie nach der Sprache?

Die Gegenstände.

Was zum Beispiel?

Ein Kind vergräbt seine Puppe, es weiß, daß es nie wieder spielen wird, ein Mann gräbt ein Loch und legt seine Armbanduhr hinein, die Zeit ist um, seine Frau legt ihre Schürze dazu, nichts ist mehr schmutzig oder sauber, ein alter Mann zerreißt sein Bruchband, wer stirbt, kann kränker werden, ein junges Mädchen zerbricht ihren Kamm, Sterbende kümmern sich nicht um die Schönheit, ein junger Mann verbrennt seine Schuhe, Tote haben keine Füße, einer zündet alle Hölzer einer Streichholzschachtel aneinander an, er vernichtet das Feuer, ein andrer schlägt seine Brille auf einem Stein entzwei, er will nichts mehr sehen, weil er nichts mehr sehen wird, eine alte Frau zerrupft ihre Bibel in Schnipsel, Gott ist vertilgt, eine andre wirft das Geld, das sie gespart hat, in den Teich, die Ewigkeit kostet nichts, ein Kissen wird zerschnitten, die Federn flattern, jede einzelne wird in die Erde gescharrt, in den Gräbern, die sie sich ausgedacht haben, darf es nicht bequem sein, ein Radio wird in seine winzigsten Teile zerlegt, die Teile werden zerkleinert, die Welt der Gegenwart hat in der Welt der Zukunft nichts zu suchen, die Äpfel und die Brote werden zertreten, keiner soll in die Versuchung kommen, sich retten zu wollen, die Photographien werden, mit den Gesichtern nach unten, beerdigt, alles soll unsichtbar sein.

Und die andern?

Sie begraben das Dorf.

Wie?

Sie schmieren die Schornsteine zu.

Was machen sie mit den Fenstern?

Sie verhängen sie und dichten sie ab.

Was mit den Türen?

Sie müssen sie noch offen lassen.

Was hindert sie, das Letzte zu tun?

Das Vorletzte.

Was ist das?

Sie ziehen Mauern um die Mauern ihrer Häuser, die bisherigen Mauern sind ihnen nicht genug, sie ziehen eine einzige Mauer um das ganze Dorf, die bisherigen Mauern und die zusätzlichen Mauern genügen ihnen nicht.

Wofür?

Für die Vollkommenheit des Endes.

Wissen sie nicht, daß sie die zusätzlichen Dächer über den Dächern ihrer Häuser vergessen haben?

Sie haben sie nicht vergessen, sie brauchen sie nicht zu bauen, sie besitzen sie schon.

Woraus bestehen sie?

Aus der Unentrinnbarkeit, die sie über sich verhängt haben.

Am Ende schließen sie die Türen hinter sich zu?

Verstopfen die Türfüllungen und Ritzen und schließen die Türen hinter sich zu und verriegeln sie obendrein.

Gehen sie in die Keller hinab?

Sie haben keine, sie brauchen sie nicht, eine tiefere Tiefe als die ihre gibt es nicht, sie legen sich irgendwo hin, sie warten.

Und Sie selbst?

Ich lege mich zu ihnen, ich verhungere mit ihnen, ich ersticke mit ihnen.

Aber Sie stehen hier vor mir.

Ich fliehe, ich fliehe aus der Unentrinnbarkeit.

Warum?

Warum fragen Sie mich?

Wie sind Sie geflohen?

Schreiend.

Sie schreien auch jetzt.

Ich schreie. – Und Sie, was machen Sie?

Ich balle meine Hand zur Faust, ich schlage auf meine Tischlampe ein, ich zertrümmere sie.

Sie vernichten.

Wie Sie im Dorf.

Bald werden Sie aufhören. Wie wir im Dorf.

Ich schlage vor, daß wir zusammen aufhören.

Wann?

Sofort.

Wo?

Hier.

Wie?

Den Atem anhaltend, nicht ausatmend, nicht einatmend.

Den Atem anhaltend, höre ich Sie nicht mehr atmen.

Den Atem anhaltend, fange ich an, die Bogen des Protokolls zu zerreißen.

Die Irren von L.

Wandern übers Gebirg, setzen Fuß vor Fuß, links, rechts, links, rechts, links, rechts, links, links, links, weiter und weiter, im Gänsemarsch, einer hinterm andern, durch den Wald, durch den Schnee, durch den Nebel, aus dem Haus, von der Stadt weg, die im Tal liegt, weg vom Feind, der auf die Irren wartet, in der Schlucht, wo die bunten Stühle vor den Cafés stehn, wo die bunten Markisen drüberhängen, aber der Feind tritt alles mit seinen Stulpenstiefeln, ist, wie die Zimmervermieterinnen von den Mäulern der Offiziere ablesen, darauf aus, die Irren zu erledigen, mit Gas, das heißt Euthanasie, der Feind kommandiert der ganzen Stadt, den Leuten und den Bäumen, den Straßen und den Vögeln, alles hört auf sein Kommando, aber alles läuft vor seinem Kommando davon, läßt die Wärter mit den Irren allein, überläßt es ihnen, wie sie die Irren retten, die auf keinen Fall bleiben dürfen, wo sie sind, die weg müssen, sofort, ins Gebirg am besten, in die Wälder, wenn es Nacht ist, ins Gemeng aus Nebelschwaden und Wolkenfetzen hinein, nicht einmal die Beerensucherinnen dürfen sie von Nebel und Wolke unterscheiden. So geschieht es.

Fritz, Joseph, Ludwig, Heinz, Werner, Georg, Anton, Franz, Christian, Erich, Jacob, Karl, und ich, ich auch, ich bin auch noch da, ich melde mich zur Stelle, ich bin auch einer von euch, sagen die Wärter, weil ich nicht aufhöre, Fragen zu stellen, zum Beispiel, wer bin ich, ein Mensch, oder eine Vogelscheuche, die wie ein Mensch aussieht, oder ein Mensch, der behauptet, eine Vogelscheuche zu sein, oder ein Automat, der nie ein Mensch gewesen ist, oder einmal ein Mensch war, und dann war ers nicht mehr, aber warum es mit ihm aus war, oder grade dadurch erst anfing, das weiß außer ihm keiner, und er sagt es auch keinem weiter, keinem Irren, keinem Wärter, keinem Arzt, oder ich frage beispielsweise, soso, ihr meint, daß ich der und der bin, aber wieso wißt ihr das eigentlich, da nicht einmal ich selber es weiß, was mich betrifft, weiß ich bloß, daß ich irgendeiner bin, also vielleicht auch ein andrer, vielleicht der vor mir, oder der hinter mir, oder einer von den Wärtern; ich bin der 28., der 27. weiß nicht, wer er ist, sowas, ich weiß, wer ich bin, das heißt, was ich bin, ich bin nämlich das, was der 27. nicht ist, ein Automat, Ichbineinautomat, Ichbineinauto, Ichbineinau, aueinbinich, autoeinbinich, automateinbinich; ich bin der 29., ich hüpfe, statt zu gehn, hüpfe immer auf demselben Bein, auf welchem, sag ich nicht, und weil ich immer so weiter hüpfe, merkens die andern gar nicht, daß ich eigentlich stehnbleibe, entweder schließen sie auf, oder sie bilden sich ein, daß ich noch im Gänsemarsch gehe, und das Loch zwischen meinem Vordermann und meinem Hintermann ist gleich mir, ich aber bin bloß noch ein Ding ohne Kopf und Fuß und Hand, aber beide Ohren hab ich noch, ja, ich habe nichts andres als meine zwei Ohren, ich hab gar nichts, denn ich bin nackt, aber man sieht es nicht, ich kann mich in meine Ohren hineinwickeln, ich horche, aber ich höre nichts, warum nicht; ich bin der 30., du hörst nichts, 29., weil ich höre, wenn einer wie ich hört, kann kein andrer hören, was höre ich, ein Zirpen, ein Winseln, ein Scharren, wer scharrt, wer winselt, wer zirpt, wer, oder was, eine Trauerweide, ein Hurrikan, ein Telegraphenmast, ein Nylonfaden, ein Zaunkönig, eine Klapperschlange, setzt euch unter mich, ruft die Trauerwei, mir rupft der Hurri die Blätter aus, hindert ihn daran, versteckt euch in einem Telegraphenma, nehmt einen Nylonfa mit, bindet ihn fest, zupft auf eurer Geige, vertreibt das Geschwätz aus dem Telegraphe, eßt die Zaunköni nicht, die im Schnee hocken, freßt die Klapperschla, die im Schnee schleichen; ich bin der 31., und manchmal mach ich ein Tänzchen, obwohl ich über fünfzig bin, oder ich sing eins vor mich hin, oder ich schneid eine Fratze wie ein Krampus, aber dann lächle ich, und keiner weiß, was mit mir los ist, dann aber schreie ich so laut, wies geht, und alle kriegens mit der Angst zu tun, oder ich fang plötzlich an, vor mich hin zu reden, und hör überhaupt nicht mehr damit auf, und die andern hören auch mit ihrer Angst nicht mehr auf, die Angsthasen, die Gernegroße sein wollen, bitte, rufen sie, laß es leiben, wir enken dir auch einen Strohhalm aus unsern Schlafsäcken, uck ihn richtig an, er ist ein Üppchen, aber ich lasse mich nicht bestechen, ich weiß, daß ein Halm ein Halm ist, ich fahre damit fort, vor mich hin zu reden, die Betten sind keine Betten, die Zudecken sind Katzen, die sich auf uns legen, und uns ersticken, mich und euch, euch und mich; ich bin der 32., du irrst dich, 31., die Halme sind keine Halme, die Halme sindskor Pione, sie stechen uns, wir wer dendick, bis wir pl atzen; ich bin der 33., ich weiß es besser als ihr alle, nicht nur die Soldaten in der Stadt sind unsre Feinde, auch die Einwohner, auch die Wärter, alle, die nicht irr sind, uns an den Kragen, die einen uns in Zellen aus Gummi, die andern stecken uns in Jacken Eisen, aber ich mache mich frei davon, ich lasse mich in den Schnee fallen, tief, bis bloß noch der Kopf draußen ist, wozu der Kopf, ich brauche keinen, ich brauche die Hände, nicht die Hände, eine Hand, die rechte, ich muß schreiben, ich muß einen Satz schreiben, ich muß einen Satz in den Schnee schreiben, geht es, es geht, ich schreibe in die Krusten vom Schnee, überwindet, ich überwinde mich auch, ich atme nicht mehr, mein Atem ist das einzige, was ich habe, überwindet, seht ihr meinen Atem noch, 34. bis 50., ihr seht ihn nicht mehr, 51. bis 70., überwindet.

So geschieht es, so wandern sie dahin, vorn ein Wärter, hinten ein Wärter, rechts und links von den Irren die übrigen, denn die Irren dürfen nicht stehnbleiben, dürfen sich nicht hinsetzen, oder sich nachlaufen, oder die Abhänge runterrollen, oder, was das schlimmste wäre, ins Irrenhaus zurückkehren, zu ihren Betten und zu ihren Schränken, zu ihren Tischen und zu ihren Stühlen; also müssen die Wärter sie bei der Stange halten, aber es glückt ihnen nicht so recht, die Irren schlagen sich in die Büsche, in die Büsche aus Wald und Schnee und Nebel, nicht alle, bloß die einen, die nach Haus rennen, wo die Gasableser sicher schon auf sie warten, die andern fangen zu weinen an, weil sie merken, daß der Vordermann oder der Hintermann nicht mehr da ist, sie legen sich da, wo sie grade sind, in den Schnee, und wenn sie nicht gleich aufstehn, werden sie erfrieren, aber einem von den Wärtern fällt etwas ein, etwas, was ganz irr ist, bei der Stange bleiben, denkt er, die Stange, wer hat sich an einer Stange festgehalten, die sieben Schwaben haben sich an einer Stange festgehalten, die siebzig Irren werden sich an einer Stange, nein, an einem Baum festhalten, der gefällt ist, wo ist einer, Leute, ruft der Wärter mit dem Einfall, kennt ihr die Geschichte von den sieben Schwaben, ja, die kennen sie, wollt ihr die Geschichte spielen, ja, das wollen sie, wollt ihr die sieben Schwaben sein, ja, das möchten sie, aber wo ist ein Baum, den suchen wir, antworten sie, sie suchen, sie brauchen nicht lang zu suchen, dann haben sie einen entdeckt, sie stemmen ihn, er ist schwer, aber sie sind kräftig, er ist doppelt schwer, weil er voll von Schnee ist, aber sie sind stärker als die sieben Schwaben, sie schütteln den Schnee ab, sie schleppen den Baum, sie haben was zu tun, sie sind die siebzig Schwaben, sie wandern zu den Feinden des Feinds, die überm Gebirg bloß drauf warten, auf den Feind losgelassen zu werden, sie wandern und wandern zu denen, die das Gas dazu verwenden, Kartoffeln oder Kaffee zu kochen, nicht dazu, Leute zu verheizen, sie wandern zu ihren Freunden, sie wandern, wandern und wandern, durchs Gebirg, durch den Wald und durch Schnee und Nebel, ins Tal runter, ins jenseitige, wo Baracken sind, geheizt, warm, wo Streuselkuchen ist, guter Kuchen, gute Streusel, zwar stecken die Freunde ihre siebzig Freunde hinter Zäune, ja, schließen sogar hinter ihnen ab, macht nichts, die Irren haben wieder ein Bett und einen Schrank und einen Tisch und einen Stuhl, alles ist wie früher, fast alles ist wie früher, aber gerettet ist gerettet.

Liebesgedicht

es schreit die Eins, es schweigt das A,
der Seehund west in Afrika,
aber wir, wir sind zusammen,
da weint das Schlangenknäuel, dort,
der jüngste Grashalm ist verdorrt,
aber wir, wir sind zusammen,
der Weise speit auf die Vernunft,
es jauchzt die letzte Niederkunft,
aber wir, wir sind zusammen,
der Freund wird, wie Hyänen sind,
der Mond verweht im Feuerwind,
aber wir, wir sind zusammen,
der letzte Fuß, die letzte Hand,
versinken in den Feuersand,
aber wir, wir sind zusammen,
der Stein ist Wasser, Wasser Stein,
und keiner ist mit nichts allein,
wir sind zusammen.

1. Sekunde Karl ist allein. Keiner weiß, wer Karl ist, außer Karl selber. Die Frau sagt Karlchen zu Karl. Karlchen ist nicht dasselbe wie Karl. Karlchen ist das Kind von der Frau. Die Frau sagt zu Karlchen: mein Junge. Zu Karl sagt sie es nicht. Sie kann es nicht. Sie hat Karl noch nie gesehen. Auch zu Karlchen dürfte sie es nicht sagen. Karlchen gehört ihr nicht. Karlchen gehört Karl. Die Frau ist die Mutter, meint sie. Sie sagt zu Karlchen: Ich bin deine Mutter. Karlchen, das nicht weiß, was Mutter ist, nickt dazu. Karl weiß, was Mutter ist. Als die Mutter zusammen mit dem Vater Karlchen machte, war sie noch nicht Mutter. Als Karlchen in ihrem Bauch war, war sie Karlchens Mutter. Als Karlchen aus dem Bauch gerutscht war, war sie nicht mehr Mutter. Karls Mutter war sie nie.

2. Sekunde Karl hat gesagt, daß Karl allein ist. Karlchen hätte es sagen müssen. Wenn die Frau weggeht, die meint, die Mutter zu sein, sagt sie zu Karlchen: Hab keine Angst, Karlchen, ich lasse dich jetzt allein, ich tue es nicht gern, es muß sein, aber ich komme wieder, mein Liebling. Karlchen und Karl sind zwei Kinder. Karlchen und Karl sind ein Kind. Karlchen und Karl haben zwei Ohren, nicht vier. Karl hört dasselbe wie Karlchen. Auch Karl weiß, was allein ist. Karl weiß nicht, was Angst ist. Karlchen weiß es. Karlchen ist ein andres Kind als Karl. Karlchen hat Angst, wenn es allein ist. Karl lacht sich kaputt, wenn er allein ist. Er lacht sich kaputt und setzt sich wieder zusammen. Er spielt, meint die Frau. Karl weiß es besser. Er ist nicht mehr so klein, daß er noch spielen würde. Er hat zu tun, wie der Mann über sich sagt, der das Zeug aus den Mülleimern in das Müllauto kippt. Karl macht eine Faust.

3. Sekunde Karl hat gesagt, daß Karl eine Faust macht. Karl macht nicht eine Faust, er macht zwei Fäuste. Er hat mehr als eine Hand, er hat zwei Hände. Er wartet darauf, daß die Frau nicht mehr in der Wohnung ist. Er will nicht ihr

Liebling sein. Er will ihr nichts vormachen. Er möchte sich mit sich selber unterhalten. Er möchte sich mit seinen beiden Fäusten unterhalten, mit seinen beiden Händen. Er möchte, daß sich seine beiden Fäuste, seine beiden Hände, miteinander unterhalten.

5. Sekunde Die eine Hand fragt die andre Hand: Was hast du in der Faust? Die andre Hand fragt die eine Hand: Und du? Zeig, sagt die erste Hand. Erst du, antwortet die zweite Hand. Nein, sagt die eine Hand und die andre Hand. Beide Hände sagen das erste n, das e, das i und das zweite n im selben Augenblick. Karl befiehlt seinen beiden Händen, die gleichzeitig nein gesagt haben, gleichzeitig ja zu sagen. Die Fäuste öffnen sich. Die Hände sind bloß noch Hände. Die linke Hand sagt zur rechten Hand: Was hast du in der Hand? Die rechte Hand sagt zur linken Hand: Was hast du in der Hand? Die rechte Hand antwortet: Busen. Die linke Hand antwortet: Ich.

7. Sekunde Karl hat einen Busen in der rechten Hand. Karl hat ein Ich in der linken Hand. Karl ist kein Karl mehr. Karl ist Ich geworden. Keiner weiß es, außer mir selber. Besonders die Frau weiß es nicht. Sie weiß nicht, daß es Karlchen nicht gibt. Sie weiß erst recht nicht, daß Karl verschwunden ist. Ich bin da. Ich habe Karl aufgegessen. Ich werde auch den Busen in meiner rechten Hand aufessen. Es ist der Busen von der Frau. Ich werde ihn kauen, und wieder ausspucken. Er ist nicht zu groß für mich. Ich werde ihn in Stückchen rupfen, wenn er zu groß für mich ist. Er ist nicht zu groß für mich. Es ist auch der Busen von Fräulein Runkel im ersten Stock. Ich werde ihn essen, und herunterschlucken. Er ist nicht zu groß für mich. Fräulein Runkel ist eine kleine Frau Runkel.

10. Sekunde Es ist auch der Busen von Erna. Erna ist meine Freundin. Erna wohnt nebenan, im Erdgeschoß wie wir. Erna hat noch keinen Busen. Sie wird einen kriegen, wenn sie groß ist. Sie ist ein Mädchen. Die andern haben es mir erzählt. Die andern wollten nicht, daß ich es sehe. Ich bin

der kleinste von allen. Die andern sind an Erna vorbeigegangen. Erna stand auf dem Balkon, und hat ihren Rock hochgezogen. Alle haben sie angefaßt. Ich habe aufgepaßt, ob einer kommt. Erna ist meine Freundin. Erna ist nicht die Freundin von den Schülern. Ich bin noch kein Schüler. Als alle in der Schule waren, hat Erna es mir auch erlaubt. Erna tut mir leid. Erna hat weniger als ich. Ich bin ich.

11. Sekunde Bin ich Karl? Ich bin nicht Karl. Karl ist nicht ich. Ich bin nicht Karlchen. Ich bin Ich. Ich bin gleich Ich. Das habe ich von den Großen gelernt, die es in der Schule gelernt haben, im Mathaeus. Eins ist gleich eins, zwei ist gleich zwei. Ein Finger ist gleich einer Nase, eine Nase ist gleich einem Auge, zwei Augen sind gleich zwei Ohren. Ich glaube es nicht. Es stimmt nicht. Ich weiß es besser als die Großen. Sie sind alt. Eins ist nicht gleich eins. Ich bin nicht gleich Ich. Wenn ich Ich aus mir herausschmeiße, bleibt etwas übrig. Das ist nicht richtig. Richtig ist etwas andres. Wenn Ich aus mir herausfällt, bleibt etwas übrig. Karl bleibt nicht übrig. Karlchen bleibt nicht übrig. Ich habe sie längst weggeschmissen. Was bleibt übrig? Etwas, was ich nicht kenne. Ich muß es kennenlernen. Was ist in mir drin? Ich kann ja nicht mit einem Kloß in mir herumlaufen. Wie kriege ich es heraus?

12. Sekunde Ich könnte mein Bett aufschlitzen. Vielleicht ist in meinem Bett dasselbe wie in mir. Ich weiß, was in meinem Bett ist. Ich habe es früher schon einmal aufgeschlitzt. Um herauszukriegen, was in mir ist, müßte ich mich aufschlitzen, nicht mein Bett. Wenn auch in mir Federn sind, wäre ich ein Vogel. Ich könnte fliegen. Fliegen können auch andre. Ich will nicht fliegen. Ich will etwas machen, was keiner kann außer mir selber.

13. Sekunde Ich könnte meinen Tisch umkippen. Ich könnte meine Tischdecke über meinen Tisch hängen. Ich hätte ein U-Boot aus meinem Tisch gemacht. Das hat noch keiner gemacht. Zu einem U-Boot brauche ich Wasser. Ich habe kein Wasser in meinem Zimmer. In der Küche gibt es

Wasser. In der Küche gibt es soviel Wasser, daß ich darin bis nach Amerika fahren könnte. In der Küche fließt ein ganzes Meer aus dem Hahn. Ich könnte von hier bis nach Amerika unter Wasser fahren. Ich würde keine Küsten mehr sehen. Inseln zwischen hier und Amerika sind nicht vorhanden. Ich habe es auf einer Karte nachgeguckt. Andern Schiffen würde ich nicht begegnen. Ich würde einen Weg benutzen, den außer mir keiner kennt. Flugzeuge würden mich nicht finden. Ich würde getaucht fahren.

15. Sekunde Ich werde tauchen. Ich werde getaucht bleiben, bis ich vor der Küste Amerikas bin. Vorher muß ich in die Küche rennen, den Hahn aufdrehen, das Wasser von der Küche ins Kinderzimmer fließen lassen. Das Wasser füllt die Küche voll, das Wasser füllt den Flur voll, das Wasser füllt das Kinderzimmer voll. Mein Tisch schwimmt. Ich kippe meinen Tisch um. Ich schwinge mich in meinen Tisch hinein. Ich ziehe die Tischdecke über meinen Tisch. Ich mache meinen Tisch dicht. Ich mache mein U-Boot dicht. Ich fange meine Fahrt nach Amerika an. Ich tauche.

17. Sekunde Eben fällt mir ein, daß ich nicht schwimmen kann. Ich möchte wieder auftauchen. Ich kann es nicht. Ich wollte, daß mein umgekehrter Tisch mein U-Boot wird. Ich weiß, daß mein Tisch kein U-Boot geworden ist. Ich weiß, daß ich ertrinken werde.

18. Sekunde Ich weiß, daß ich ertrunken bin. Ich werde als toter U-Boot-Kapitän in Amerika landen. Ich bin stolz auf mich. Die Frau, die meine Mutter sein wollte, wird weinen. Die Frau wird stolz auf mich sein.

20. Sekunde Ich pfeife auf die Frau. Ich pfeife auf Amerika. Ich pfeife auf das U-Boot. Ich pfeife auf mich selber. Ich bin kein Kapitän. Ich bin ein Feigling. Das U-Boot ist ein Tisch. Amerika ist eine von den vier Küchenwänden, die Wand zum Hof, die Wand zur Straße, die Wand zum Kinderzimmer, oder die Wand zum Flur.

21. Sekunde Ich versuche zu pfeifen. Ich kann nicht pfeifen. Wenn ich pfeifen könnte, würde mich kein Aas hören.

Mein Mund ist trocken. Alles andre ist naß. Mein Mund ist in der Wüste. Ich halte meinen Zeigefinger ins Wasser. Ich schmiere mir den Mund mit Wasser ein. Mein Mund ist naß. Ich versuche zu pfeifen. Ich kann nicht pfeifen. Mein Mund ist trocken.

22. Sekunde Am besten ist, wenn ich aus dem Kinderzimmer herausrudere. Ich habe die Tür zum Flur offengelassen. Ich muß in den Flur rudern. Ich muß zur Tür von der Wohnung rudern. Ich muß die Wohnungstür aufmachen. Dann fließt das Wasser in den Treppenflur hinunter. Der Treppenflur ist groß. Das Wasser verteilt sich. Ich werde an der Wand des Treppenflurs oder an einer Treppenstufe stranden.

24. Sekunde Ich kann nicht rudern. Ich habe keine Ruder. Ich könnte einen von den Gegenständen als Ruder nehmen, die im Wasser schwimmen. Ich versuche, einen zu schnappen. Ich kann es nicht. Meine Finger sind zu klein. Meine Finger sind zu schwach. Die Gegenstände sind zu groß. Die Gegenstände sind zu stark. Das Wasser ist stärker als die Gegenstände und ich. Es ist bis zum Fensterbrett gestiegen. Es ist kein Wasser aus dem Waschbecken mehr. Es ist ein Fluß. Der Fluß ist wild. Der wilde Fluß ist ein See, wohinein ein Fluß fließt. Der See ist wild. Er zerrt das, was an den Nägeln hängt, aus den Wänden heraus, das Bild mit dem Mann und dem Walfisch, den Igel aus Stoff, die Zeichnung von mir selber, die Schießscheibe mit den Pfeilen, die darankleben. Das ganze Zeug kreist um meinen Tisch herum. Auch mein Tisch kreist. Der Kreis, den mein Tisch schlägt, ist anders als die Kreise von den Gegenständen.

25. Sekunde Ich nehme meine Hände als Ruder. Ich versuche es. Es geht nicht. Meine Hände sind Händchen. Das kreisende Schränkchen, worin ich das versteckte, was mir die Frau verboten hat, schlägt mir auf die Finger. Die Schubladen schlagen mir auf die Finger. Das Feuerzeug, das nicht mehr brennt, das Taschenmesser, das verrostet ist, der Vierfarbenstift, der klemmt, hauen meine Händchen blutig.

30. Sekunde Das Wasser ist rot geworden. Das Wasser ist rot. Ich bin im Roten Meer, wovon mir die Frau erzählt hat.

33. Sekunde Ich ertrinke. Mein Tisch ist voll von Wasser. Ich muß es ausschöpfen. Ich lege meine Hände aneinander. So macht man es, wenn man aus einem Bach Wasser trinkt. Meine Hände sind eine Schaufel. Ich schaufle das Wasser aus meinem Tisch heraus. Das Wasser fließt in meinen Tisch hinein. Mehr Wasser fließt hinein, als ich herausschöpfe. Mein Tisch ist nicht mehr mein Tisch. Der Tisch sinkt unter. Ich versinke mit.

35. Sekunde Der Tisch stößt gegen eine Wand. Der Tisch kippt um. Dabei fließt das Wasser heraus. Der Tisch richtet sich wieder auf. Ich bin gerettet.

40. Sekunde Ich bin nicht gerettet. Ich habe vergessen, daß das Fenster zum Hof offensteht. Ich und der Tisch, wir werden hinausgeschwemmt, hinausgeschwemmt und hinuntergeschwemmt.

45. Sekunde Ich bin gerettet. Wenn das Wasser über das Fensterbrett hinaussteigt, fließt es in den Hof hinunter. Dann werde ich den Tisch verlassen. Der Tisch wird in den Hof schwimmen. Ich werde mich auf das Fensterbrett setzen. Ich werde so lang schreien, bis mich einer hört und in die Wohnung kommt. Er wird den Hahn abstellen.

50. Sekunde Ich bin nicht gerettet. Das Wasser ist über das Fensterbrett hinausgestiegen. Es fließt in den Hof hinunter. Ich wollte den Tisch verlassen. Ich wollte mich am Fensterbrett festhalten. Ich habe mich festgehalten. Ich habe wieder losgelassen. Ich habe mich nicht auf das Fensterbrett gesetzt. Ich fließe zusammen mit dem Tisch in den Hof hinunter. Ich schreie. Keiner hört mich. Keiner wird mich hören.

55. Sekunde Ich werde nicht ertrinken. Ich werde mit dem Tisch auf die Steine vom Hof schlagen. Die Steine werden mich schlagen. Das Holz vom Tisch ist zu dünn, um es zu verhindern. Die Steine werden mich erschlagen.

59. Sekunde Mutti.

Mit dem Pfeil, dem Bogen

I er hinkt ins Spielcasino hinein, er humpelt zum Nürburgring hin, er steckt eine Münze in den Schlitz, er

II er hoppelt aus dem Spielsalon heraus, er hopst die Kronprinzenstraße lang, die Kronprinzenstraße erstreckt sich von der Tanzbar An der Quelle bis zur Absteige Hans und Grete, sie

III er schnappt zur Ecke, die Ecke ist dadurch entstanden, daß das Haus Nr. 29 a sich nicht in derselben Baufluchtlinie befand wie die Häuser Nr. 29 und 31, die Ecke ist seine Ecke, er

IV er klettert zu seinem möblierten Zimmer mit separatem Eingang hoch, er hat die Schuhe ausgezogen, damit ihn keiner hört, gut, daß er den Zimmerschlüssel verkramt hat, da kann er schnell hinein, ohne daß ihn einer sieht, er macht kein Licht an, er

V er hinkt die andre Straßenseite lang, er wartet darauf, daß ihm irgendeiner dumm kommt, er überlegt sich, was alles den Fußgängern einfallen könnte, um ihn so zu beleidigen, daß er den schlimmsten von ihnen bestrafen müßte, er

VI er rennt aus der Kronprinzenstraße heraus, keiner stellt sich ihm in den Weg, er rennt in die Anlage hinein, keiner läuft hinter ihm her, er kommt zum Main, keiner ruft nach einem Polizisten, er klettert ins Nizza herunter, er

IA zupft am linken Ring, zupft am rechten Ring, der Turbo rollt aus dem Hangar, der als Laubwäldchen getarnt ist, flitzt die Piste lang, daß es eine Art hat, schießt im stumpfen Winkel hoch, verschwindet in den künstlichen Wolken, die Flak rollt aus dem Hangar, der als Nadelwäldchen getarnt ist, das Rohr richtet sich auf, schwenkt, er zupft links, er zupft rechts, läßt Bömbchen fallen, läßt Häuschen brennen und veraschen, läßt Schrapnells fliegen, suchen, treffen, links, rechts, er holt den Turbo aus den Wolken heraus, er holt ihn auf die künstliche Erde herunter, Brand zu Brand, Asche auf Asche, er

IIA enthält das, was am Anfang und Ende ist, immer wieder, und sonst nichts, Tanzbars und Absteigen, bis auf einen Laden mit Lebensmitteln, und einen andern mit Textilien, die so dünn sind, daß sie längst zusammengequetscht wären, wenn die Mädchen und Männer sie nicht bräuchten, Bier, das die Haare jünger macht, Sellerie, die die Hoden rascher füllt, Strumpfhosen mit Knöpfen, damit es nicht so lang dauert, Schlipse mit Nackedeis drauf, aber die Schönheitstänzerin in der Quelle wippt mit den steifsten Brustwarzen, und Hans und Grete spiegeln die Hänsels und Gretels so oft wie keine andre Absteige, für ihn aber

IIIA wittert es schon von weitem, daß es in seiner Ecke nicht geheuer ist, er schlendert langsam hin, als wäre nichts weiter, damit keiner meint, er hätte Angst, er kommt zu seiner Ecke, die, stimmt, nicht mehr seine Ecke ist, die Bande hat die Ecke, die ihre Ecke geworden ist, besetzt, er hat Angst, er tut so, als hätte er keine, er tut so, als wäre die Ecke nie seine eigne gewesen, aber die Bande läßt sich nicht drauf ein, sie zischelt, Hinkebein, kennst du deine Ecke nicht mehr, Lahmfuß, schmeiß uns raus, wenn du kein Feigling bist, Feigzeh, traut sich nicht, er bleibt stehen, er stellt sich auf sein gesundes linkes Bein, er schlenkert sein krankes rechtes Bein, die Bande merkt, daß er nicht weiß, was er will, weil er nicht kann, was er muß, sie tuschelt, alle, bis auf einen, verlassen die Ecke, alle machen ihn nach, alle hinken ihm etwas vor, sie humpeln um ihn herum, er ist eingekreist, er ist gefangen, sie tun ihm nichts, sie tun ihm alles, er aber

IVA tappt zum Vorhang, wohinter er alles versteckt hat, was ihm gehört, es ist nicht viel, ein Pfeil, ein Bogen, ein Netzhemd, ein Bündel Porträtkarten von Fußballspielern, ein Teddybär mit einem Tintenfleck auf dem Kinn, ein Nachtlichtchen, eine Flasche Bier, fast leer, ein Abschiedsbrief von einer Gerda, eine Tafel Schokolade, bei der die Hülle noch zu ist, und eben der Pfeil und Bogen, die Sehne ist gespannt, der Pfeil ist gespitzt, eine Metallspitze ist über die Holzspitze gestülpt, so kann er schießen, je nach Feind und Lustigkeit, aber er hat noch mehr Pfeile aus Holz, er muß sie spitzen, damit sie Löcher bohren können, er spitzt sie, er hat sie gespitzt, er

vA denkt darüber nach, wohin er überall schießen könnte, in ein Auge, in ein linkes, in ein rechtes, in einen Mund, in einen Hals, in eine Brust, nicht in die rechte Brust, sondern in die linke, dort, wo das Herz ist, in einen Bauch, in einen Sack, am besten in einen Mund, dann kann der andre nicht mehr reden, oder in einen Hals, dann kann der andre nicht mehr atmen, am allerbesten aber in ein Herz, dann ist alles auf einen einzigen Schlag aus, aber er fragt sich, ob er so gut treffen kann, daß er das kleine, große Ding unter einem Shawl, unter einem Mantel, unter einer Jacke, unter einem Netz und unter einem Hemd erwischt, da ruft ihm einer zu, Hinkebein, er zieht den Bogen und den Pfeil mit der doppelten Spitze aus der Joppe heraus, er legt an, er zögert, warum, weiß er nicht, Feigling, ruft der andre, er schießt, er

viA klimmt einen Baum hoch, so hoch hinauf, wie er bloß immer kann, er trennt die Sehne vom Bogen los, er macht einen Knoten in den Strick hinein, der eine Sehne gewesen ist, er legt den Strick um einen Ast herum, er streckt den Kopf in die Schlinge, er läßt sich vom Baum fallen, er hängt, er

iB schlappt aus dem Spielcasino heraus

iiB und wippt und spiegelt nichts

iiiB schleicht weg

IVB hüpft hinab

VB äugt nach dem nächsten

VIB zappelt sich kaputt

ZEICHENSPRACHE

● Was ist das? Ein Punkt, natürlich. Oder ist es etwas andres? Ein Auge? Nur ein Auge? Wo ist das zweite? Warum fehlt es? Jedenfalls war es bis Freitagabend noch nicht da, aber seit Samstagmorgen ist es sichtbar. Der Punkt oder das Auge, oder was immer es bedeutet, befindet sich auf einer Fähre, dort, wo die PKWs während der Überfahrt stehen. Der Fährmann versucht, das Zeichen, falls es ein Zeichen ist, zu beseitigen. Es gelingt ihm nicht. Das Ding, das nicht groß, aber auch nicht klein ist, besteht aus einer Masse, die weder mit Seife noch mit Wasser weggeht. Kein Besen hilft da, keine Bürste, kein Benzin, kein Waschpulver, auch Spucke nicht, nicht einmal Regen, nichts.

●●●●●●● Was aber ist das? Eine Anzahl von Punkten, versteht sich. Eine Anzahl von Punkten aber, die, wenn man sie durch Striche miteinander verbindet, eine Linie ergeben, eine Grade, die durch Punkte unterbrochen und zusammengehalten wird, eine punktierte Linie, wie dergleichen genannt wird. Warum grade so und nicht anders? Warum sieben Punkte, und nicht sechs oder acht? Warum waagrecht und nicht senkrecht? Vermutlich setzt die punktierte Linie den Punkt fort, der zuerst entdeckt wurde, obwohl man auch wieder daran zweifeln könnte, weil der Punkt und die Punkte etwa anderthalb Kilometer voneinander entfernt sind. Die punktierte Linie, oder was immer es ist, befindet sich mitten auf dem Darmstädter Kreuz. Ein Milchfahrer hat das Zeichen Samstagfrüh zuerst gesehen, jedenfalls hat er es als erster gemeldet. Weil das Zeichen auf dem Asphalt genauso haftete wie jener Punkt auf dem Holz der Fähre, obgleich alles versucht wurde, es zu entfernen, hält es die Kommission fast für sicher, daß das zweite Zeichen aus derselben Substanz besteht wie das erste. Die Kommission trat so rasch wie möglich zusammen, woraus hervorgeht, daß sie schon vorhanden war. Warum sie bereits gebildet worden war, kann nicht mitgeteilt werden. Selbstverständlich wird darüber beraten, ob es sich tatsächlich nur um eine punktierte Linie handelt. Aber ob es nun eine punktierte Linie ist oder eine Spur, irgendeinen Sinn muß das Ding haben. Aber welchen? Und wessen Spur ist es, falls es eine Spur ist? Wo kommt sie her? Wo führt sie hin? Wie konnte der oder das, was die Spur hinterlassen hat, erst keine Spur bilden, dann aber bildete es eine, und schließlich hörte die Spur wieder auf? Oder ist es keine Spur, sondern ein Signal? Von wem? Für wen?

: Und was ist das? Ein Doppelpunkt, das ist klar. Oder was kann es sonst noch bedeuten? Eine Verkehrsampel? Ein Teleskop von einem U-Boot? Das Quecksilber in einem Thermometer, das hingefallen ist, und also ist die Quecksilbersäule kaputt? Die untereinander befindlichen Augen einer Spinne, die auf die Fliege wartet, welche schon betäubt ist? Ein militärisches Signal, das andern bekannt ist, uns aber nicht? Aber wer ist der Gegner? Lebt er, ohne daß wir ihn als Gegner erkennen, sichtbar unter uns? Ist er einer von uns, der trotzdem gegen uns ist? Ist er einer, das heißt, eine Gruppe von Fremden, die so tun, als wären sie Einheimische, Einheimische sogar, die es gut mit uns meinen? Wir wissen nicht, was der Doppelpunkt vor dem Neubau des städtischen Theaters bedeutet. Wir stellen uns auch nicht nur so, um etwaige Feinde zu täuschen. Jedermann kann davon überzeugt sein, daß wir im Dunklen tappen.

| Was das ist, kann ein Blinder sehen: ein senkrechter Strich. Aber es kann auch ein Baum sein, ein Mast aus Metall, ein Pfahl aus Holz, ein Wurm, eine Schlange, ein Stock, irgend etwas, worauf niemand kommen kann, auch wenn er gründlich nachgedacht hat. Auf jeden Fall hängt dieses vierte Zeichen mit den drei ersten zusammen, ja, man könnte sogar sagen, daß sich das zweite Zeichen aus dem ersten entwickeln läßt, das dritte aus dem zweiten, und das vierte aus dem dritten Zeichen. Ein Punkt, eine Serie von Punkten, waagrecht, nicht senkrecht, weil die senkrechte Serie in Form eines Dop-

pelpunkts folgt, und diese Reihenfolge wurde angewandt, um zur senkrechten Graden zu gelangen. Man kann erwarten, daß sich eine mehrfach unterbrochene Senkrechte anschließt. Unsre Suchtrupps sind unterwegs. Wir warten auf ihre Meldungen. Übrigens ist der senkrechte Strich an der Kreuzung Neckarstraße und Rheinstraße angebracht worden.

¦ Nun eine senkrechte Grade, zweimal unterbrochen, so daß drei kleinere Senkrechten herabstürzen. Ein Symbol für Bomben? Wenn es so ist, wo befand sich das Flugzeug? War es ein Jet, ist er längst an die tausend Kilometer entfernt. Aber es kann auch eine Spur von etwas sein, das sich von Nord nach Süd bewegte. Was ist es? Ein Tier? Was für ein Tier? Ein Mensch? Ein Mensch auf Skiern? Aber mitten im Sommer? Man darf nicht in den Fehler verfallen, das Zeichen für etwas Wirkliches mit dem Wirklichen selbst zu verwechseln. Das Zeichen ist auf dem Bürgersteig vor dem Verwaltungsgebäude des DGB angebracht.

– – – Nach den drei senkrechten Strichen drei waagrechte. Auch das neue Zeichen ist konsequent. Es ist eine Variation des vorhergehenden. Ist es mehr? Sicher. Aber was ist es? Eine neue Spur? Wovon? Man könnte wetten, daß das nächste Zeichen die drei waagrechten Striche zu einer einzigen Linie zusammenschließt, daß eine Art Grenze die Möglichkeiten des Entkommens verschließt. Warum aber erst so und dann anders? Warum wurde erst erlaubt, was dann verboten wurde? Eine Warnung, eine Drohung, ein Versprechen. Die drei waagrechten Striche sind auf den Fahrdamm gepinselt, der zum Hauptbahnhof führt.

+ Ein Kreuz, ebenfalls auf dem Bahnhofsplatz. Zusätzlich: ∗ dieser Stern, ebenda. Zusätzlich: ⊛ dieses Rad. Zusätzlich: ◎ ein Labyrinth. Gleichzeitig Meldungen aus allen Teilen der Stadt, daß ⊙ und ↀ und ○ auftauchen. Weitere Meldungen: die Zeichen hören auf, Zeichen zu sein. Sie erheben sich von

Fahrdamm und Bürgersteig, von was immer, und werden dreidimensional. Sie erscheinen gleichzeitig vor dem Landesmuseum, vor dem alten Theater, vor der Einfahrt zur Tiefgarage, vor dem Weißen Turm, vor dem Neubau des Auditorium Maximum, vor dem Hallenschwimmbad, besonders aber auf dem Gelände der Mathildenhöhe. Indem sie sich jeweils verdoppeln, verdreifachen, vervielfachen, bilden sie Ketten. Wer versucht, die Ketten zu zerbrechen, darunter durchzukriechen oder darüberweg zu springen, wird betäubt, so, als hätten die Figuren, die keine Zeichen mehr sind, wahrscheinlich, weil sie nicht genug beachtet, nicht als das erkannt wurden, was sie sind, die Fähigkeit, ohnmächtig zu machen. Meldungen aus den Nachbarorten ergeben, daß keine Gemeinde frei von den Erscheinungen ist.

Besonders aus dem Odenwald, aus Spessart und Taunus werden die zuletzt erwähnten Zeichen gemeldet. Nun kommt es nicht mehr so sehr darauf an, die Zeichen zu deuten, als vielmehr darauf, dem, was entstand, entsteht und entstehen wird, zu begegnen, von Grund auf, radikal, und sogar auf die Gefahr hin, daß Verluste an Mensch und Material eintreten.

Folglich fragen wir hiermit, ob Sie vielleicht Mittel und Wege kennen, oder auch nur vermuten, die imstande wären, den Zeichen den Garaus zu machen. Selbst wenn Sie davon überzeugt sein sollten, daß Ihre Einfälle untauglich oder sogar widersinnig sind, teilen Sie sie uns, bitte, mit. Absolute Diskretion und hohe Belohnung werden nicht nur versprochen, sondern auch zugesichert. Den Umfang der Belohnung wollen wir, aus naheliegenden Gründen, öffentlich nicht preisgeben. Jedenfalls werden die Beträge nicht niedrig sein. Sollte jemand aus dem Kreis derer, die unsre Stadt und ihre nähere und weitere Umgebung, besonders aber auch die Gebirgswälder, mit ihren Zeichen versehen, willens und fähig sein, uns seine Kenntnisse zu vermitteln, garantieren wir ihm Straffreiheit. Strengste Vertraulichkeit ist selbstverständliche Voraussetzung bei sämtlichen Angaben. Das kleinste Detail kann wichtig sein.

()⌣⌢ Die vier letzten Zeichen, die, auf den ersten Blick, Klammern ähneln, Klammer auf, Klammer zu, Klammer, nach oben geöffnet, Klammer, nach unten offen, scheinen Vogelschwingen zu sein, halbe Vogelschwingen. Denn ein fünftes, das heißt, insgesamt das achtzehnte Zeichen, ⌢⌢ stellt einwandfrei einen Vogel im Flug dar. Dieses Zeichen ist ausschließlich in den Außenbezirken der Stadt aufgetaucht, in Kranichstein vor allem. Kranichstein? Hier gibt es einen direkten Bezug. Doch könnte man sich auch denken, daß wir so assoziieren sollen. Jedenfalls ist eine Irreführung nicht auszuschließen.

Letzte Meldung: die Erscheinungen, zu denen sich noch ⌣⌣ und ∿∿∿ und ʌʌʌʌʌ gesellt haben, zuletzt △, ein Dreieck, worin wir offenbar gefangengesetzt werden sollen, haben sich aufgeklärt. Deshalb bitten wir alle Bewohnerinnen und Bewohner der Stadt, ab sofort alle Hinweise an uns einzustellen, andernfalls sie sich in tödliche Gefahr begeben würden. Bleibe jedermann dort, wo er sich grade befindet, und warte er auf die neuen Befehle der Ameisen, Dachse, Elstern, Igel, Käuze und Ziegen, von Zimt, Rapunzel, Pilz, Lupine, Haselnuß und Distel. Gnade uns Gott.

Die Magistrate.

Liebeslied

Und wäre es der letzte Tag,
wir halten uns umfangen.
Wo einst das Paar in Wollust lag,
die Schwarzen sind gegangen.

Sie kamen aus den Himmeln her,
der Fallschirm spie sie aus.
Wo sie marschierten, ist nichts mehr,
kein Hafer, keine Laus.

Sie blicken, und der Mond wird blind,
sie ziehen ihren Kreis,
die Flossenfüße säen Grind,
ihr Atem speichelt Eis.

Sie blinken mit dem Alphabet
der Unbeweglichkeit.
Ihr Horchgerät, von fern gedreht,
nimmt auf, was weint und schreit.

Doch wäre es die letzte Nacht,
wir halten uns umfangen.
Wir ziehen in die letzte Schlacht
mit Brüsten und mit Wangen.

Die Küsse, die das letzte Paar
vertauscht, sind Tau und Stern.
Das Knie, der Nabel und das Haar
sind Horizont und Kern.

Die Haut errichtet ein Gehäuse,
entzückt und unbezwungen,
die Schwarzen stürzen in die Reuse:
da flattern unsre Zungen.

Doch neue Schwarze im Geviert
umkreisen unsern Akt.
Der Bogen sirrt, der Drache schwirrt,
die Häute sind gelackt.

Da hat ein Regenbogen
uns freundlich angesogen.

Wir sind darin.

Niemand

Ich sitze vor meinem Spiegel und sehe hinein. Ich sitze, weil ich nicht stehen kann. Ich kann nicht stehen, weil ich nicht atmen kann. Natürlich übertreibe ich. Ich wäre kein Clown, wenn ich nicht übertriebe. Aber bin ich noch ein Clown? Nein. Bin ich überhaupt einmal ein Clown gewesen? Nein. Zwar bin ich in Rom, Berlin, Marseille, Zürich, Warschau, Kopenhagen, Amsterdam und Wien aufgetreten, im Zirkus und im Varieté, mehr im Zirkus als im Varieté, lieber im Zirkus als im Varieté. Denn im Zirkus ist mehr Platz, im Zirkus habe ich mehr Luft, habe ich mehr Luft gehabt, meine ich. Ich arbeite schon lange nicht mehr, ich lebe von meinem Geld. Ich habe viel Geld, nicht auf der Bank, sondern im Strumpf, wie man so sagt. Aber das ist nicht genau. Ich bin für die Genauigkeit, weil ich ein Clown bin, nicht bin, war, nicht war. Artisten, die vernachlässigen, was Millimeter und Sekunde sind, taugen nichts. Also, ich habe mein Geld in sämtlichen Taschen meines Mantels und meines Anzugs verteilt. Was jeder finden kann, findet keiner. Ich sitze vor meinem Spiegel und sehe hinein. Wieder ungenau. Der Spiegel ist nicht mein Spiegel. Er gehört dem Hotel, in dem ich wohne. Ich hätte mir einen solchen Spiegel niemals gekauft, von der Decke bis zum Fußboden, mit einem Rahmen, der so breit ist wie meine Hand, und golden, dick und gewölbt, und die Außenleiste besteht aus Schlangen, die sich, eine nach der anderen, in die Schwänze beißen, zweimal senkrecht und zweimal waagrecht. Ja, breit ist meine Hand noch, aber das ist auch alles, was sie noch ist. Sie ist nicht mehr meine eigene Hand. Besonders die rechte Hand ist nicht mehr meine Hand. Beide Hände zittern. Wenn ich mich rasiere, schneide ich mich. Da ich mich vor dem Rasieren fürchte, gehe ich oft zum Friseur und lasse mich rasieren. Ich ekele mich vor mir selber, daß ich so bin, wie ich geworden bin. Ich bin ein alter Mann. Ich weiß es, aber ich kann mich nicht damit abfinden. Es gibt Leute, die sagen, jedes Alter hätte seine eigene Schönheit. Wahrscheinlich sind diese Leute gescheit. Sie verstehen, sich etwas vorzumachen. Aber ich zweifele nicht daran, daß sie auch verlogen, feige und hochmütig sind. Früher, als ich noch ein Clown war, habe ich auf einer einzigen Hand gestanden. Jetzt kann ich kaum noch aus meinen Schuhbändern Schleifen machen. So zittere ich. Deshalb habe ich mir seit ein paar Jahren meistens Schuhe gekauft, in die man einfach hineinschlüpfen kann, ohne sich zu bücken, und ohne daran denken zu müssen, daß es vielleicht nicht gelingt, eine Schleife zu binden. Das Schlimmste ist, daß ich nicht mehr richtig lesen kann. Meine Augen sind noch gut, sogar sehr gut, aber meine Hände machen nicht mehr mit. Zwar können sie die Bücher noch halten, doch sie zittern derart, daß ich die Texte, ein Wort, einen Satz, einen ganzen Abschnitt, erraten muß. Ein Zimmermädchen hat mir einmal gesagt, ich täte gut daran, mir eine Bücherstütze zu kaufen. Ich habe es nicht getan. Ich hasse die Behelfsmittel, die einem etwas vortäuschen, was nicht vorhanden ist. Ich habe gern gelesen, Kriminalromane, Bücher über Marionetten und philosophische Bände, Schopenhauer, Spinoza und Platon. Ich habe nicht alles verstanden, aber das, was ich begriff, habe ich nicht vergessen. Je älter ich wurde, desto lieber habe ich gelesen. Mein ganzes Zimmer ist voller Bücher. Ich sitze vor einem Spiegel und sehe hinein. Ich sehe meine Bücher. Aber sie stehen nur noch so herum. Manchmal hole ich eins aus den Regalen und schnüffele darin. Doch ich stelle sie rasch wieder hinein, um nicht allzu deutlich zu merken, wie wenig ich davon habe. Nein, meine Hände sind nicht mehr meine Hände. Sie sind Klauen eines anderen, eines Wesens, das ich nicht bin, das kein Mensch ist, und das kaum noch lebt. Sie sind erstarrt, kalt und rot: ein Rot, das fast lila ist, das lebt, ohne zu leben, eine Kälte, die nicht eisig ist, sondern nicht da, oder jedenfalls nicht hier, nicht in mir, eine Erstarrung, die keine ist, denn wenn etwas erstarrt ist, muß es sich vorher bewegt haben. Ich kann mir nicht vorstellen, daß diese Hände, die nicht meine Hände sind, einmal gelebt haben, und jetzt sind sie aus Holz, aus rotem Holz, nein, aus lila Holz, aus Holz mit Runzeln, als ob das Holz mit einer

Haut überzogen wäre, aus Holz mit grauen Röhrchen auf der Oberfläche, die wie Fahrradgummi aussehen, und an den fünf Stümpfen des Holzes sind kleine Mulden aus Horn angebracht, doch das Horn reißt und bröckelt. Auf der rechten Hand, oder was das für ein Ding ist, das ich im Spiegel sehe, sind obendrein braune Flecken, kein Dreck, wie ich feststellte, als ich sie zum erstenmal sah und versuchte, sie wegzuwischen, sondern Male, die beweisen, daß das Verhältnis der Leber zum Blut gestört ist. Alles wird vom Herzen verursacht. Ich sitze vor dem Spiegel und sehe hinein. Alles kann ich sehen, nur mein Herz nicht. Ich sehe das Bild an der Wand und die Plastik auf der Konsole. Das Bild stellt einen Herrn aus den besten Kreisen um die Jahrhundertwende dar, der eine Dame aus denselben Kreisen durch einen Wildbach trägt. Da ich nichts für diese Kreise übrig habe, bat ich den Hoteldirektor, das Gemälde entfernen zu lassen. Er lehnte es ab, ohne einen Grund zu nennen. Aber ich kenne den Grund. Neugierig, wie alte Männer sind, die nicht mehr wissen, was sie mit den Tagen und Nächten anfangen sollen, und die nur noch auf Jenen warten, hob ich das Gemälde ab und entdeckte, daß die Tapete darunter fehlte. So ist alles, was mich umgibt. Mein Zimmer hat gepolsterte Doppeltüren, und ich höre den Staubsauger und das Geschwätz auf dem Gang trotzdem. Es ist durch Doppelfenster vor Kälte geschützt, aber da schlecht geheizt ist, friere ich, als schwebe der Nebel vom See durch die Ritzen ins Zimmer hinein. Es kann natürlich auch sein, daß ich friere, weil ich alt bin. Wer sich nicht bewegt, weil er ein krankes Herz hat, wer ein krankes Herz hat, weil er sich nicht bewegt, friert. Wer kaum noch atmen kann, friert. Ich sitze vor dem Spiegel und sehe hinein. Ich hebe mich etwas hoch und hauche gegen das Glas. Ich sehe nichts, gar nichts. Wenn das richtig ist, was in meinen Kriminalromanen steht, lebe ich schon in diesem Augenblick nicht mehr. Der Detektiv bückt sich zu dem Toten, oder Fast-Toten, hinunter und hält ihm einen Spiegel vor den offenstehenden Mund. Beschlägt sich das Glas, lebt das Opfer. Bleibt es klar, ist Jener erschienen. Ich sitze vor dem Spiegel und sehe hinein. Ich hebe mich hoch, zum zweitenmal. Es fällt mir schwer. Ich berühre das Glas fast mit dem Mund. Ich hauche, etwas, mehr, stark, sooft, bis ich nicht mehr kann. Nichts, gar nichts. Entweder irren sich die Verfasser der Kriminalromane, oder ich atme nur noch halb soviel wie die Gesunden, und ich habe immer dann gegen den Spiegel gehaucht, wenn ich einen Atemzug überschlagen mußte. Ich bin noch nicht gestorben, aber es ist höchste Zeit, daß ich das Hotel verlasse, um zu sterben. Das Hotel mit den Telefonen in allen Zimmern, aber niemand ruft mich an. Es kann mich niemand anrufen, da niemand weiß, wo ich bin, und wer ich bin. Ich bin allein. Niemand kümmert sich um mich, und ich kümmere mich um niemanden. Ich ziehe von einem Hotel ins andere. Diesmal habe ich mich unter einem falschen Namen eingetragen. Ich habe mein Gesicht verändert. Ich sitze vor dem Spiegel und sehe hinein. Ich habe kein Gesicht mehr, das heißt, ich habe nicht mehr mein eigenes Gesicht. Zwar habe ich das schon längst nicht mehr: die Haare grau, die Haare weiß, die Haare ausgefallen, die Augen eingefallen, matt, mit fast geschlossenen Lidern darüber, mit Tränensäcken darunter, Säkke, von Tränen verursacht, die ich, das schwöre ich, nicht geweint habe, die Nase, keine Nase mehr, sondern nur noch ein Knochen, so hautlos, wie mir schien, als ich sie zum erstenmal verändert sah, daß ich sie anfaßte, um die Haut zu spüren, den Schwund der Haut, den Rest der Haut, so dünn wie Bibelpapier, die Haut auf den Schläfenknochen, die Haut auf dem Unterkiefer, die Haut auf den Ohren, dünner als Bibelpapier, dabei glitzernd, nicht stumpf, die Zähne ausgefallen, beim Biß in ein Brötchen, das nicht weich genug war, das ich nicht vorsichtig genug kaute, die Lippen weg, nach innen gesunken, als wäre mein Maul eine Muschelöffnung. Zwar habe ich mein eigenes Gesicht schon längst nicht mehr, aber jetzt, seit zwei Monaten, habe ich zusätzlich die letzten Ähnlichkeiten, die vielleicht noch vorhanden waren, vertilgt. Niemand kann mich erkennen. Ich habe mir einen Schnurrbart wachsen lassen, wobei ich mich wundere, daß Haare wachsen können, wenn Haare verschwinden. Ich habe meine Augenbrauen, die, anders als meine Kopfhaare, stehengeblieben waren, immer wieder abrasiert. Ich habe mir eine Sonnenbrille angeschafft. Ich sitze vor dem Spiegel und sehe hinein. Ich, ein Clown, habe nie ein eigenes Gesicht gehabt. Oder ich habe immer zwei Gesichter gehabt. Ich ging in meine Garderobe und sah so aus, wie jedermann aussieht. Ich machte einen Purzelbaum in die Manege und sah so aus, wie jeder Clown aussieht, weiße Gesichtsfläche, rote Nase, rote Backen. Ich ging in die Garderobe und hatte einen Anzug an, wie alle Männer ihn tragen. Ich fiel über meine eigenen Füße in den Sand, wo die Indianer eine Postkutsche überfielen, die grade versuchte, durch ein Gewässer zu fahren, und hatte ein Harlekinkostüm an. Ich war nicht mehr ich selbst. Ich war ein Clown. Ich stand auf einer einzigen Hand. Ich ging auf beiden Händen. Ich hüpfte auf einer einzigen Hand. Ich drehte mich auf einer einzigen Hand um mich selbst. Ich stand auf einer einzigen Hand und zog mein Harlekinkostüm aus, weiß, mit schwarzen Pompons, und schleuderte meinen spitzen Hut, weiß, mit schwarzen Pompons, in die Luft und fing ihn mit den Füßen wieder auf, die oben waren statt unten, wie es sich gehört, und trat ihn mit den Füßen fort. Jetzt hatte ich einen Frack an. Ich schlug Kobolz und fiel auf meine Füße, wie es sich für einen Herrn ziemt, der einen Frack trägt. Ich schüttelte mich, und der Frack flog, wie an einem unsichtbaren Seil gezogen, bis in die Spitze des Zelts hinein, wo ihn eine Seiltänzerin mit den Zähnen schnappte. Jetzt war ich ein Landstreicher, Flicken auf Flicken, die immer wieder abfielen, haha, so daß man bald am Knie, bald auf der Brust meine bloße Haut sehen konnte, haha, wie die Damen kreischten, haha, aber ich klebte die Flicken wieder auf die Flicken, haha, mit Spucke, wie es schien, doch die Flicken waren präpariert. Da ein Strolch sagen kann, was er will, sagte ich, was ich wollte. Ich sagte: ich möchte gern ein König sein, und wenn ich ein König wäre, würde ich gerne ein Strolch sein, aber am liebsten wäre ich beides, ein König und ein Strolch zusammen, und dann würde ich mich mit mir selbst unterhalten. Ich, der Strolch, würde zu mir, dem König, sagen, ich will etwas. Was denn? würde ich mir antworten. Ich möchte, daß Sie mir drei Wünsche erfüllen, würde ich fortfahren. Sagen sie, würde ich antworten. Fein, würde ich sagen, erster Wunsch, lassen Sie mich König sein. Genehmigt, würde ich antworten. Zweiter Wunsch, würde ich sagen, erlauben Sie mir, daß ich Sie absetze. Ungern genehmigt, würde ich antworten. Dritter Wunsch, würde ich sagen, gestatten Sie mir, daß ich Sie begnadige. Gern genehmigt, würde ich antworten. Gern? würde ich fragen, daß Du Dich mal nicht zu früh freust. Wieso? würde ich, als König, zurückfragen. Du wärst kein König mehr, würde ich, als Strolch, antworten, sondern ein Strolch, wie ich, nichts haben, nichts sein, nichts werden. Ich sitze vor dem Spiegel und sehe hinein. Ich bin kein Strolch mehr, kein Frack, kein Harlekin, kein Clown, kein Greis. Ich bin nichts mehr. Übrigens bin ich nie etwas gewesen. Nie etwas Rechtes, meine ich. Als ich geboren war, ließen meine Eltern Karten drucken, auf denen, „mit stolzer Freude" stand. Als ich zwanzig Jahre alt war, wollte ich ein Mann im feurigen Ofen werden: nein, König, nein, ich glaube nicht an Sie, ich glaube nicht an mich, ich glaube daran, daß der Grashalm mehr ist als der Elefant, der ihn zertritt, werfen Sie mich ruhig in Ihren Ofen, ich werde von dem Grashalm singen, und die Flammen werden mich nicht verbrennen. Als ich sechzig Jahre alt geworden war, machte ich Späße und Späßchen mit dem König, den ich hatte überwinden wollen. Heute bin ich siebzig Jahre alt. Ach ja, ich habe heute Geburtstag. Wer bin ich an meinem siebzigsten Geburtstag? Ich sitze vor dem Spiegel und sehe hinein. Ich bin ein blinder, stummer und tauber Zwerg, ein Ungeheuer vor lauter Blindheit, Stummheit und Taubheit, die Blindheit selbst, die Stummheit selbst, die Taubheit selbst. Ich, Ungeheuer, das dem Luftballon gleicht, den der Clown aufsticht, und nichts ist übriggeblieben außer einem Gummiknäuel und einer Schnur, aus der man einen Strick drehen kann, ich mache mich davon. Ich muß mich heute davonmachen. Jetzt. Sofort. Wenn ich mich heute nicht entferne, schaffe ich es nie, so zu sterben, wie ein Clown zu sterben hat, oder er ist nie ein Clown gewesen. Denn ich merke, daß sich ein Anfall nähert, und dieser Anfall wird der letzte sein. Ich weiß noch, wie könnte ich es nicht wissen, wann der erste kam. Ich saß zwischen einer Hoheschulenummer und einer Pyramidennummer in der Manege und fraß Nudeln, lange, äußerst lange Nudeln. Ich hatte die Szene einem Schauspieler abgeguckt. Warum nicht? dachte ich. Mehr als ein Dutzend Einfälle gibt es nicht. Es kommt nur darauf an, daß man variiert. Ich variierte insofern, als jener Schauspieler, der seinerseits bestimmt einen dritten Akteur nachahmte und variierte, an einem leibhaftigen Tisch saß und von einem leibhaftigen Teller leibhaftige Nudeln leibhaftig aß, während ich den Tisch, den Teller, die Nudeln und das Fressen spielte. Da hörte ich plötzlich zu atmen auf. Eben atmete ich noch, und jetzt atmete ich nicht mehr. Ich atmete nur einen einzelnen Atemzug nicht. Statt der Atemzüge sieben und acht und neun atmete ich nur die Atemzüge sieben und neun. Dann war alles wieder normal. Es war normal, und es war nicht normal. Denn von nun an war ich nie wieder allein. Von nun an war ich da, und die Angst war da. Sie verließ mich nie wieder. Ich hatte Angst, wenn ich morgens aufwachte. Werde ich den Tag überstehen? Wenn ich arbeitete. Werde ich die Nummer beenden? Bevor ich einschlief. Das war am schlimmsten. Das ist am schlimmsten, weil es gestern abend nicht anders war. Das war am schlimmsten, weil ich den heutigen Abend nicht mehr erleben werde. Es wurde von Jahr zu Jahr schlimmer. Ich hatte Angst, daß ich in dieser Nacht sterben würde, ja, eben in dieser Nacht. Ich hatte Angst, daß ich einschlafen würde, und dann kam der Anfall, und ich könnte nichts dagegen tun. Ich hatte Angst, daß der Anfall käme, wenn ich wach wäre, und dann würde sich herausstellen, daß kein Arzt auf der ganzen Erde, kein Medikament und keine Übung, etwas dagegen ausrichten könnte. Ich hatte Angst vor der Angst. Einmal, am Anfang, ging ich zu einem sogenannten berühmten Arzt und ließ mir ein Elektrokardiogramm machen, so ein Stück Papier, auf das ein Geistergriffel eine Geisterlinie kritzelt, hinauf, hinab, hinauf, hinab, und so weiter, und wenn das Hinauf und das Hinunter regelmäßig ist, dann ist das Herz in Ordnung, wenn aber die Zickzacklinie unregelmäßig verläuft, ist Gefahr im Verzug. Meine Linie war regelmäßig. Ich war gesund. Aber der dumme Geist irrte sich. Die Anfälle hörten nicht auf, sondern nahmen zu. Schließlich erschienen sie täglich, schreckliche Seher eines schrecklichen Endes. Ich war kein Clown mehr. Ich tat nur noch so. Manchmal hatte ich es satt und sprang und überschlug mich und lief, höher und verzwickter und schneller, als es nötig war, um meine Effekte zu erzielen. He, Geist, komm, faß den Clown an, schlepp ihn ab, wirf ihn auf den Müll. Aber der Geist zögerte. Warum, weiß ich nicht. Vielleicht wollte er mit dem Clown wie ein Clown umgehen. Bis heute zögerte er. Nun kommt er, nun ist er gekommen, nun faßt er mich an, nun hat er mich angefaßt. Doch abgeschleppt hat er mich noch nicht. Auf den Müll geworfen hat er mich noch nicht. Zögert er abermals? Ich glaube es nicht. Er ist dumm, das ist es. Ich, ich bin nicht dumm. Ich werde ihm ein Schnippchen schlagen. Ich werde allen ein Schnippchen schlagen. Ich sitze vor dem Spiegel und sehe hinein. Ich werde das Zimmer, das mein Zimmer gewesen ist, verlassen. Ich werde die Plastik auf der Konsole nicht mehr sehen, die eine Balletteuse darstellt, jung, albern, mit Zöpfchen, im Trikot, pirouettierend, das andere Bein weggestreckt, die Augen zu, verzückt, falsch verzückt, meine Dame, Sie sollen nicht verzückt sein, Sie müssen das Publikum verzücken, vergoldet, hohl. Ich werde an der Lichtrufanlage vorbeigehen, die mal funktioniert, mal nicht, doch wenn sie funktioniert, kommt keiner, und wenn sie nicht funktioniert, will ich etwas haben, den Gang entlang, wo noch die Schuhe stehen, mit den Kreidenummern auf den Sohlen, ein Paar Männerschuhe, ein Paar Frauenschuhe, ein Paar Männerschuhe mit einem Paar Frauenschuhe zusammen, über den Läufer, dick, weich, aber das Linoleum darunter ist gesprungen und riecht nach billiger Paste, die Treppe hinunter, nicht mit dem Fahrstuhl, wenn man es am Herzen hat, muß man viel laufen, Vorsicht mit der Treppe,

Clown, die Stange auf der drittletzten Stufe ist lose, verheddere Dich nicht, falle nicht, bis zum Portier mit den Litzen, die Offiziersschnüren ähneln und den Gästen Angst machen sollen, daß sie nicht die Zeche prellen oder Damen mitbringen, Angst, als hätte ich nicht genug Angst, der Portier, der sich Empfang nennt, schmiert mir, da ich ein guter Gast bin, das beste Zimmer, Einnahme seit einem Monat, pünktlich jeden Montag bezahlt, Honig ums Maul: spazieren, Herr Doktor, ja, ein bißchen, wenns geht, Sie wissen, mein Herz, wird schon wieder werden, natürlich, es wird. Es wird werden, meine Reise nach Irgendwohin, in irgendeine kleine Stadt, die einen Markt hat, mittwochs haben alle kleinen Städte Markt. Ich habe mir ein paar andere Arten überlegt, wie ich mich wohl aufs anonymste entfernen könnte. Ich habe sie verworfen, in den Wald hineingehen und mir ein Grab graben, in den See hineinschwimmen und ertrinken, das japanische Messer nehmen und mich erstechen. Java erreiche ich nicht mehr, wo sich die alten Leute, wenn sie merken, daß es soweit ist, in ein Sterbehaus legen und warten. Ein Indianer bin ich nicht, der, wenn er siebzig Jahre alt geworden ist, sich in seinen Einbaum setzt und zu den Stromschnellen paddelt. Auch ein Eskimo bin ich nicht, der sich in seinen Iglu begibt, und irgend jemand, ich hätte nicht einmal jemanden, schließt die Eistür hinter ihm zu. Nein, ich werde auf einen Markt gehen, wo die gesunden Weiber den gesunden Weibern Spargel, Blumenkohl und Radieschen verkaufen. Dort, wo alles gesund ist, wird mit einemmal ein Leichnam liegen. Er wird die Gesunden und die Gesundheit mit seinem Aussatz so anstecken, daß niemand mehr Appetit auf Radieschen, Blumenkohl und Spargel hat. Wer ist das? werden sie fragen, zitternd, wie der Leichnam zitterte, als er noch nicht den Kauf und den Verkauf gestört hatte, wer ist das, hat er keinen Paß bei sich? Aber, Kinder, ich werde doch keinen Ausweis bei mir haben, Ihr sollt mich doch nicht erkennen, Ihr sollt doch nicht wissen, wer ich bin, Ihr sollt Euch doch mit mir beschäftigen, lange, vergeblich, ratlos, zornig vor Ratlosigkeit, das ist doch der Witz. Wer Clown war, will Clown bleiben, bis die Totengräber in die Hände spucken. Nein, ich werde nichts in den Taschen meines Konfektionsanzugs haben. Ich werde sogar die Firmenschildchen aus dem Anzug und aus den Schuhen entfernt haben. So habe ich es auch mit meinen Koffern im Hotel gemacht. Mit meinen Strümpfen, Handschuhen, Hüten. Oh, ich sitze noch immer vor dem Spiegel und sehe hinein. Ich muß mich auf die Strümpfe machen, auf meine letzten Strümpfe. Ich bin ganz zufrieden. Ich bin sogar lustig. Nur mein Geld stört mich. Clown, was machst Du mit dem Geld? Wegschenken, Clown, aber nicht diesem oder jenem in die Hand drücken, das hinterläßt Spuren, sondern in die Bankritzen stecken, wenn Du Eisenbahn fährst, in Hausflure gehen, wenn Du in der kleinen Stadt bist, auf die Fensterbretter legen, unter die Fußmatten, durch die Briefschlitze werfen. Clown, sei bis zum letzten Augenblick ein Clown. Wo kommt das Geld her? Hat jemand gesehen, daß ich das Geld gefunden habe? Was fange ich mit dem Geld an? Gebe ich es ab? Wem? Wo? Behalte ich es? Mache ich mich strafbar, wenn ich es nehme, ohne es auszugeben? Warum aber soll ich nehmen, wenn ich es nicht ausgebe? Clown sein, verwirren, zaubern. Das eine ist das eine, das andre ist das andre. Ja, und jetzt, ist das eine noch das eine, ist das andre noch das andre? Ist das eine nicht das andre geworden, ist das andre nicht das eine geworden? Was ist was? Wird aus der Taube eine Flamme, wird aus der Flamme eine Taube? Ist der Leichnam ein Rentner oder ein Verbrecher oder ein Idiot oder ein Richter? Ist der Leichnam ein Leichnam? Oder ist er ein Spaßvogel, der aufsteht und sagt: ich wollte Sie nur erschrecken? Oder ist er ein Schatten? Oder eine Täuschung? Unsinn, da liegt er doch, schleppt ihn ab, werft ihn auf den Müll, den Nichtsnutz, den Störenfried, den Niemand, der verschweigt, wer er ist.

Verhör

Was machen Sie nach dieser Unterhaltung? fragt der Verhörende. Sie haben sich versprochen, antwortet der Verhörte. Ich berichtige mich, sagt der Verhörende, was machen Sie nach diesem Verhör? Ich gehe in meine Zelle zurück, antwortet der Verhörte, aber lieber würde ich irgendwohin gehen. Um was zu tun? fragt der Verhörende. Entweder würde ich ein Feuer anmachen, antwortet der Verhörte, und mich wärmen, oder ich würde mich neben einen Bach legen und von seinem Wasser trinken, oder ich würde einmal durch die Luft springen, das heißt, einen Luftsprung tun, oder ich würde die Erde abwandern, von hier bis sonstwohin, solang, wie ich kann. Aber Sie kehren in Ihre Zelle zurück, sagt der Verhörende. Und was machen Sie? fragt der Verhörte. Ich fülle sie mit Wasser an, sagt der Verhörende. Sie, klein geschrieben, oder Sie, groß geschrieben? fragt der Verhörte. Erst klein geschrieben, antwortet der Verhörende, dann groß geschrieben. Erst schwimme ich, sagt der Verhörte. Und dann? fragt der Verhörende. Dann hoffe ich, antwortet der Verhörte, ein Walfisch zu werden. Werden Sie es? fragt der Verhörende. Ich hoffe es, antwortet der Verhörte. Also gut, sagt der Verhörende, Sie sind ein Walfisch geworden, ich aber lasse das Wasser aus Ihrer Zelle heraus, und was ist dann? Ich ersticke nicht, antwortet der Verhörte, weil ich ein Walfisch bin. Sie ersticken, sagt der Verhörende, denn ich entferne auch die Luft aus Ihrer Zelle. Ich ersticke nicht, sagt der Verhörte, denn ich bin ein Walfisch, und drücke so kräftig gegen die Wände meiner Zelle, daß ich sie eindrücke. Sie und ich, sagt der Verhörende, haben es mit den Elementen. Womit könnten wir es sonst haben? sagt der Verhörte, nur ist es bei Ihnen anders als bei mir. Entgegengesetzt, sagt der Verhörende, Sie machen etwas Gutes daraus, ich aber benutze sie als Mittel zum Zweck. Sie sind eben der Verhörende, sagt der Verhörte, aber ich frage mich, ob Sie es bleiben. Wenn Sie mich fragen, sagt der Verhörende, antworte ich Ihnen, daß ich es bleiben werde. Wasser und Luft, sagt der Verhörte, Sie haben das Feuer vergessen. Ach ja, sagt der Verhörende, ich werde Feuer an Ihre Zelle legen, Wasser, Luft und Feuer, das macht Sie fertig. Wenn meine Zelle brennt, sagt der Verhörte, brennt Ihr Gefängnis mit. Nein, sagt der Verhörende, ich verstehe mich aufs Brandlegen, und also brennt nur das, was brennen soll. Jetzt haben Sie schon wieder etwas vernachlässigt, sagt der Verhörte. Die Erde, sagt der Verhörende. Die Steine meiner Zellenwände sind aus Erde gemacht, sagt der Verhörte, das Feuer, das mich töten soll, lockert die Steine, und ich, fort durch ein Loch in der Wand, und hinaus, und über alle Berge. Die Erde zu bewegen, sagt der Verhörende, fällt nicht schwer. Ich weiß, sagt der Verhörte, was Sie wissen, es gibt Erdveränderungen, von der Erde zur Erde, vom Himmel zur Erde, von der Erde über den Himmel zur Erde. Also, sagt der Verhörende, hüten Sie sich. Ich warne Sie, sagt der Verhörte, ich weiß etwas, was Sie nicht wissen. Wovor warnen Sie mich? fragt der Verhörende. Vor dem fünften Element, antwortet der Verhörte. Was ist das? fragt der Verhörende. Der Widerstand, antwortet der Verhörte. Widersteh einmal gegen Wasser und Luft, sagt der Verhörende, gegen Feuer und Erde. Ich widerstehe nicht, sagt der Verhörte, das fünfte Element widersteht. Warum sagst du mir nicht, fragt der Verhörende, was es ist? Ein Satz, antwortet der Verhörte. Nenne ihn, sagt der Verhörende. Finde ihn, sagt der Verhörte. Und wenn ich ihn gefunden habe? fragt der Verhörende. Verfolgst du mich nicht mehr, antwortet der Verhörte. Was heißt das? fragt der Verhörende. Mein Satz wird dein Satz sein, sagt der Verhörte.

Im Café

Mit einemmal hörten alle im Café etwas. Aber da sie nicht erkannten, was es war, taten sie so, als hätten sie nichts gehört. Denn wenn es im Sinne gewesen wäre, hätten sie es verstanden, weil alles, was im Sinne war, jedermann bekannt war, so daß das, was unbekannt war, nicht im Sinne war.

Zwei Damen aßen Schillerlocken und unterhielten sich so laut, daß jeder es hören konnte. Die eine sagte dies, die andre sagte jenes, aber die eine antwortete nicht der andern, wie auch die andre nicht der einen antwortete, sondern beide redeten insgesamt nur einen einzigen Satz, den sie fortsetzten und fortsetzten. Es schien, sie könnten nie damit aufhören, und also war es auch gleich, wer von ihnen den einen oder den andern Satzteil sagte.

ich habe ihn gesehen

in der Wochenschau?

nein, persönlich

ganz aus der Nähe?

ich habe ihm die Hand gegeben, das heißt, er hat mir die Hand gegeben, und er hat sie sogar geküßt

Sie Glückspilz

ja, ich bin glücklich

bitte, erzählen Sie mir, wie es dazu kam, oder dürfen Sie es nicht preisgeben?

es ist nichts dabei, das heißt, es ist sehr viel dabei, äußerst viel, erstens, bedeutet es für eine Frauenschaftsführerin unendlich viel, wenn sie ihm in die Augen blicken darf

sie sind blau, nicht wahr?

so blau, daß man meint, von jetzt an könnte es kein andres Blau mehr geben

und zweitens?

zweitens, war es ein Treffen von Versehrten des Weltkriegs, zwar aus fast allen Ländern Europas, die sich davon überzeugen wollten, daß er für den Frieden und nur für den Frieden ist

sie überzeugten sich davon

das will ich meinen

wie war er?

ehrlich und weltmännisch, wie einer von ihnen

ein blinder Meldegänger unter denen, die nichts mehr sehen können

die nur noch ein Bein oder keine Arme mehr haben

sie fuhren getröstet nach Hause

voll Hoffnung, daß wenigstens ihre Kinder und Enkel ruhig schlafen können

glücklich, wie wir alle

Aber das, was alle gehört, doch nicht begriffen hatten, fuhr fort, von oben, aus irgendeinem Stock des Hauses, nach unten, ins Café hinab, zu stürzen, bald laut, bald leise. Doch das Leise wurde immer weniger, das Laute wurde immer mehr, manchmal allerdings wurde das Geräusch, oder was es sonst war, stumm, ganz stumm, so, als wollte der, oder die, welche es verursacht hatten, es verheimlichen. Aber grade das Schweigen dessen, was eben noch herab gesickert oder gesprungen war, war besonders böse, ja, verrucht. Keiner im Café konnte sich der Stille entziehen, jeder wartete darauf, daß das Geräusch wieder anfing. Doch war es eins, und wenn es eins war, was für eins war es, und wenn es kein Geräusch war, war es eine Stimme?

Zwei Studenten tranken Enzian. Sie redeten so leise miteinander, daß kein andrer hören konnte, was sie sprachen. Aber damit niemand argwöhnte, sie unterhielten sich über etwas Ungehöriges oder sogar Verbotenes, riefen sie sich ein paarmal, der eine dem andern, oder umgekehrt, einen Satz zu, der spaßig, also harmlos, war. Der, welcher so angeredet worden war, antwortete, rasch und selbstverständlich, in derselben Weise, so, als hätten sie, ehe sie ins Café gingen, das Hin und Her ausgemacht.

ein Übungsflug

ein Flug zum Üben, Kinder, so macht man ein Ziel aus, fliegt man ein Ziel an, so geht man ins Ziel hinein, Kinder, es ist puppenleicht aber die Kinder, die anfliegen, und die, welche angeflogen werden, sind nicht dieselben Kinder

seit wann sind die Mörder gleich den Ermordeten?

und die Ermordeten haben Puppen, die Mörder haben keine

dafür haben sie Bomben

die Bomben ermorden auch die Puppen

sie ermorden alles, die Väter dazu, die Mütter dazu, die Großeltern, die Ziegen, die Katzen, die Schmetterlinge

das Bett, den Tisch, den Stuhl, den Ofen, den Stall, den Brunnen, den Baum

mitten im Frieden

dort, wo die Bomben gefallen sind, ist kein Frieden mehr, und wenn erst an einem Ort aus dem Frieden ein Krieg geworden ist, kommt es an allen Orten zum Krieg, denn der Frieden ist unteilbar

was Du gesagt hast, ist richtig, bis auf eins

was ist das?

aus dem Frieden wird kein Krieg, sondern aus dem Frieden wird ein Krieg gemacht

wir haben ihn gemacht

wir haben Dreck aus uns gemacht

wir?

wer sonst?

also auch Du und ich?

auch ich und Du

aber wir räkeln uns in diesem schicken Café, trinken unsern Enzian und poussieren mit den Mädchen am Nebentisch

eben das ist es

Du übertreibst

ich übertreibe, gut, aber sind die Bomben auf jenen Ort keine Übertreibung?

wo liegt er eigentlich?

in Spanien

wie heißt er?

Gernika, oder so ähnlich

Gernika, der erste Punkt also, und neben den ersten Punkt zeichnen sie den zweiten in ihre Mordkarte

wir

ich rede immer noch so, wie ich bisher gedacht habe

pst

bin ich zu laut?

die Mädchen

die Gänse

vielleicht sind sie keine Spitzel, aber weißt Du genau, daß sie uns nicht anzeigen?

aus Liebe zu ihrem Gott, schön

es ist nicht schön

es ist häßlich, es ist so gräßlich, daß es nicht auszudenken ist

aber wir beide müssen darüber nachdenken

und viele andre dazu

aus dem ersten und zweiten Punkt wird eine Linie, aus der einen Linie werden hundert und tausend Linien

wir werden helfen, die Linien zu ziehen

wieso das?

wenn es soweit ist, werden sie uns holen

ich weigere mich

ich mich auch, aber dann werden sie uns in eins von ihren Lagern stecken

gibt es die?

horch

In diesem Augenblick hörten sie, und alle andern, die im Café saßen und tranken, eine Stimme. Sie kam von hoch oben herab, von dorther, von wo auch das Geräusch zu ihnen gekommen war. Da wußten alle, daß das Geräusch schon immer eine Stimme gewesen war. Sie hatten sich nur nicht darum gekümmert, weil sie dachten, was ich nicht weiß, macht mich nicht heiß. Oder sie überlegten zwar, was ist das, um Gottes willen, aber sie dachten schnell an etwas andres. Oder sie hörten auch nicht auf, daran zu denken, doch sie ließen sich ihre Gedanken nicht anmerken. Zwei junge Mädchen, eben die, mit denen die beiden Studenten flirteten, aber ihre Gedanken flirteten nicht, nur ihre Augen, aßen Mohrenköpfe. Sie aßen um die Wette, die eine hatte schon vier Stück hinter sich, die andre war bereits beim fünften Stück. Am liebsten hätten sie es aufgegeben, so übel war ihnen, doch keine wollte darauf verzichten, die andre zu besiegen. Auch interessierten sie sich eigentlich gar nicht mehr für die süßen Teilchen, was zuviel ist, ist zuviel, und aus süß wird sauer. Eigentlich war ihnen nur noch eins wichtig, das Erzählen.

also, es gibt doch bekanntlich keine Dienstmädchen

wie schrecklich

Du, das ist nicht komisch, Du solltest Dir einmal die Kartoffelschälhände meiner Mutter ansehen

habt Ihr nun ein Dienstmädchen oder nicht?

wir haben

und wie habt Ihr es bekommen? Gestohlen?

so ähnlich, ersteigert

ist das sozial?

scheißsozial, wir sind in einem Club

im Club der Dienstmädchenversteigerungen?

im Club der Damen, und da die Damen keine Dienstmädchen kriegen können, aber unbedingt welche brauchen, versteigern sie das, was so gnädig ist, sich zu melden, ist das nicht in Ordnung?

die gnädigen Frauen

bist Du nun meine Freundin oder nicht?

ich bin es, keine Angst

dann rede nicht so kommunistisch

ich und kommunistisch

ich wollte Dich nicht kränken

also, Ihr habt es

jawohl, und wir sind sogar zufrieden damit

ist das Ding, oder was es sonst ist, auch zufrieden mit Euch?

warum fragst Du so komisch?

nur so

noch eine Frage gefällig?

war es schön teuer?

Mutti hat eine ganz schöne Stange Geld dafür bezahlt, aber ich will Dir einmal etwas sagen

was, bitteschön?

das war die letzte Frage, die ich Dir in meinem ganzen Leben beantwortet habe

ich wollte Dir grade raten, Dir selber Fragen zu stellen, damit kommst Du weiter

wohin?

zur Vernunft

Allmählich hätten sie die Stimme, oder waren es zwei, sogar verstehen können, wenn sie sich nicht die Ohren zugehalten hätten, mit den dreckigen Händen die dreckigen Ohren, damit die dreckigen Gedanken nicht gestört würden. Aber es ist wohl kein Zweifel daran, daß irgendeiner von ihnen, vielleicht einer der beiden Studenten, nur noch auf jene Stimme hörte, und alles andre darüber vergaß, auf den Schrei, der aus ihr sprang, ja, sie ganz ausfüllte, so daß von der Stimme nichts mehr als der Schrei übrig blieb. Doch obwohl er so hoch war, wie der Ruf einer Lerche, die von einem Sperber überfallen worden ist, waren seine Teile doch zu unterscheiden. Sie bestanden, als würden sie im Zustand der Ruhe gesprochen, aus Buchstaben und Wörtern und Sätzen, die sich immer wiederholten. Ich bin nicht irr, schrie die Stimme, die man nicht als weibliche oder männliche Stimme unterscheiden konnte, so außerordentlich war sie in Not, Sie wollen mich bloß irr machen, und auch wenn ich irr wäre, dürften Sie mich nicht so verhören, oder grade, wenn ich irr wäre, dürften Sie es nicht, denn ... Aber da war eine zweite Stimme zu hören, die eigentlich gar keine menschliche Stimme war, so scheußlich war sie, und auch wieder nicht scheußlich im menschlichen Sinn, weil sie so mechanisch war, wie aus einem Apparat, der nachplappert, was in ihn hinein gestanzt worden ist. Die zweite Stimme schnitt den Satz der ersten Stimme mitten entzwei: denn, hatte die erste Stimme gerufen, und sie vertrat alle andern Stimmen, die so dachten wie sie. Doch eben der Umstand, daß sie dachte, mißfiel der andern Stimme, und auch sie vertrat alle die Stimmen, die so waren wie sie. Sie aber waren die einzigen Stimmen, die es geben durfte, sie allein durften sagen, so ist es, oder, so ist es nicht, und wer ihnen widersprach, dem zerschnitten sie die Sätze, und die Münder, und die Atemzüge.

Um nicht zu hören, was sie hätten hören müssen, ließen die einen im Café ihre Liebesknochen oder Sahneneisbaisers stehen, und machten, daß sie davon kamen, nach Hause, in ihre stickigen vier Wände, wo sie am Radio drehen und die Stimme ihres Herrn vernehmen konnten. Die andern aber, welche im Café blieben, weil sie wähnten, erst das Verhör oben im Haus erlaube ihnen, in Ruhe und Ordnung ihre Weiße mit Schuß zu trinken oder ihre zwei Eier im Glas zu essen, schwätzten im gleichen Verhältnis lauter und schneller, als die menschliche Stimme und der unmenschliche Apparat über ihren gleichgültigen Hirnen akustisch zunahmen.

oben: Hilfe

unten: ich kann nicht helfen

oben: keiner hört Sie, außer mir, und Ihnen selbst, Ihre Schreie helfen Ihnen nichts

unten: und Du, Erika, kannst mir auch nicht behilflich sein, was es ist, ach, nichts ist es, Erika

oben: also gut, Sie sind nicht irr, und ich will einmal annehmen, Sie verstellen sich nicht

unten: es ist natürlich doch etwas, und wenn Du mir versprichst, daß Du dicht hältst

oben: wir sind ja schließlich keine Unmenschen, sagen Sie mir, was Sie wissen, und Sie können gehen

unten: ich muß mich, aber Du schweigst wie das Grab, von Horst trennen

oben: bitte, wie Sie wünschen, ich weiß, daß Sie etwas wissen, Sie behaupten, Sie wissen nichts, also lügen Sie, ich aber kann Lügen nicht ausstehen

unten: er ist nicht rein arisch, was sagst Du dazu, er hat es mir unterschlagen, obwohl ihm genau bekannt war, daß ich die rechte Hand vom Gruppenführer bin

oben: Hilfe

unten: ich kann ihm nicht helfen

Hilfe, schrie es, ich habe ihm sogar die Hand gegeben, antwortete es, Hilfe, habt Ihr nun ein Dienstmädchen oder nicht, Hilfe, ich muß mich von Horst trennen, Hilfe, voll Hoffnung, daß wenigstens ihre Kinder und Enkel ruhig schlafen können, Hilfe, ist das Ding, oder was es sonst ist, auch zufrieden mit Euch, Hilfe, er hat es mir unterschlagen, obwohl ihm genau bekannt war, Hilfe, ich habe ihm sogar, Hilfe, habt Ihr nun ein Dienst, Hilfe, ich muß mich von, Hilfe, voll Hoffnung, daß, Hilfe, ist das Ding, oder, Hilfe, er hat es mir unter, Hilfe, ich habe, Hilfe, habt Ihr, Hilfe, ich muß, Hilfe, voll Hoff, Hilfe, ist das D, Hilfe, er hat, Hilfe, schreit es.

Jene zwei Studenten aber hatten sich aus dem Café entfernt. Ihre Münder rochen noch nach ihrem Schnaps, als der eine von ihnen bei El Alamein, und der andre in der Bendlerstraße fiel. Indes, sie hatten Kinder, der eine einen Jungen, der andre ein Mädchen: es wird sich herausstellen, was aus den Kindern geworden ist, und was sie aus ihrem Land gemacht haben.

In einem öden Haus

– – – ich befinde mich. Das ist genug. Mein Bericht ist fertig. Ist er es? Die Fragen fehlen. Zum Beispiel die, welche mit einem w anfangen. Zum Beispiel sie? Vor allem sie. Wer bin ich? Einer. Irgendeiner, ohne Paß, ohne Namen, ohne Wohnung, nirgends geboren, nie geboren, fast ohne Geschlecht. Eine Vogelscheuche, in der Stadt, wo es keine Vögel gibt. Aber es wird gescheucht. Wer scheucht wen? Ich gleich Vogelscheuche, habe alles weggeworfen, den Hut, die Jacke, die Hose, die Handschuhe, die Schuhe. Ich gehe barfuß. Warum? Weil ich einen Weg eingeschlagen habe, auf dem ich frei sein muß. Frei wovon? Von allem, bloß von mir selber nicht. Was bin ich? Eine Stange, ein Span, ein Entholztes, ein Schatten von etwas, das nicht da ist, eine Erinnerung. Andererseits eine Hoffnung. Worauf? Auf mich, und sonst nichts. Wo bin ich? In einem Haus. Ich weiß nicht, wie ich hinein geraten bin. Es ist mir auch nicht bekannt, warum ich grade hierher gekommen bin. Wohl, weil das Haus so ist, wie es ist. Eine Villa, nichts sagend, also alles sagend, so wie alle andern in der Straße, etwas drekkig, nicht zuviel, alt, nicht uralt, verlassen. Es ist mir, ferner, unbekannt, ob ich jemals wieder heraus kommen werde. Aber das ist mir gleich. Wozu heraus? Wohin heraus? Wichtig ist bloß, was ich in diesem Haus mache, und machen werde. Es ist wichtig für mich. Ich zweifle nicht daran. Aber mir ist zweifelhaft, ob es auch für andre von Bedeutung ist. Wenn ich alles hinter mich gebracht habe, die Handlungen, und die Sätze, die sich aus den Handlungen ergeben, wenn andre, viele, oder auch bloß ein einzelner, die Sätze gelesen haben, und wenn er, oder ein paar, versuchen, die Sätze in neue Handlungen zu verändern, wird ein Ergebnis da sein. Ein nützliches oder ein fragwürdiges Ergebnis. Fragt sich bloß, ob es mir glückt, die Sätze andern zu vermitteln. Das hängt weniger von mir als von dem Haus ab, worin ich tappe. Ich gleich Spatzenschreck, Holz auf Holz, Holzbein auf Parkett. Was ist das für ein Haus? Sein Äußeres habe ich schon geschildert. Innen ist es öde. Öd, wäre richtiger. Jeder Buchstabe ist zuviel. Die Straße ist wie das Haus. Eigentlich müßte sie Einöd heißen. Sie heißt anders. Wie, habe ich vergessen. Das Haus enthält bloß neun Gegenstände. Einen Tisch und acht Stühle, je drei an den beiden Längsseiten, je einen an den beiden Schmalseiten. Der Tisch und die Stühle sind benutzbar. Von wem? Nicht von mir, höchstens nacheinander. Aber ich bin nicht irr. Nicht von mir auf einmal. Ich kann mich nicht durch acht teilen. Nein, ich kann mir Besucher herein holen. Ich muß es. Ich werde es. Was für welche? Nicht solche, die aus Haut und Knochen, Haut und Haar, bestehen. Ich habe andre, und doch nicht andre, im Sinn, in den Gedanken. Ich kann sie nicht suchen. Dazu habe ich keine Zeit. Ich kann sie kaum finden. Den einen schon, den nächsten vielleicht, einen dritten sicher nicht, und so weiter. Ich mache es anders. Ich nötige sie herein, und zwar auf eine Art und Weise, die geheim ist. Außer mir kennt sie keiner. Höchstens verrate ich sie am Schluß meiner Sätze, dann, wenn ich erledigt habe, was zu erledigen ist. Falls ich aber scheitere? Dann gebe ich es nicht preis. Was ich nicht konnte, kann auch kein andrer. Oder doch? Bin ich überheblich? Oder dumm? Darauf kommt es nicht an. Entscheidend ist nur, daß es gelingt. Meine Besucher müssen eben so sein, wie ich sie haben will. Wären sie anders, könnten sie die Haustür nicht passieren. Die Haustür ist, wie die Kellertür, und wie die für das Personal, das nicht vorhanden ist, zugeschlossen und verriegelt. Den Riegel kann ich zurück schieben. Den Schlüssel, die drei Schlüssel, habe ich nicht. Ich weiß auch nicht, wo sie sind. Ich suche sie nicht. Wofür? Ich vermute, daß sie mitgenommen worden sind. Ist es möglich, daß die Eigentümer vor mir geflohen sind? Es ist unmöglich. Ich bin bei Verstand, wenn auch nicht bei Vernunft. Meine Besucher sind keine Geister. Ich glaube nicht daran. Aber ich habe sie herbeigerufen. Ich zwinge sie, sich auf die Stühle, rings um den Tisch, zu setzen. Ich biete ihnen nichts an. Sie sind nicht meine Gäste. Sie haben keine Wohltaten verdient. Sie könnten auch gar nichts zu sich nehmen. Außerdem habe ich für mich selber fast nichts. Ich habe bloß in der Speisekammer ein Glas mit schimmligen Gurken und einen angeschnittenen, hart gewordenen Rosinenkuchen entdeckt. Sowie etwas Vogelfutter. Für mich, die Vogelscheuche? Fressen Spatzenschrecks auch Körner? Doch wohl nicht. Die Fragen sind überflüssig. Ich habe die zwei Vögel im silbernen Käfig gesehen. Sie sind längst tot. Sie stinken. Ich kann sie nicht essen. Aber ich werfe sie auch nicht weg. Hier stinkt alles. Mehr oder weniger Gestank macht mir nichts aus. Ich denke bloß an meine Besucher. Ich bin durch das ganze Haus gegangen, um festzustellen, ob irgendwer, oder irgendwas, den Einlaß der Besucher, den Umgang mit ihnen, und ihr Verschwinden stören könnte. Was aber nicht da ist, kann nichts bewirken. Im Keller sind die Schrauben für Wasser und Elektrizität verrostet. Also fließt nichts, weder im Klosett noch in der Küche. Nichts leuchtet. Obendrein sind überall die Rolläden herunter gerollt. Die Heizplatten können nicht warm werden. Weshalb ist das so? Es ist so. Das genügt mir. Ich kann mir nichts kochen. Was denn auch? Wie denn? Hätte ich Wasser, hätte ich keinen Strom. Hätte ich Strom, hätte ich kein Wasser. Ich brauche nichts. Ich habe nichts. Ich habe nur eine Absicht. Ich werde sie ausführen. Alles andre ist nichts. Ich kann kein Radio hören. Weiß ich nicht alles, was geschieht? Oder ich kann es mir denken. Eben weil mir nichts unbekannt ist, habe ich mich ja in dem Haus eingefunden. Eben deshalb bin ich solang darin herum getappt, bis ich den Tisch und die Stühle erspäht habe. Im Keller, wo nicht einmal Asseln flitzen. Im Erdgeschoß, wo das Parkett so glatt ist, daß ich fast hingefallen wäre. Aber ich stürze nicht. Ich wandre über das Parkett, auch über das im ersten Stock. Ich wandre zu meinem Ziel. Dabei bin ich allein. Wäre ich nicht allein, würde ich das Ziel niemals erreichen. Auch die Dachkammern und der Trockenboden sind entleert. Das ist auch gut so. Überall riecht es nach Leere. Ich rieche auch schon so. Schon bin ich einen Tag und eine Nacht in dem Haus. Eben hat, wenn ich mich nicht irre, der zweite Tag angefangen. Tag und Nacht unterscheiden sich nicht. Ich rolle die Rolläden nicht hoch. Vermutlich geht es nicht. Auch sie werden eingerostet sein. Ich will, was draußen ist, nicht sehen. Ich will es draußen nicht sehen. Ich will es drinnen sehen, prüfen, und verwerfen. Endgültig verwerfen. Schließlich werde ich mich selber verwerfen – – –

Anders

Als …

… da …

… fing, im Starnberger Bahnhof, irgendein Mann an, wie ein Automat zu reden; im elften Augenblick sagte er noch zu irgendeinem andern, den er grade, beim Zigarettenziehen, kennengelernt hatte, und ob sie sich wiedersehen würden, wußte keiner von beiden: am liebsten möchte ich; aber im zwölften Augenblick, er war weitergegangen, er war weg, sagte er vor sich hin: am liebsten möchte ich, am, liebsten, möchte, ich, am liebsten, möchte ich, am liebsten, am liebsten, möchte ich, möchte ich, möchte ich, auf dem Kopf stehen, mir die Haare ausraufen, nicht mehr aus den Augen gucken, mir die Ohren zuhalten, den Hals umdrehen, und der Mund, ist kein Mund, war kein Mund, wird kein Mund sein; aber im dreizehnten Augenblick redete er wie immer, zum Beispiel mit irgendeinem dritten: Entschuldigung, ich habe Sie angerempelt …

… machte, in der Bayerstraße, irgendein vierter Mann seinen Briefkasten auf, nahm einen Brief heraus, und öffnete ihn; als er die Schrift auf dem Zettel, der im Umschlag steckte, entziffern wollte, verschwand sie; bloß die Anrede hatte er gelesen: sehr geehrter Herr Zacharias, aber er hieß anders; er drehte das Stück Papier herum, nichts stand darauf, er hielt es gegen den Himmel, auch jetzt konnte er keinen einzigen Buchstaben entdecken, er fuhr mit den Fingern über das Papier, nirgends trat ein zwar unsichtbares, aber fühlbares Zeichen aus der Fläche heraus; schließlich warf er alles auf die Straße; es schien zu glimmen, aber er irrte sich wohl …

… hockte sich, unter dem Stachus, irgendein fünfter Mann ins Klo; kaum hatte er die Münze in den Schlitz geworfen, hinter sich zugeriegelt, und sich hingesetzt, um nichts zu tun, bloß ausruhen wollte er, so elend war ihm, bloß allein wollte er sein, noch mehr als sonst, so einsam war er, da begann es zu wispern; überall flüsterte es, in den Abteilen rechts und links von ihm, aus der Decke herunter, aus dem Fußboden herauf, im eignen Abteil, in ihm selber, in den Trennwänden; er wußte nicht, was, oder wer es war, Stimmen oder Geräusche, eine einzelne Stimme, ein einzelnes Geräusch; er verstand nichts, er versuchte es erst gar nicht, so fürchtete er sich davor; er schleppte sich heraus, und das, was er gehört hatte, oder, vielleicht, auch nicht vernommen hatte, hörte wieder auf ...

... versuchte, in einem Hinterhof der Hackenstraße, irgendein Kind seinen Drachen steigen zu lassen; er stieg und stieg, eine papierne Fledermaus, vom Vater gebastelt, als wäre es im Herbst, am Eisbach, beim Laufen, aber heute war es windstill, und der Hof war so winzig, daß man sich fast nicht rühren konnte; trotzdem sprang der Drachen hinauf und hinauf, irr, als ob er lebte, ja, er zerrte an dem Jungen, und entfernte ihn von der Erde; als das Kind sich wehrte, verhedderte sich der Drachenschwanz, der doch bloß eine Schnur war, und fesselte den Jungen; der sah zur Fledermaus empor, die, kam ihm vor, ein richtiger Drache geworden war; das Kind schrie, und fiel hin; der Drache hatte sich losgemacht, und fort war er ...

... versteckte sich, in der Damenstiftstraße, irgendein sechster Mann, der aus seiner Haut fahren wollte, weil er sich darin nicht wohl fühlte; warum, war ihm unbekannt; es war so, wie es war, und weil es so war, und weil es für ihn nichts andres gab als dies, wollte er ganz und gar aus seiner Haut heraus, und das würde, meinte er, am ehesten glücken, wenn er eine andre Haut finden könnte, worein er schlüpfte, und das würde ihm bloß gelingen, wenn er eine fremde Haut durchlöcherte, und das würde dann seine eigne Haut; deshalb beschloß er, den ersten, besten, der an der Ecke, an seiner

Ecke, vorbeikam, zu überfallen, und um die Ecke zu bringen; er hörte Schritte, er linste um die Ecke, es war irgendein siebter Mann; er stürzte sich auf ihn, stolperte aber dabei; er fiel um, und weinte; der andre, welcher die Absicht des jungen Manns nicht gemerkt hatte, schüttelte den Kopf, und ging weiter, ohne sich um den sechsten zu kümmern ...

... holte, in der Neuhauserstraße, irgendein achter Mann eine Papprolle aus seiner Aktenmappe; dann rollte er die Pappe, die in der Mitte ein Loch hatte, auseinander, und streckte seinen Kopf durch das Loch hindurch; jetzt hingen die beiden Teile der Pappe, vorn und hinten, am Körper des Manns herunter; die Leute, die ihn überholten, oder ihm begegneten, konnten, wenn sie wollten, folgende Sätze von der Pappe ablesen: ich bin ein Fragensteller; ich frage Sie: denken Sie, woran denken Sie, denken Sie bloß an sich selbst, warum denken Sie, wenn Sie bloß an sich denken, weshalb denken Sie nicht wenigstens an das Winzigste, an den Dreck unter Ihrem Schuh, an den Atemzug vom nächsten Fußgänger?; irgendein neunter Mann, der sich getroffen fühlte, riß die Pappe entzwei; die eine Hälfte behielt der achte Mann in der Hand, die andre Hälfte schlug ihm der neunte Mann um die Ohren; als sie zerfetzt war, gab der achte dem neunten seine Hälfte, damit er fortführe, ihn zu prügeln, aber der neunte Mann hatte keine Lust mehr, und warf dem achten Mann den Pappenrest vor die Füße; der neunte ging weiter, der achte kritzelte auf einen Fetzen: denkt nicht ...

... schlenderte, über den Marienplatz, irgendein zehnter Mann, so, als wäre nichts; aber es war etwas, denn plötzlich blieb der Mann stehen; erst wußte er nicht, weshalb; es kam ihm bloß so vor, als wäre er von irgend etwas festgehalten worden, von etwas, das er weder sah noch hörte, noch roch, auch faßte ihn niemand und nichts an; trotzdem war er auf den Fleck gepflockt, wo er stand; stand er?; krümmte er sich nicht, sank er nicht in sich zusammen, kniete er sich nicht hin?; er senkte sogar sein Gesicht bis fast auf den Bürgersteig hinunter; er hätte ihn berührt, wenn er nicht den Gully erblickt hätte, den offenen Gully, und das Ding darin; er sah das Ding an, und das Ding sah ihn an, das Ding, das keins war, sondern eine Kröte mit einem Rattenschädel; die Kröte, die Ratte, oder was immer es war, grinste, und streckte ihm eine fischige Pfote mit Schwimmhäuten entgegen; die Fingerstummel machten ein Zeichen, wie ein großes W; was der Buchstabe bedeuten könnte, fiel ihm nicht ein; war er der erste Buchstabe von Welt oder Wal oder Wozu?; er glaubte, das Ding oder das Vieh danach zu fragen, aber ehe es antworten konnte, oder wollte, falls es überhaupt etwas äußern konnte, wurde er ohnmächtig; einen einzigen Augenblick lang, und dann war er schon nicht mehr ohnmächtig, stand auf, wischte sich die Knie ab, und schlenderte davon; während die übrigen Fußgänger ihn passierten, wie wenn nichts gewesen wäre, und, vielleicht, war auch gar nichts gewesen, blickte er zum Gully zurück; der Deckel war zu ...

... überquerte irgendein elfter Mann die Weinstraße; auf der rechten Seite schien die Sonne, ein Windchen wehte, es war schön warm, so recht zum Spazierengehen; in der Mitte der Straße wurde es trüb, aus dem Windchen schoß eine Bö, das Celsius sank, es pieselte; auf der linken Seite schwebten die Wolken so tief herab, daß sie einem Nebel ähnelten, es stürmte, es wurde unter null Grad, Schnee troff herunter, mit Hagel vermischt, eine Nacht vertilgte den Tag; der elfte Mann stellte sich unter; dann aber sah er zur Mitte und zur rechten Seite der Straße hinüber, und stellte fest, daß drüben das schönste Wetter war; er schaute nach den übrigen Passanten; die auf der linken Straßenseite hatten sich in die Hausflure und in die Ladeneingänge gerettet, die auf der rechten Seite bewegten sich wie harmlose Leute, denen bloß Harmloses widerfährt, oder sie waren sich bloß des Ungefährlichen bewußt; die Autos auf dem Fahrdamm lärmten wie immer; da kam dem elften der Gedanke, es wäre am besten, die Straße noch einmal zu überqueren; er lief an, aber er gelangte bloß bis zum Straßenrand; hier hielt es ihn fest, und während er darüber nachdachte, was es wohl sein könnte, und warum es grade ihn ereilt hatte, ihn, der doch gar nichts Besondres war, im guten nicht, im bösen nicht, aber, vielleicht, hatte es ihn grade deshalb erwischt, und das Etwas war blind und taub, wurde er zum Schneemann, zu einem Eiszapfen, zuerst noch menschenähnlich, hierauf aber wie eine vereiste Laterne, wie ein eisiger Baum; er wurde ins Krankenhaus gefahren, aufgetaut, beobachtet, und entlassen; er trug keinen Schaden davon, und vergaß es; die Ärzte und Physiker vergaßen es nicht ...

... begann irgendeine Frau, in der Theatinerstraße, nicht mehr, wie bisher, durch das Haus zu gehen, worin sie wohnte, also vom Erdgeschoß, über den ersten, zweiten und dritten Stock, bis zu ihrer Wohnung im Dach, und in ihrer Wohnung von der Diele in die Küche, von der Küche ins Klosett, vom Klosett ins Schlafzimmer, vom Schlafzimmer in den Salon, vom Salon ins Kinderzimmer, und im Kinderzimmer, wo sie sich am meisten aufhielt, rund um den Tisch herum, als spiele sie Nachlauf, aber es war keiner mehr da, dem sie nachlaufen, oder der ihr nachlaufen konnte, an den Wänden lang, zum Schülerpult, zum Bücherregal, zum Doppelbett, eins oben, eins unten, zum Kasperltheater; nein, mit einemmal befand sie sich in einem Irrgarten; sie schlich, sie schlurfte, sie rutschte, sie kroch, sie trippelte, sie raste, sie wußte nicht mehr aus und ein, sie wollte mit dem Kopf durch die Wand, sie wollte die Wände hoch, sie ging zum Fenster, öffnete es, und rief ein Wort hinunter, das sie selber nicht verstand, sie ging zur Flurtür, machte sie auf, und spuckte in den Hausflur, sie ging in den Salon, setzte einen Kessel, den sie nicht in der Hand hielt, auf einen Gasherd, der eine Kommode war, und zündete das Nichtgas mit einem Nichtgasanzünder an, sie kuschelte sich auf dem Klositz wie in einem Ohrensessel zusammen, sie verließ ihre Wohnung, als wäre es eine fremde, und das war sie ja wohl auch, und wollte in die Wohnung im untersten Stock hinein, als wäre es ihre eigne; keiner machte ihr auf, die Wohnung stand leer, sie wurde für neue Mieter renoviert; die Frau ging auf die Straße hinaus, um an der Hausklingel zu läuten, die Klingel innen hatte nicht funktioniert, und um nachzusehen, ob Licht brannte; sicher spielten ihr Mann, der tot war, und ihr Sohn, der in einer andern Stadt verheiratet war, zusammen Domino; sie durfte nicht dabei sein, sie störte bloß; draußen, von den Blättern getroffen, die ein kreiselnder Wind auf sie niederrieseln ließ, erkannte sie, daß sie fast in einen Schlund geschleudert worden war, schrecklicher als der, worin sie tappte ...

... erloschen, in der Briennerstraße, die Schatten von Anna Karina und Jean-Paul Belmondo, die in einem Wäldchen Versteck spielten; dafür erschienen andre Schatten auf der Leinwand; irgendein zwölfter Mann rief: ich will mein Geld wiederhaben; andre Zuschauer stimmten ihm zu, standen auf, und wollten zur Kasse; aber irgendein dreizehnter Mann rief ihnen zu: Geld ist Geld, und Feuer ist Feuer; Feuer, schrien die andern, wo brennts, bei uns jedenfalls nicht; einige von ihnen suchten den dreizehnten, aber fanden ihn nicht, einige kamen zu den Ausgangstüren, die sich aber nicht öffnen ließen; entweder waren sie von außen zugeschlossen worden, oder der dreizehnte hatte sie, Tür nach Tür, von innen zugesperrt; wie, das bekam keiner heraus, zumal sich der Kerl jetzt als Unzufriedener tarnte; oder die Flammen hatten die Türen verklemmt; die Flammen, die nun nicht nur auf der Leinwand züngelten, sondern auch die drei übrigen Wände des Kinos bedeckten; die Zuschauer schrien vor Angst, aber nicht lang, denn sie merkten bald, daß die Flammen keine richtigen Flammen waren; ein Schattenfeuer hüpfte und loderte ringsherum, ein Feuer aus einem neuen Film, der den alten mit Anna und Jean-Paul verjagt hatte, wer weiß, auf welche Art und Weise, und aus welchem Grund; gespannt sah man zu, aber auch das nicht lang; denn bald hatte man heraus, daß die Flammen Kriegsflammen waren, Kriegsflammen, gewiß, aber Schattenflammen; die Schattenflammen waren nah, aber die Kriegsflammen waren weit; wem war unbekannt, daß Krieg war?; keinem, folglich langweilte man sich, auch dann noch, als auf der Leinwand und auf den Wänden Körper ohne Köpfe, Köpfe ohne Körper, Körper mit Köpfen, aber ohne Füße und Hände, und so weiter, schwebten und zitterten, aber grade im Undsoweiter schwirrten die Flugzeuge, streunten die Helikopter, mitten im Auseinandertrennen dessen, was zusammengehörte, ertönte eine Stimme, die vom dreizehnten, oder die von einem vierzehnten oder fünfzehnten, den der dreizehnte überzeugt hatte: genug, genug für heute, genug ist nicht genug, morgen erscheint es euch wieder, übermorgen, immer; die Kinobesucher atmeten auf, lachten sich eins, setzten sich auf ihre Plätze, und die Stars spielten ihr Spiel ...

... als alles vorbei war ...

... da schnellte ein schwarzer Vogel zweimal über die Stadt, einmal vom Nordosten zum Südwesten, ein andres Mal vom Süden zum Norden.

Signale

Ich sah dich, und ich sah dich nicht,
ich seh dich nicht und seh dich doch,
ich sah dich nie und seh dich noch,
denn dein Gesicht ist mein Gesicht,

denn meins ist deins, und du bist ich,
und ich bin du. Wir sind die Welt,
und wenn die Lava niederfällt,
denkst du an mich, denk ich an dich.

Die Asche fliegt, du rufst Signale,
das Feuer knirscht, ich ruf zurück,
die Flamme winselt vor dem Glück,
dann zischelt sie zum letzten Male.

Wir aber atmen Ewigkeiten,
wir atmen Wasser, atmen Brot,
wir wissen es: der Tod ist tot,
im Hauch der Orte und der Zeiten.

Jack the Ripper

Sie kommt in ein Wachsfigurenkabinett. Sie geht nicht zum erstenmal hinein. Sie weiß gar nicht, wie oft sie dringewesen ist. Aber sie weiß, daß sie bloß wegen einer einzigen Wachsfigur hineingegangen ist, und eben hineinkommt. Der Wärter, der diesen Saal bewacht, kennt sie schon. Er nickt ihr sogar zu. Aber sie nickt nicht zurück. Weil er immer ganz stillsteht, weiß sie nicht genau, ob er aus Wachs ist, oder nicht. Wenn sie wüßte, daß er aus Wachs ist, würde sie ihm zunicken. Denn sie ist selber aus Wachs. Andrerseits geht sie in die Säle hinein, und geht auch wieder heraus. Doch hat sie vergessen, daß Menschen gehen können. Sie glaubt, daß Figuren aus Wachs gehen, sonst keiner. Sie setzt sich neben den Mörder hin. Sie sitzt zwischen dem Mörder und Greta Garbo. Aber Greta Garbo geht sie nichts an. Bloß der Mörder geht sie etwas an. Der Mörder war einmal ein berühmter Mörder. Er hat viele Frauen umgebracht. Er hieß Jack. Er hat die Frauen aufgeschlitzt. Aber sie ist davon überzeugt, daß das Schildchen auf seinem Anzug sich irrt. Oder er hat es sich selber angesteckt. Er ist nicht tot. Er lebt wie sie selber. Er ist aus Wachs, also lebt er. Sie lebt, also ist sie aus Wachs. Sie hat sich neben ihn gesetzt, weil sie wartet. Sie wartet darauf, daß er sie aufschlitzt. Sie wartet schon lang darauf. Aber er zögert. Sie weiß nicht, warum. Vielleicht will er sie quälen. Aber sie läßt sich gern quälen. Sie sitzt unbeweglich da. Fast atmet sie nicht. Irgendein Besucher geht an ihr vorbei, an ihr und am Mörder. Der Besucher flüstert vor sich hin: ich weiß nicht, wer hier aus Wachs ist, der Mörder auf seinem Sockel, oder die Frau auf dem Stuhl. Der Besucher faßt sie an. Er zweifelt nicht daran, daß sie aus Wachs ist. Er faßt den Mörder an. Er zuckt zurück, als hätte der Mörder versucht, ihn aufzuschlitzen. Der Besucher läuft hinaus. Der Wärter geht hinter ihm her, weil ihm der Besucher seltsam vorkommt. Jetzt ist sie ganz allein. Sie sieht den Mörder an. Er scheint ihr zuzublinzeln. Sie wartet auf das Messer. Aber er holt es nicht aus seinem Anzug heraus. Sie will seine

Braut sein, aber er will nicht ihr Bräutigam sein. Es könnte aber sein, daß er sie auf eine andre Art und Weise umbringen will. Es könnte sein, daß er sie für ein gemeinsames wächsernes Leben ausgewählt hat.

12 Uhr 31

Sie wiederholt das, was sie Montag, um 12 Uhr 31 getan hat. Es ist Dienstag, der soundsovielte, um 12 Uhr 31. Es ist ihr gleich, der wievielte es ist. Es ist ihr nicht gleich, daß es Dienstag ist. Es ist schlimm, daß es erst Dienstag ist. Aber Dienstag ist besser als Montag. An einem Dienstag ist die Woche schon in drei Tagen zuende. Am Samstag hat sie frei. Andrerseits hat sie auch nicht frei. Denn am Samstag muß sie alles dafür vorbereiten, daß sie am Sonntag frei hat. Aber am Sonntag hat sie auch nicht frei. Sie darf sich nicht ausschlafen. Sie muß um 8 Uhr das Hafenkonzert und um 12 Uhr den Frühschoppen hören. Sie muß um 14 Uhr ins Kino an der Ecke gehen, egal, was für ein Film läuft. Sie muß um 16 Uhr die Sportschau hören. Ab 18 Uhr muß sie die Illustrierten ansehen, auch lesen, die sie in der letzten Woche gekauft hat. Um 21 Uhr muß sie schlafen gehen, damit sie ausschlafen kann. Wenn sie nicht ausschläft, hört sie den Wecker um 6 Uhr nicht. Wenn sie den Wecker nicht hört, kommt sie zu spät ins Büro. Aber sie muß um 7 Uhr 30 im Büro sein, oder sie ist ihre Stellung los. Eine andre Stellung kriegt sie nicht. Sie ist immer fleißig gewesen. Aber sie weiß auch, daß sie nicht ordentlich genug stenographieren und tippen kann. Das kostet Zeit, und das hat der Chef nicht gern. Es ist ja auch sein Geld. Zeit ist Geld. Also ist es auch seine Zeit. Ja, sie kann denken. Aber sie hat keine Zeit, an sich selber zu denken. Sie muß immer an die Zeiten denken, die sie einhalten muß. Sie muß morgens bis 12 Uhr arbeiten, mittags von 13 Uhr 30 bis 17 Uhr. Dazwischen ist Tischzeit. Aber sie geht nicht essen. Sie hat sich irgend etwas mitgebracht, Suppe, oder so, in einem Kochgeschirr. Nach der Tischzeit macht sie das gleiche wie vor der Tischzeit. Vor der Tischzeit und nach der Tischzeit wiederholt sie das, was sie gestern um die gleiche Zeit getan hat. Gestern hat sie das wiederholt, was sie vorgestern getan hat. Nein, vorgestern war Sonntag. Also vorvorgestern. Nein, vorvorgestern war Samstag. Sie wiederholt Freitag für Freitag dasselbe, Donnerstag für Donnerstag, Mittwoch für Mittwoch, Dienstag für Dienstag, Montag für Montag. 12 Uhr 31 an einem Tag ist gleich 12 Uhr 31 am anderen Tag. 10 Uhr 38 am einen Tag ist gleich 10 Uhr 38 an jedem Tag. Das möblierte Zimmer ist gleich dem möblierten Zimmer. Die Diele ist gleich der Diele. Der Hausflur ist gleich dem Hausflur. Der Bürgersteig ist gleich dem Bürgersteig. Die Straßenbahn ist gleich der Straßenbahn. Das Bürohaus ist gleich dem Bürohaus. Der Schreibmaschinentisch ist gleich dem Schreibmaschinentisch. Auf Wiedersehen und Guten Tag und Aufwiedersehen und Guten Tag und ein Milchbrötchen und ein Hörnchen und ein Fastuntersautokommen und ein Fastunterdietramkommen und ein Wirftermichjetztraus und ein Ichstechedirdenkulliindenhals.

Nämlich mit Reisig

Sie muß sich ausziehen. Sie muß ihre durchsichtige Bluse ausziehen, ihren fleischfarbenen BH, ihre engen Jeans, ihr fleischfarbenes Höschen, ihre Ringe an allen Fingern, besonders den Ehering. Sie muß einen Trainingsanzug anziehen. Sie muß sich hinknien. Über ihr stehen ihr Mann, ihr Vater, der Vater von ihrem Mann und seine Mutter. Sie stehen in einem Halbkreis da. In der Mitte des Halbkreises steht ihre Mutter. Sie hat ein Stück Papier in der Hand, woraus sie vorliest, daß ihre Tochter die Ehe gebrochen hat, daß es verboten ist, die Ehe zu brechen, daß sie die Ehe insofern gebrochen hat, als sie sich mit einem andern Mann getroffen hat, einmal, oder zweimal, oder öfter, das ist gleich, denn einmal ist gleich x-mal, insofern, als sie mit dem fremden Mann einen Tag, zwei Tage, oder öfter, das ist gleich, denn ein Tag ist gleich x Tage, in einer andern Stadt, wohin sie zu einer Freundin gereist ist, aber in Wahrheit ist sie zu jenem Mann gefahren, zusammen gelebt hat, insofern, als sie ihrem Mann erklärt hat, daß sie sich von ihm scheiden lassen will, damit sie den fremden Mann heiraten kann, insofern, als sie sich, nachdem ihr Mann ihr die Scheidung verweigert hat, hat sterilisieren lassen, damit sie keine Kinder von ihrem Mann bekommen kann, und daß sie für alle diese Untaten bestraft werden muß, und zwar in einer Art und Weise, die in den Familien dieser Gegend seit Jahrhunderten üblich ist, nämlich mit Reisig. Ihre Mutter fragt danach, ob jemand widerspricht. Keiner widerspricht. Auch sie selber widerspricht nicht. Ja, sie zieht sich sogar aus, damit sie mit dem Reisig bestraft werden kann. Aber der Reisig ist nicht zur Hand. Deshalb schleppt sie ihn aus der Ecke, wo er geschichtet ist, vor ihre Mutter hin. Die Tochter gibt der Mutter etwas von dem Reisig in die Hand. Dann gibt sie ihrem Mann, ihrem Vater, dem Vater ihres Mannes, und seiner Mutter, etwas von dem Reisig in die Hände. Die fünf Verwandten, die im Halbkreis gestanden haben, formieren sich zu einer Reihe. Der eine von ihnen steht links, der andre rechts, der dritte links, der vierte rechts, der fünfte links, damit sie abwechselnd von links und von rechts geschlagen werden kann. Während sie durch die Reihe geht, wird sie geschlagen. Jeder, der sie schlägt, sagt jeweils ein Wort zu seinem Schlag, Hure, und pfui, und Dreck, und nieder, und aus. Erst geht sie durch die Reihe, dann geht sie, und fällt hin, dann geht sie, und fällt hin, ohne wieder aufzustehen, dann kriecht sie, dann bleibt sie liegen. Als sie merkt, daß sie an der Tür ist, fängt sie wieder zu kriechen an. Als sie die Tür aufgemacht hat, beginnt sie, aus dem Zimmer herauszukriechen. Aber als sie sich im Flur befindet, sieht sie, daß sich die Schläge mit dem Reisig fortsetzen werden. Denn hier stehen noch viele andre Leute mit Reisig in den Händen. Es sind die Nachbarinnen aus der Straße. Sie sind, genauso wie ihre Mutter, ihr Vater, ihr Mann, die Mutter ihres Mannes, der Vater ihres Mannes, schwarz angezogen. Sie kriecht weiter. Die Schwarzen schlagen.

Wer die Schilder weggenommen hat

Er ist irgendeiner, der nicht weiß, warum er damit anfängt. Andre machen es genauso wie er, und auch sie wissen nicht, warum sie es tun. Irgendwo in der Stadt, im NW oder im SO, in Vororten, in Stadtteilen, in der Innenstadt, aus Landhäusern, aus Mietskasernen, aus Slums, verlassen der erste, der dritte, der siebte, der hundertste, und so weiter, die Zimmer, die Wohnungen, die Häuser, die Wege und Straßen und Landstraßen und Plätze, wo sie bisher gewohnt haben. Sie lassen alles stehen und liegen, was sie früher benutzt, oder nicht benutzt haben. Sie lassen es so, wie es grade ist. Sie brechen nur noch auf, wer weiß, wohin, und wie lang. Sie lassen die Betten, die Töpfe, die Lampen, die Klos, die Eimer, die Aschenbecher und so weiter zurück. Ja, sie machen nicht einmal die Fenster und die Türen hinter sich zu, so daß jeder, der nach ihnen in die Stadt kommt, falls er den Mut dazu hat, überall hineingehen kann, und alles mitnehmen kann, was ihm gefällt. Denn sie stecken auch das nicht ein, was sie einmal gern gehabt haben, die Puppen, die Mützen, die Bücher, die Ichweißnichtwas und die Wassonstnoch. Aber sie haben es schwer, aus der Stadt herauszukommen. Sie kennen die Stadt, doch mit einemmal kennen sie sie nicht mehr. Sie kennen die Straßen, die einmal ihre Straßen gewesen sind, doch mit einemmal sind es nicht mehr ihre Straßen. Denn sie haben keine Schilder mehr. Gestern Abend waren die Schilder noch da, doch heute früh sind sie nicht mehr da. Irgendeiner, oder irgendwelche, haben sie entfernt. Sie können sich nicht vorstellen, wer die Schilder weggenommen hat, und warum es geschehen ist, und was mit den Schildern gemacht wird. Aber sie kümmern sich nicht darum. Es ist ihnen gleich. Bloß eins ist ihnen nicht gleich, nämlich, daß sie aus der Stadt herauskommen, weder überstürzt, noch gemächlich, nein, bloß eben so. Sie haben keine Ahnung, sie haben keine Angst, sie haben keine Hoffnung. Endlich sind sie, trotz der Irrwege, verursacht durch die fehlenden Straßenschilder, draußen. Da wandern sie nun, irgendwohin, zu Verwandten, zu Bekannten, zu irgendwem, bei dem sie übernachten können. Später können sie dort vielleicht auch arbeiten. Jeder von ihnen geht einzeln. Wenn Leute aus einer Familie sich unterwegs finden, ist es gut. Wenn sie sich nicht finden, ist es schlecht, doch es ist nicht zu ändern. Manchmal werden sie gefragt, was denn eigentlich mit ihnen los sei. Dann drehen sie sich weg.

ich war dort, wo ich hin wollte, und wo ich nicht hin wollte, ich wollte hin, weil ich neugierig war, und ich wollte nicht hin, weil ich mich fürchtete, ich erblickte einen Wegweiser, worauf das Wort Fasanerie stand, ins Holz gebrannt, im Holz verwittert, mit Händen nachgekritzelt, ein Buchstabe fehlte, der erste, aber Asanerie war nichts andres als Fasanerie, oder es war doch etwas andres, ich würde es herauskriegen, aber bloß, wenn ich den Wald oder den Park, oder was es war, finden könnte, ein Schild war nicht deutlich genug, besonders dies unvollständige Kreuz, also versuchte ich, mich durchzufragen, es war kein Sonntag, es gab nicht viel Fußgänger, eine Eierfrau, ein Kind, das ins Spiel verhext war, einen, welcher beinah ich selber war, sie sahen mich groß an, sie verstanden nicht, daß ich nicht wußte, was ihnen bekannt war, sie erklärten mir den Weg, als wäre er eine Straße in die Mitte der benachbarten Stadt, ich schlug ihn ein, ich wanderte ihn zuende, schließlich sah ich die Mauer, von der sie geredet hatten, ja, und nun wohin, nach rechts, nach links, egal, da wäre ein Türchen, hatten sie gesagt, dort wäre eins, und sagten es immer wieder, und sagten es noch, in einem einzigen Geraune, als ich endlich einen Einlaß entdeckte, ich benutzte ihn, und im selben Augenblick war ich aus der Welt, das heißt, ich war aus der einen Welt, und, gleichzeitig, war ich in einer andern Welt, nämlich in der von Bäumen, von schwarzen, von schwärzesten Bäumen, am liebsten wäre ich wieder zurückgegangen, zurückgelaufen, gerannt, zur Mauer, zur rettenden, vor der ich mich doch geängstigt hatte, als ich sie erblickte, und während ich sie entlangging, die Mauer war schon schlimm genug, sie bestand aus einem einzigen Stein, obwohl sie doch aus unendlich vielen einzelnen Steinen zusammengesetzt war, sie hörte niemals auf, sie biß sich in den steinernen Schwanz, sie umgab einen Ort, den ich nicht betreten durfte, oder ich kam nicht mehr heraus, nun aber war ich darin, und ich mußte sehen, wie ich damit fertig wurde, der eine Baum war wie der andere

Baum, jeder von ihnen stand ein bißchen vom nächsten entfernt, ich konnte hindurch, aber keiner sah so aus, daß ich hoffen konnte, er vereinigte sich nicht mit seinem Nachbar, dann aber war ich gefangengenommen, selber ein Baum, ich, der ich keiner war, ach, ich war nicht gern ein Mensch, aber lieber ein Mensch mit Zweifel und Verzweiflung als ein Gebild in der Einfalt, bös oder gut, oder ich wurde auch nicht zum Baum, sondern zum Nichts zwischen Wesen, ja, wenn doch wenigstens ein Fasan geflattert wäre, oder gezischt hätte, aber ich erblickte keinen, ich sah nicht einmal ein Federchen aus einem Fasanenflügel, wie denn auch, da alles so schwarz war, als wäre es mitten in der Nacht, ich aber war am hellerlichten Tag in die Fasanerie hineingetappt, ins Land der Fasanen, die doch nicht da waren, aber vielleicht waren sie da, und ich sah sie bloß nicht, vielleicht, nein, sicher war jeder Baum gleich einem Fasan, verwandelt, warum verwandelt, für mich verwandelt, weshalb ausgerechnet für mich, anders gefragt, durch sich selber verwandelt, durch jemanden anders, aber durch wen, oder ich irrte mich, und ich war selber ein Fasanbaum, ein Baumfasan, grade eben dazu geworden, und ich begriff alles, wodurch ich wanderte, anders als bisher, ich sah an mir herunter, ich erblickte meine Schuhe und meine Hose, also war ich der geblieben, der ich gewesen war, oder ich täuschte mich abermals, und meine Schuhe waren meine Schuhe, meine Hose war meine Hose, aber die Haut und die Knochen in den Schuhen und in der Hose waren Rinde und Stamm und Zweig und Ast und Nadel, ich faßte mein Gesicht an, es war vorhanden, meine Augen tränten, meine Nase schwitzte, mein Mund stand offen, meine Zunge war feucht, und trocken zugleich, wie in einer Wüste, so war es, ich befand mich in einer Wüste, in dieser Art Wüste, jedenfalls Wege gab es keine, Himmelsrichtungen auch nicht, denn einen Himmel gab es nicht, bloß einen Himmelersatz, ein Schwarz über dem Schwarz, ein Schwärzer, ein Schwärzestes, das aus den Wipfeln der Bäume bestand, oder, diesmal wußte ich es ganz genau, aus den Fasanen, die über der Fasanerie schwebten, eine Vogelschar, ein einziger ungeheurer Vogel, der nicht schwebte, um zu schweben, sondern um sich herunterzulassen, auf mich, allein auf mich, um auf mich herabzustürzen, auf mich allein, um mich zuzudecken, um mich zu ersticken, da aber, in diesem Augenblick des Endes, erspähte ich einen Anfang, ich sah ein Lichtchen, ich sah ein Licht, ich sah eine Lichtung, ein Denkmal, einen Menschen, einen Mann aus einem Metall, irgendeinen Mann aus irgendeinem Metall, ich lief zu ihm hin, ich kümmerte mich nicht um ihn, ich rannte an ihm vorbei, ich kümmerte mich bloß um mich selber, ich hatte nicht begonnen zu hoffen, aber ich versuchte, mich zu retten, ich glaubte nicht, daß es mir glücken könnte, ich glaubte auch nicht, daß es mir mißlingen würde, ich glaubte überhaupt nichts, ich lief und lief, die Bäume stellten sich mir in den Weg, die Bäume, welche Fasanen waren, die Fasanen, welche Fledermäuse waren, sie setzten sich mir ins Haar, sie schnappten nach mir, sie bissen mich, ich aber, ich lief und lief und lief, ich flog durch sie hindurch, ich, ein Vogelmensch, ein Menschvogel, ich erreichte ein Türchen, von dem ich nicht wußte, ob es das war, wodurch ich hineingeraten war, oder ein neues, jedenfalls war es ein Türchen ins Freie, und ich war befreit, ich war draußen, ich eilte heim, ich kam nachhaus, wie, ist mir unbekannt, es ist mir auch gleich, genug, ich hocke an meinem Tisch, ich habe dies hier aufgeschrieben, und die Fasanerie ist ein Garten, worin, wie die Nachkommen erzählen, ein Herr über die Vorfahren Fasanen hielt, die Fasanen sind ausgestorben, was aber ist, frage ich mich, mit den Fledermäusen, mindestens auf meine papiernen Blätter sind sie mir nachgejagt, bloß aufs Papier?

Gesang um nicht zu sterben

Gesang, in Augenblicken,
von keinem Laut bewegt,
wenn Schattenhäupter nicken,
vom Schattenrumpf gesägt,

Gesang, in Sand geschrieben,
weil das Papier zerriß –
wird auch der Sand zerstieben,
weil Tritium ihn biß?

Gesang, um nicht zu sterben,
Gesang, nachdem ich schlief –
selbst Staub und Tang und Scherben
sind radio-aktiv.

Gesang, die Frage stellend,
weshalb, seit wann und wie
ein Fisch, zum Maste schnellend,
gefoltert Sätze schrie?

Gesang, daß Wasserzeichen
nicht schwemmen in die Stadt,
daß keine Haie laichen
diesseits von Meer und Watt,

Gesang, kein Grab zu graben,
wenn Angst die Schaufel lenkt,
eh Trauerfrauen haben
die Tücher aufgehängt,

Gesang, gesungen gegen
den Splitter in dem Flaum –
verhört in den Gehegen,
verstummen Lied und Traum,

Gesang, Schalmei und Flöte –
die Kinder wandern aus,
der Hauch der Morgenröte
verläßt das alte Haus.

Gesang, um nicht zu sterben,
Gesang, nachdem ich schlief:
es zittert das Verderben,
gefangen, schwarz und tief.

Beinahe täglich

Er geht zur Parkbank. Er geht langsam, äußerst langsam, am Stock. Aber der Stock ist kein Krankenstock, sondern ein Gebirgsstock, mit Berchtesgaden draufgenagelt. Er hebt die Beine so wenig, daß die Sohlen auf dem Pflaster schlurfen. Er geht täglich, oder fast täglich, zu derselben Bank. Er kommt von links, und entfernt sich nach rechts. Bevor er sich auf die Bank setzt, sieht er nach oben, zu den Hügeln. Kaum hat er sich hingesetzt, steht er wieder auf, und geht weg. Er geht nicht weit, dann bleibt er stehen. Gleich darauf geht er wieder. Er eilt sich nie. Er ist zu alt dafür. Obwohl es nicht kalt ist, hat er Ohrenschützer an, und Gamaschen auf den Schuhen. Er trägt eine dunkle Brille. Er sieht keinen an. Er wechselt von Tag zu Tag Hut, Mantel und Schal, auch die Handschuhe. Seine Wege durch die Hügel wechselt er nicht. Er geht an zwanzig Bänken vorbei. Er setzt sich auf jede zweite Bank. Er ist müde. Wenn er geht, redet er nicht vor sich hin. Aber wenn er sich hingesetzt hat, murmelt er: der Schaftstiefel, der Dolch, das Braunhemd, der Sturmriemen, das Fahnentuch, der Adler, der Totenkopf, der Standartenführer, der Chef des Stabes, der Pimpf, das Runenzeichen. Andere Spaziergänger behaupten, daß die Wanderungen ein Kreuz zeichnen, das Haken hat. Die Polizei hat die Vermutung nicht bestätigt.

Discothek

Ich schreie, während ich mit ihm, dessen Namen ich nicht aussprechen kann, durch Paris wandre. Ich schreie vor Glück. Ich schreie, weil er und ich wir sind, weil wir zusammen sind, weil wir mehr sind als zwei, weil wir alles sind, weil wir Milch und Honig sind, weil wir schreien, ohne zu schreien. Schreiend, in Paris, sogar in Saint Germain des Prés, ja, sogar in Les Deux Magots. Schreiend und stumm hocken wir neben der Greco, dem armen Luder, das berühmt ist, während wir glücklich sind. Uns kennt keiner. Uns kommt keiner hinter die Schliche, denn wir lieben uns nicht wie Menschen, sondern wie Tümmler, die sich ineinander stürzen, als wäre es das letztemal. Aber es ist das erstemal, schreiend, schweigend. Plötzlich trennen wir uns. Pit geht hinüber. Ich bleibe hier. Ich rufe, es ist gefährlich. Er ruft, Angsthase. Aber alles hätte auch umgekehrt sein können. Plötzlich. Ich schreie, umarme ihn nicht, sondern ein LKW umarmt ihn. Ich schreie. Der LKW flieht. Pit steht auf, streckt mir die Arme entgegen. Ich schreie. Ich laufe hin. Ich fasse ihn an. Ich schreie. Aber es ist nicht mehr Pit, es ist ein Ding, ein Kleiderbündel. Ich schreie. Ich schleppe den Gegenstand ab. Der Gegenstand grinst mich an. Der Gegenstand grinst nicht mehr. Es ist auch kein Gegenstand mehr. Er ist nichts. Ich schreie. Ich schreie nicht mehr. Ich könnte ihn auf dem Pfandhaus versetzen. Aber niemand gibt mir etwas für ihn. Ich muß ihn begraben. Aber ich fürchte mich vor dem Loch. Oder ich grabe ein doppeltes Grab. Was für ein Unsinn. Ich lache. Ich kreische. Irgend jemand – warst Du das, dem ich es erzähle? – nimmt ihn mir ab, steckt ihn in ein Auto, steckt mich dazu. So kommen wir bis zur Seine, wo ich ihn hineinwerfen will. Aber ich werde daran gehindert. Ein Scheusal von Polizist stiehlt ihn mir. Ein zweiter klebt mir eine. Ich schreie vor Alleinsein. Ich schreie immer noch. Ich werde erst dann zu schreien aufhören, wenn ich nicht mehr am Leben bin. Nein, ich werde auch schreien, wenn ich tot bin. Ich bin verdammt.

Proust beginnt zu brennen

Er löscht nicht. Er kann nicht löschen, weil er keine Zeit dazu hat. Er hat keine Zeit dazu, weil er aufschreiben muß, warum er keine Zeit dazu hat. Er muß den Brand schildern, seinen Anfang, seine Fortsetzung, sein Ende. Falls er bis zum Ende kommt, denn es kann ja sein, daß sein eignes Ende einunddasselbe ist wie das Ende des Brands, oder er ist schon vorher erledigt. Aber das muß er auf sich nehmen, oder er ist keiner, der etwas aufschreibt. Zufällig, oder nicht zufällig, telephonierte er im größten Zimmer der Wohnung, als es losging. Gleich hat er einen Tisch und einen Stuhl in die Mitte des Zimmers gestellt, wo sonst nichts steht. Oder stand, sollte er wohl eher schreiben. Er fängt mit dem Anfang an, wobei er sich allerdings eilen muß, um mitzukommen, das heißt, den Brand einzuholen. Er schreibt vom ersten Flämmchen in der linken Ecke des Zimmers, dort, wo der Plattenspieler steht. Oder stand. Er schreibt nichts von der Ursache des Feuers. Er kennt sie nicht. Vielleicht wird er sie nie kennenlernen. Er schreibt vom Spaß, den er am ersten Flämmchen gehabt hat. Er schreibt von der Angst, die er gehabt hat, als das Feuer den Vorhang hinaufflammte. Er schreibt von der Flamme, die ein Flämmchen gewesen ist. Er schreibt vom Vorhang, der lodert, verkohlt, und in Fetzen fällt. Aber die Fetzen und Fetzchen hüpfen von den Resten des Vorhangs auf den Teppich und zur linken Ecke hin. Während der Teppich die Vorhangstücke und -stückchen abweist, so, als wären sie aus Wasser, glimmen die Bücher und Zeitschriften im Regal augenblicklich. Sofort beginnt der Proust zu brennen, dann der Thomas Mann, dann die Kinderbücher mit den Elefanten und Igeln und Feldmäusen und Prinzessinnen. Dann schwappt das Feuer vom Bosch und vom Piranesi über die Kissen auf der Couch bis zur Madonna auf dem kleinen Schrank. Dazwischen hat er das Feuer eingeholt, ja, er kommt sogar mit. Die Bücher sind weg. Sie haben nicht widerstanden, doch die viereckigen Kissen krümmen sich und werden rund. Die Madonna scheint gefeit zu sein. Nein, sie ist nicht gefeit, denn mit einemmal riecht es nach ihrem Holz. Er kennt ihren Geruch, der schon fast ein Gestank ist. Sie hat schon einmal gekokelt, früher, ein wenig, doch er löschte. Nun löscht er nicht, weil er genau sein muß. Auch die Kissen sind verbrannt, beinah bloß, indem ihre Federn, bald glimmend, bald brennend, im ganzen Zimmer herumfliegen, schon bis zum Tisch, woran er sitzt, und schreibt, fast schon auf das Papier herunter, das er in die Schreibmaschine gespannt hat. Die Federn bräunen das Schreibmaschinenpapier, doch er wischt sie weg. Er sieht zur Madonna hin, um zu sehen, was aus ihr geworden ist. Ein knisterndes, knarrendes, zerspringendes, grinsendes Weib ist aus ihr geworden. Sie ist kein stehendes Weib mehr, sondern ein stürzendes, liegendes Weib, das sich der Flamme öffnet, vielleicht der einzelnen Flamme, die dafür bestimmt ist. Schließlich schreibt er nicht mehr. Er brennt.

Wenn es soweit ist

Ich bin ein Gesandter, ich darf nicht sagen, wer mich abgesandt hat, aber es ist auch nicht nötig, jedermann weiß, wen ich meine, oder er sollte es wenigstens wissen, allerdings gibt es immer mehr Leute, die nichts von uns wissen wollen, aber grade ein Gesandter wie ich darf nicht sagen, daß die Nichtwissenden schlechter sind als die Wissenden, sie sind bloß schlechter dran, das heißt, sie werden schlechter dran sein, wenn es soweit ist, wann, was, das Was wird so sein, wie es sein wird, das Wann kann in diesem Augenblick sein, heute, oder im Jahr 2222, fehlt noch das Wie, aber das Wie braucht Ihr ja bloß zu lesen, in einem von Euern Büchern, aber vielleicht irre ich mich auch, denn viel ist bei uns anders geworden, Ihr müßtet bloß einmal dorthin kommen, woher wir ausgeflogen sind, da sieht alles nicht mehr so aus, wie es früher aussah, da gibt es keinen Glanz mehr, oder doch noch ein bißchen, aber das bißchen, das noch da ist, ist glänzender als alles, was Ihr erfunden habt, Ihr habt einen Ausdruck, der Glanz und Spucke heißt, ja, wir haben inzwischen auch viel Spucke in unsern Zimmern, und auf unsern Plätzen, Spucke, was heißt das, es ist mit einem Satz menschlicher bei uns geworden, und das ist gut so, aber ich weiß nicht, ob die andern von uns ebenso denken wie ich, es sollte einmal einer von Euch zu uns kommen, möglichst ein Fotograf, der alles aufnehmen, und Euch zeigen könnte, aber das geht ja, leider, nicht, leider oder Gottseidank, ich weiß es nicht, ich bin bloß ein Gesandter, ich habe bloß mitzuteilen, was ich sehe und höre, ich habe alles, nein, viel, nein, etwas gesehen und gehört, aber dabei ist mir das Hören und Sehen vergangen, auch das ist ein Ausdruck von Euch, er ist von Euch, und trotzdem macht Ihr so weiter, wie Ihr es immer gemacht habt, der eine von Euch baggert einen Keller aus, der andre stellt Leuchttransparente her, ein andrer repariert Additionsmaschinen, ein andrer verlegt Adreßbücher, wieder ein andrer vervielfältigt Adressen, oder er vernichtet Akten, alles das ist gut, oder es könnte mindestens gut sein, doch andrerseits sind viele dabei, Waffen herzustellen, und das ist nicht gut, weil nichts Gutes daraus werden kann, einer von Euch beseitigt Müll, einer verkauft Hundeartikel, einer baut Behälter, einer berät Betriebe, einer vertreibt Feuerschutzmittel, einer vertritt Gesellschaften für audiovisuelle Geräte, und einer paßt Kontaktlinsen an, doch andrerseits sind viele dabei, Waffen herzustellen, und das ist nicht gut, aber noch schlechter ist, daß Ihr Euch gar nicht darum kümmert, einer fertigt Spielautomaten an, einer stellt Münzwechsler auf, einer handelt mit Gebrauchtwagen, einer verleiht Kommunalfahrzeuge, einer importiert Ersatzteile, einer kauft Bremsen ein, einer leistet Unfallhilfe, und das ist sicher ganz gut, aber so gut ist es nicht, wie es sein sollte, und was die Waffen betrifft, von denen viele viel herstellen, so ist das noch viel schlechter, weil Ihr es wißt, doch Ihr tut nichts dagegen, einer tauscht Zubehör, einer lagert Materialien, einer vermietet Kräne, einer baut Radios ein, einer prägt Schilder, einer transportiert Wohnungen, einer bewegt Erde, aber was ist mit den Waffen, die hergestellt werden, von vielen hergestellt werden, von so vielen, daß bloß eins daraus werden kann, nämlich nichts, einer kreditiert Teilzahlungen, einer repräsentiert Kreditinstitute, einer poliert Silberbeschläge, einer beschichtet Fertigbauelemente, einer reinigt Fassaden, einer finanziert Kanalbauarbeiten, einer saniert Mischanlagen, aber die Waffen, was ist mit denen, die fressen doch alles auf, was Ihr grade gemacht habt, einer beseitigt Hausschwamm, einer erstellt Gründungsgutachten, einer untersucht Obstbaumkulturen, einer organisiert Erd- und Feuerbestattungen, einer übernimmt Einrichtungen für Gastarbeiterunterkünfte, einer erledigt Industrieberatungen, einer liefert Matratzen, schön und gut, wie Euer dritter Ausdruck sagt, aber es ist weder schön noch gut, Waffen herzustellen, einer exportiert Fruchtsäfte, einer bearbeitet Maschinenverkleidungen, einer verpackt Auftragsausführungen, einer prüft Blitzschutzanlagen, einer arrangiert Messedekorationen, einer versteigert Raritäten, und die Waffen, die Waffen, das Gewehr, das Seitengewehr, die Pistole, das Geschütz, der Panzer, der Flammenwerfer, der Bomber, das Gas sowie die Geheimwaffen, die mir nicht bekannt sind, aber einem sind sie bekannt, dem, der mich gesandt hat, ach, ich würde weinen, wenn ich weinen könnte.

Zu

Ich habe, Ihnen, Herr Professor, von einem Fall zu berichten, der nicht nur die Medizin betrifft. Sie waren grade in Urlaub gefahren, als sich eine neue Patientin meldete. Sie hieß, und heißt, Josepha Philipps. Aber ist das auch ihr richtiger Name? Ich zweifle daran. Denn ihre übrigen Angaben zur Person widersprechen sich immer wieder. Bald ist sie 50, bald 60 Jahre alt, bald wohnt sie in Crailsheim, bald in Stuttgart, bald war sie, vor ihrer Pensionierung, irgendeine Sekretärin, bald war sie berufslos, bald war sie verheiratet, bald nicht. Weil wir Ärzte, und keine Polizisten sind, habe ich darauf verzichtet, ihre Mitteilungen nachzuprüfen. Auch wollte ich Ihnen, Herr Professor, nicht vorgreifen. Sie sind ja in ein paar Tagen zurück.

Das, was ich jetzt hier notiere, setzt sich aus mancherlei Auskünften zusammen. Frau Philipps und ich, wir haben uns in den Sprechstunden unterhalten. Manchmal, wenn sie auf mich warten mußte, weil ich noch anderwärts zu tun hatte, redete sie mit den Schwestern und Pflegern. Einmal schrieb sie mir einen Brief, der teils zu entziffern war, teils nicht. Mehrere Male hinterließ sie, im Wartezimmer, winzige Zettel, die kaum leserlich waren. Ich muß Ihnen also, Herr Professor, einen Bericht erstatten, der, wie ich vermute, sowohl stimmt, als auch nicht stimmt, übertrieben oder untertrieben ist, der aufschneidet oder verschweigt oder sich verheddert.

Als sie zum erstenmal kam, sagte sie sofort: ich habe eine linke Hand, und ich habe eine rechte Hand. Ich kann mich an diesen Satz genau erinnern, weil er das, was selbstverständlich ist, betonte. Von diesem Augenblick an habe ich, nach jeder Begegnung, alles aufgeschrieben. Nach dem Gedächtnis, gewiß, doch mein Gedächtnis ist nicht schlecht. Sie haben das auch, fuhr sie fort, so, wie es sich gehört. Was ist mit Ihren Händen? fragte ich. Nichts, antwortete sie, bloß, daß meine rechte Hand nicht mehr meine rechte Hand ist. Hat sie sich selbständig gemacht? fragte ich. Sozusagen, antwortete sie, obwohl man es ihr nicht ansehen kann. Sie hat fünf Finger, sagte ich, und sie sind, wie bei jedermann, zum Anfassen und Festhalten oder Loslassen da. Eben nicht, antwortete sie.

Von nun an machte sie, was sie wollte. Wenn sie bestellt war, kam sie nicht. Oder sie kam unpünktlich, ohne sich zu entschuldigen. Oder sie kam, obwohl nichts verabredet war. Oder sie tauchte auf, und ging sofort wieder. Oder sie sagte überhaupt nichts. Oder sie hörte mitten in einem Satz zu reden auf. So fing sie einmal folgendermaßen zu reden an: Nanu, Herr Doktor, Sie haben ja noch beide Hände. Waren Sie nicht im Krieg? Wieso haben Sie nicht eine von Ihren Händen verloren? Aber was heißt: verloren? In Wahrheit hätte man Ihnen Ihre Hand gestohlen. Man? Nicht: man, sondern der Feldherr des feindlichen Heers, und der Feldherr des eignen Heers. Also die Herren der Felder, die sie die Felder der Ehre nennen, ich aber nenne sie die Felder der Unehre. Ich zeige Ihnen, Herr Doktor, heute etwas, das – – –

Aber sie zeigte es mir diesmal nicht, sondern viel später, nachdem ich schon längst alles, oder doch das meiste, erfahren hatte. Sie zeigte mir eine Zeichnung von einer Türklinke. Obwohl ich in der Schule ganz gut zeichnen konnte, sagte sie, habe ich die Klinke bloß so ungefähr gezeichnet. Absichtlich, wie Sie sich denken können, damit Sie nicht feststellen können, zu welcher Eingangstür von welchem ABC-Markt die Klinke gehört. Deshalb habe ich sie auch nicht photographiert. Aber ich habe auch gar keinen Photoapparat. Ich könnte ihn mir nicht leisten. Ich lebe bloß von meiner Rente. Ich bin immer bloß eine kleine Angestellte gewesen.

Aus allem, was mir Frau Philipps weinend, schreiend, flüsternd, fast verstummend erzählte, und nicht erzählte, ergibt sich folgende Situation dieser Kranken, die ich Ihnen, Herr Professor, zu schildern versuche, soweit ich dazu imstande bin. Wann immer sich die Patientin einem großen Gebäude nähert, in dem sich viele Menschen befinden, sei es ein Supermarkt, sei es irgendein andres Haus, dessen Eingangstür mit einer Klinke versehen ist, die sie, Frau Philipps, öffnen muß, um hineinzukommen, hat sie keine rechte Hand mehr. So hat sie sich oft ausgedrückt, so oft, daß ihre Äußerungen einer Litanei des Entsetzens ähnelten.

Unsre Patientin streckt ihre rechte Hand aus, so, wie sie es schon einmal, vor vielen Jahren, getan hat. Sie kann ihre linke Hand nicht benutzen, weil sie auch damals mit ihrer rechten Hand versuchte, etwas auszuführen, worauf sie dann verzichtete, weil sie zu feige war. Also hat eine kleine Geste von einst, eine Geste, die angefangen wurde, aber nicht vollendet wurde, eine Serie verwandter Gesten von heute verursacht. Einst war zwar die Geste klein, aber das, was sie hätte verhindern können, wenn sie ausgeführt worden wäre, war groß, größer als alles, was Frau Philipps jemals erlebt hat. Heute ist die gleiche Geste ebenfalls klein, aber das, was sie zur Folge hat, ist groß: das Entsetzen, das sich fortsetzt, und steigert, was innerhalb des Irren nur natürlich ist; der Zwang, nicht dort Käse und Brot einkaufen zu können, wo es billiger ist.

Die Kranke streckt ihre rechte Hand aus, das kann sie grade eben noch, aber dann versagen sich ihr die Beine, damit die Hand nicht an die Klinke heran kann, dann zwingt sie die Beine, sich doch zu bewegen, dann aber versteift sich die Hand, wenige Zentimeter vor der Klinke, wird starr, leblos, blutleer, wie Holz. Die andern Frauen, die in dem Supermarkt einkaufen wollen, oder schon eingekauft haben, kennen allmählich die Verrückte. Sie lachen sie aus. Andre wollen ihr helfen, indem sie ihr die Tür aufhalten. Aber jetzt machen die Beine wieder nicht mit. Nun schreit sie: Feuer. Der Schrei befreit sie, doch nicht zum Betreten des Supermarkts, sondern zum Dauerlauf nach Hause.

Einst war sie Sekretärin, oder Putzfrau, oder vielleicht sogar Mitwisserin, Mitmacherin. Ich habe es nicht herausbekommen, als was sie eigentlich arbeitete. Vielleicht gelingt es Ihnen, Herr Professor. Es war in einem KZ. Die Männerbaracke brannte schon. Die Baracke mit den Männern darin brannte. Die Männer schrien. Schließlich schrien sie immer weniger. Wer verbrannt ist, kann nicht mehr schreien. Josepha Philipps muß sich, als es soweit war, in der Nähe der Frauen- und Kinderbaracke aufgehalten haben. Die beiden Baracken waren benachbart. Was sie dachte, als es soweit war, kann ich bloß aus ihren Äußerungen entnehmen. Die Äußerungen waren so fragmentarisch, daß ich, leider, nicht genau sagen kann, auf welchen Zeitpunkt mein obiger Nebensatz zutrifft, ob auf die Minute, als der Befehl zur Ermordung der Gefangenen bekanntgemacht wurde, oder auf die Minuten, als die Männer brannten, und verbrannten, oder auf die Minuten zwischen dem ersten Brand und dem zweiten Brand.

Jedenfalls fiel Josepha irgendwann ein: ich werde es machen, ich mache es, mache ich es?, sicher schnappen sie mich, aber es ist Nacht, also kann ich wegrennen, also mache ich es doch, aber rette ich sie auch?, sicher werden sie sie wieder einfangen, dann brennen sie doch noch, und ich brenne mit, aber vielleicht werden sie nicht alle einfangen, und ein paar können entkommen, ein paar, oder auch bloß einer, und das wäre auch schon etwas. Sie verstehen, Herr Professor, daß ich mir diese Gedanken Josephas teilweise ausgedacht habe. Aber im Grundsatz stimmt das, was ich eben notiert habe. Josepha lief zu der Tür der Frauen- und Kinderbaracke. Schon hatte sie die Klinke in der rechten Hand. Da ließ sie sie wieder los. Wo war der Schlüssel? Ja, von dem Schlüssel habe ich noch nichts berichtet, wohl deshalb, weil sie ihn bloß einmal erwähnt hat. Sie muß ihn gefunden haben. Wo und wann, ist mir unbekannt, wie ich denn überhaupt in diesem Abschnitt meines Berichts herumtappe. Sie steckte ihn in das Schloß der Barackentür. Soweit folgte ihre rechte Hand noch ihren Gedanken. Dann aber passierte nichts mehr. Das heißt, sie handelte bloß noch negativ. Sie drehte den Schlüssel nicht herum. Sie klinkte die Tür nicht auf. Sie entfernte sich, fallend, kriechend, wie auch immer. Mich wundert, daß Josepha nicht auch beim Gebrauch ihrer gegenwärtigen eignen Schlüssel behindert ist.

Assistent.

Ich bin es nicht

Warum?

warum beschweren Sie sich nicht darüber, daß ich Sie anspreche?

warum nicht darüber, daß ich bloß das einzige Wort warum sage, und sonst nichts?

warum habe ich bloß das Wort warum gesagt?

warum sage ich jetzt weiter, was ich vorhin abgebrochen habe?

habe ich mich vorhin gefürchtet?

warum fürchte ich mich jetzt nicht mehr vor Ihnen?

oder habe ich Ihnen vorhin etwas vorgespielt?

oder jetzt?

aber was?

oder waren Sie mir bloß das eine Wort wert?

bloß das eine Wort, weil ich Ihnen ansah, daß Sie sich vor mir fürchteten?

oder weil ich merkte, daß Sie mich sofort nicht ausstehen konnten?

oder daß ich Sie langweilte?

warum das eine?

warum das andre?

warum, haben Sie vor diesem Fragewort besondre Angst?

warum gehen Sie spazieren?

warum fragen Sie mich nicht danach, warum ich spazieren gehe?

oder mache ich etwas andres?

und was?

warum gehen Sie hier spazieren?

finden Sie es so hübsch hier?

oder so interessant?

oder gehen Sie grade deshalb hier herum, weil es in dieser Gasse so alltäglich ist?

oder weil es zwischen diesen Boutiquen und Pinten anders ist als bei Ihnen zu Hause?

wie ist es denn bei Ihnen zu Hause?
elegant?
spießig?
modrig?
halten Sie es zu Hause nicht mehr aus?
warum?
sind Sie verheiratet?
haben Sie Eheschwierigkeiten?
erzieht Ihre Frau die Kinder anders als Sie?
oder haben Sie keine Kinder?
ist Ihre Ehe schlecht, eben weil Sie keine Kinder haben?
ist Ihre Frau frigide?
ist sie gleichaltrig mit Ihnen?
hat sie Affairen?
ist das eine oder andre herausgekommen?
oder sind Sie nicht verheiratet?
haben Sie keine Freundin?
ist Ihnen das Mädchen weggelaufen?
oder sind Sie homosexuell?
haben Sie mit Ihrer Wirtin Streit?
haben Sie Budenangst?
können Sie nicht allein sein?
wollen Sie allein sein?
warum?
wollen Sie nachdenken?
worüber?
können Sie denken?
warum setzen Sie sich nicht gegen meine Unverschämtheiten zur Wehr?
haben Sie irgendeinen andern Kummer?
beruflich?
sind Sie nicht befördert worden?
sind Sie entlassen worden?
haben Sie Geldsorgen?
wollen Sie Ihren Beruf wechseln?
was haben Sie für einen Beruf?

treffen Sie sich hier mit einem Geschäftsfreund?
wer ist es?
von welcher Firma ist er?
oder treffen Sie jemand anders?
wen?
ist es ein politisches Gespräch?
was für eins?
wie stehen Sie zu unserm Staat?
sind Sie dagegen?
warum?
wer sind Sie?
wie heißen Sie?
wo sind Sie geboren?
wann?
wo wohnen Sie?
haben Sie besondre Kennzeichen?
eine Brandnarbe?
Warzen?
sind Sie tätowiert?
haben Sie einen Ausweis bei sich?
haben Sie überhaupt einen Ausweis?
wohnen Sie überhaupt irgendwo?
in einem Hotel?
in einem U-Bahnhof?
sind Sie Ausländer?
aus welchen Land kommen Sie?
wohin begeben Sie sich?
wie lange halten Sie sich bei uns auf?
warum sind Sie unterwegs?
ist Ihre Firma eine Scheinfirma?
schmuggeln Sie?
was?
oder wovon leben Sie?
leben Sie gern, so, wie Sie leben?
leben Sie gern, gleichgültig, wie Sie leben?
warum?

warum sehen Sie so aus, als lebten Sie nicht gern?
sind Sie krank?
haben Sie eine schlimme oder eine harmlose Krankheit?
warum sehen Sie mich so an?
warum sehen Sie hinter mich?
steht einer hinter mir?
wen sehen Sie?
was sehen Sie?

glauben Sie, daß die Mülltonne in der Ecke rechts ein Mensch ist, der sich duckt?

ist die Mülltonne eine Mülltonne, oder ist sie bloß ein Schatten von einem Wäschestück, das an einer Wäscheleine flattert?

was ist los?
kann ich etwas für Sie tun?
haben meine Fragen Sie aufgeregt?
warum?
warum sind Sie umgefallen?
soll ich einen Arzt holen?
oder ist es zu spät?
oder ist es nicht zu spät?
warum haben Sie mir nie geantwortet?
meinen Sie, ich hätte es nicht gut mit Ihnen gemeint?
wieso sind Sie mit einemmal nicht mehr ohnmächtig?
und stehen auf?
und machen sich auf den Weg?
wohin?
gehen Sie bloß spazieren?
warum?
sind Sie womöglich irr?
können Sie mir meine Frage verzeihen?
oder sind Sie nicht imstande zu reden?
oder zu hören?
was machen Sie da?
warum schreiben Sie etwas an die Hauswand?
haben Sie immer Kreide bei sich?

was haben Sie geschrieben?
was heißt das: ich bin es nicht?

Topographie

In der Victoriastraße wirft die Mutter dem Kind einen Apfel herunter, und ruft dazu: Iß den Wurm nicht mit, woraufhin das Kind den Apfel vom Dreck des Hofs reinigt, ihn ansieht, dreht, und keinen Wurm entdeckt, aber, denkt das Kind, vielleicht hat die Mutter recht, und ißt den Apfel nicht, sondern hebt ihn solang auf, bis er verschrumpelt ist;

in der Oppenheimerlandstraße zieht sich ein junger Mann in die Bäume zurück, um da für immer zu bleiben, das heißt, er begibt sich auf einen einzelnen Baum, mitten im Wald, wohinauf er wochenlang Vorräte gesammelt hat, Brot, Bananen, Milch, Apfelmus, dazu zwei Decken, eine Taschenlampe, Batterien, obendrein ein Buch, nämlich die Tagebücher von Tolstoi;

in der Morgensternstraße lebt ein alter Mann ein doppeltes Leben, von 9 bis 14 Uhr ist er ein Beamter vor der Pensionierung, von 20 Uhr bis in die Nacht hinein versucht er, ein Clown zu sein, indem er Zettel verteilt, worauf er geschrieben hat: seid friedfertig, indem er denselben Satz auf die Bürgersteige kritzelt, indem er Draht zu Fratzen biegt, und sie den Fußgängern hinhält, indem er sich den Leuten als Clown anbietet, um ihre Feste zu beleben;

in der Aegidienkirchstraße denkt ein Student darüber nach, wie es ihm gelingen könnte, festzustellen, so, in diesem Augenblick fange ich an, irr zu sein, nein, das ist, ohne daß ich es gemerkt habe, schon länger her, folglich muß ich darauf verzichten, das Inwendige herauszukriegen, und muß nach einem äußerlichen Zeichen spähen, zum Beispiel nach diesem, das eben stattfindet; ich verwechsle die Finger, beispielsweise deute ich mit dem Daumen;

in der Bochumerstraße liest ein Pfarrer in einer Zeitung, daß Zehntausende von Bäumen entlaubt worden wären, in einem Krieg, durch Chemie, und jetzt wären endlich die Schlupfwinkel des Gegners einsehbar, Mord am Menschen ist nicht genug, schreibt der Pfarrer in seinen Aufruf hinein, nun müssen zusätzlich die Blätter dran glauben, die unschuldigen, wodurch ein weiterer Fortschritt erzielt worden ist;

im Bodeweg stellt sich ein Lehrer folgende Fragen: warum frage ich, statt zu antworten, kann ich nicht antworten, was fehlt mir, oder liegt es an den Schülern, sind die Gewalten, die die Kinder beeinflussen, stärker als ich, oder sind Antworten grundsätzlich stärker als Fragen, gibt es auch gute Antworten oder sind Antworten bloß bequem, weshalb bleibe ich bei Fragen, obwohl ich von Klasse zu Klasse immer wieder nur einen einzelnen Schüler zu Antworten herausfordere, die er selber gefunden hat, ist es richtig, daß ich mich um die einzelnen kümmere statt um alle oder wenigstens um viele oder um einige?;

in der Hynspergerstraße stopft ein Selbstmörder Gegenstände in seinen Koffer, die er mit ins Grab nehmen will, ein Schiff in einer Flasche, eine Kunstkarte, die einen nackten Mann zeigt, beim Sprung in ein Fleet, ein Spielzeugeichhörnchen, eine Schachtel Streichhölzer, deren Köpfe abgebrannt sind, eine Tube mit einer Salbe darin, die Schmerzen lindert;

im Barnayweg zeichnet ein Maler einen AH auf ein Stück Pappe, dann sticht er mit lauter kleinen Nadeln in die Konturen, so daß jener AH zum zweitenmal stirbt, ein für allemal der alte, und obendrein ein neuer, der im Anmarsch ist, woher, aus mir selber, denkt der Maler, aus jedem von uns, weil wir nicht auf uns selbst verzichten, und da ich das einsehe, werfe ich die Nadeln weg, und wische ich die Zeichnung weg, man muß denken, statt zu träumen;

in der Laubenheimerstraße klettert eine Frau aus einer Ruine, eine alte, ausgemergelte, gelbgesichtige Frau, die kaum gehen kann, die nicht aufhört, nach rechts und nach links zu spähen, besonders aber nach hinten, die sich duckt, die sich zu verbergen versucht, als ob einer hinter ihr her wäre, aber die Nachbarn wissen, daß die Juden nichts mehr zu fürchten haben, ja, aber stimmt das auch, wer hat recht, die Jüdin oder die Nachbarn?;

in der Osterholzerstraße versucht ein junger Schriftsteller so zu schreiben, wie Gene Krupa jazzt, möchte gern, möchte gern, möchte gern, möchte, möchte, gern, gern, wer, ich, ich allein, ich allein, ich allein, wo, bist Du, wo, bist, Du, stehststehst Dudu anan derder nächstennächsten Eckeecke, näch, sten, Ecke, Ek,ke, komm zu mir, ich komm zu Dir, wir treffen uns, treff;

in der Euckenstraße erfindet ein Nachrichtensprecher des Rundfunks eigne Nachrichten, letzte Nachrichten, und dahinter wird nichts kommen, nichts Lebendiges, nichts Verwesendes, es gibt keine Kurden mehr, Arafat besetzt Jerusalem, aber kaum ist er da, tut sich die Erde auf, und verschlingt ihn, die Städte Argentiniens haben aufgehört zu existieren, das höchste Haus in den USA rieselt in sich zusammen;

im Leoputzweg liest ein Mädchen in seinem Camus, daß ein Mädchen seine Wachmannschaft zum Aufruhr bekehrt hätte, am Ende des vorigen Jahrhunderts, in den Kasematten unterhalb des zaristischen Petersburg, so daß sie nicht nur entfliehen konnte, sondern auch ein paar Wärter mitnahm, das Mädchen aber aus dem Leoputzweg liest nicht mehr weiter;

im Alexandraweg ist es neblig, das ist nichts besondres, oder ist es doch etwas besondres, denn der Nebel ist anders, als er sonst ist, er ist grünlich, er hat die Farbe eines Eiters, er riecht nach Gekotztem, die Leute in der Straße machen ihre Türen und Fenster dicht, aber das hilft ihnen nichts, weil immer wieder ein Windchen weht, das den Nebel in die Wohnungen treibt, wo die Bewohner sofort grün werden, dann fallen sie um;

im Pregelkai spielt ein ehemaliger Oberst ein Sandkastenspiel, worin er eigne Truppenverbände mit feindlichen Truppenverbänden zusammenstoßen läßt, die Infanterie, die Artillerie, die Panzertruppe, die Pioniere, es geht um eine Brücke über einen Fluß, weit von der Brücke entfernt, vom Gegner unbemerkt, durchwaten eigne Soldaten den Fluß und greifen den Feind von hinten an, so daß die Niederlage in der Wirklichkeit durch den Sieg im Spiel ausgeglichen wird;

in der Adlerflychtstraße vergnügt sich ein Paar miteinander, ihre Spiele sind die von immer, im Einfall, in der Wiederholung, in der Ausschließlichkeit, neu ist daran, daß sie anfangen, sich zu langweilen, jeder langweilt sich für sich, der andre merkt nichts davon, aber beim nächstenmal wird er es merken, und beim übernächstenmal sprechen beide es aus, sie werden gern darauf verzichten, es gibt ja noch andre;

im Oederweg sammeln sich die Ratten, als hätten sie einen Anführer, sie bilden ein Dreieck, die Spitze des Dreiecks ist der spitzeste Rattenzahn, es ist mitten in der Nacht, sie nähern sich lautlos, nichts hält sie auf, sie sind an den Zäunen angelangt, sie fressen sich durch, das macht Lärm, die Schläfer wachen auf, sie öffnen die Fenster, und schon haben sie Anführer, Heer und Nachhut an den Hälsen;

in der Kirchgasse dreht sich eine Schallplatte, sie spielt, wie immer, die Geschichte vom Soldaten, aber mit einemmal ertönt auf der Platte etwas andres, etwas, das erst wie eine Störung krächzt, aber dann erscheint ein Militärmarsch, der den menschlichen Stravinskij ablöst, aufhebt, Torgau siegt über das 20. Jahrhundert, der arme Soldat, der es sein mußte, nicht wollte, wird zum Helden;

in der Duisburgerlandstraße macht einer, der nichts hat, sein Testament, was vermacht er wem, den Zaunkönigen und Eichhörnchen schenkt er ein Nixchen, einen Gummifinger, ein Kinderspielzeug, eine Staubflocke, ein Christuskreuz, einen abgefressenen Bleistift, einen Dominostein, da habt Ihr, was ich hatte, und nicht hatte, und Ihr habt es auch nicht;

in der Thalerallee entgleist eine U-Bahn, der Fahrer wird leicht verletzt, der Schaffner konnte herausspringen, ein paar Schulkinder am Schluß des Zugs kugeln sich, weil sie meinen, daß das Unglück ein Spiel ist, bloß Rehe und Hirsche werden zerschnitten, sie, die unschuldig sind, hätten, wie es in der Mitteilung der Menschen heißt, das Unglück verursacht;

in der Guiolettstraße findet ein Verhör statt, plötzlich klopft es an einer Tür, der Innenbefindliche macht auf, von draußen kommt einer herein, den der Zimmermieter nicht kennt, was ist, fragt er, Sie sind es, sagt der, der von draußen kommt, was bin ich, fragt der von drinnen, der, welchen wir suchen, antwortet der andre, warum sucht Ihr mich, fragt unser Freund, das geht Sie nichts an, sagt der Fremde, mitkommen, wohin, fragt der, welcher jetzt abgeführt wird;

in der Laubacherstraße schreibt W. dies auf;

in der Motzstraße sieht jemand eine Zitrone an, sie ist schön, weil sie gelb ist, ihr Gelb ist lebendig, sie faßt sich nicht glatt, sondern rauh an, sie riecht süß und sauer zugleich, eben wird sie geöffnet, ihr Saft spritzt dem Öffnenden in die Augen, es tut ihm weh, aber es kümmert ihn nicht weiter, denn er träufelt den meisten Saft in den Sprudel auf dem Tisch, rührt um, und trinkt das natürlichste Getränk.

Es geschieht zum drittenmal

davor:

in Darmstadt geht einer spazieren, dem geht es nicht gut, er stützt sich auf einen Stock mit einem Gummipfropf

in Lille ißt ein Kind ein Ei, es soll das ganze Ei aufessen, aber es mag bloß den Dotter, also schmeißt es das Weiße weg

in Melbourne liegen zwei im Bett, sie schmusen, aber das Mädchen ist müde, und der junge Mann möchte eigentlich ein Gedicht schreiben

in Ljubljana versucht einer, ein Feuerzeug zu reparieren, erst glückt es nicht, dann klappt es

in Iowa unterhalten sich zwei Nachbarn über die Lage, der eine sieht rabenschwarz, der andre hofft, daß alles vorbeigeht

in Rudolstadt sitzt eine in der Badewanne, sie hat ein Pulver in das Wasser gestreut, denn sie hat Schuppenflechte

in Syrakus fährt einer mit dem Motorrad immer im Kreis herum, die Leute schimpfen, er deutet mit dem Finger auf die Stirn

in Brüssel zahlt eine das Geld, das sie bisher im Strumpf versteckt hat, am Schalter einer Sparkasse ein

in Bremen fährt eine mit dem Riesenrad, mit einemmal bleibt es stehen, sie fragt sich, wie lange sie dort oben hängen muß

in Jalta sieht sich eine den neuen Stundenplan an, sie weint, ein paar Fächer sind ihr unbekannt

in Brünn wehrt einer den Schuß ins Tor ab, aber den Fallrückzieher muß er durchlassen

in Quebec sieht sich einer Graphiken von Max Ernst an, er überlegt sich, ob er nach dem dritten Weltkrieg, falls er überlebt, auch wie ein Dreieck aussieht

in Edinburgh schmiert eine Krankenschwester das Knie eines Patienten ein, der Mann hat keine Schmerzen mehr, die Frau grinst

in Thessaloniki sieht einer, daß der Mond einen Hof hat, er denkt, daß es morgen regnen wird in Basel möchte gern ein Kind nach Hamburg reisen, es versteckt sich im Packwagen hinter der Lok

in Warschau will ein Paar etwas zum Lachen haben, sie gehen ins Kino, sie lachen über das todernste Gesicht von Buster Keaton, der vor der Polizei flieht

in Manila wirft ein Kind eine Milchkanne um, es rennt zu der Milchkanne vor dem nächsten Haus, es klaut sie

in Mexico-Stadt bindet sich eine ein Kopftuch um, es gefällt ihr nicht, sie nimmt ein andres

in Barcelona horcht einer an einem Telegrafenmast, er meint die ganze Erde zu hören

in Kyoto stellt sich einer auf eine Waage, er hat nicht abgenommen, er hat keine Angst mehr, daß er Krebs hat

in Kiew pflückt eine Sonnenblumen, drei Stück, eine für ihren Freund, eine für ihren Vater im Krankenhaus, eine für sich selber

in Hongkong bedient einer einen Kran, bald ist der Anhänger leer, ein Wind verkleinert den Sandhaufen, keiner kann etwas dagegen machen

in Kopenhagen fragt einer nach dem Grab von Hamlet, der andre antwortet ihm: überall, beide lachen

in Kairo kippt einer Goldfische in einen Teich, zwei, ein Männchen, ein Weibchen, behält er, das sind seine Lieblinge

in Michigan wandert einer über eine Brücke, die Brücke wippt, und er wippt mit

in Mailand ißt einer eine ganze Tafel Schokolade, gleich muß er kotzen, aber morgen macht er es wieder

in Borkum legt sich eine in die Düne, sie deckt sich mit Sand zu, bloß der Kopf guckt heraus, gleich wird sie schlafen

in Tientsin überfährt ein Dampfer eine Boje, ein zweiter Dampfer fährt auf den ersten los, gleich stoßen sie zusammen, aber beide schalten auf rückwärts

in Frankfurt am Main ist eine Maschine aus Reykjavik gelandet, einer hat gewartet, eine steigt aus, sie winken sich zu, plötzlich können sich ihre Arme nicht mehr bewegen *danach:*

da hockt ein Mädchen auf einem Stein, das weiß nicht, wie es sich um die Ecke bringen soll, durch einen Sprung vom Dach einer Ruine, aber wie kommt man hinauf, durch einen Schnitt in irgendwelche Adern, aber woher kriegt man ein Messer, durch eine Tablette, das Mädchen hält eine in der Hand, aber die Hand schwitzt, und die Tablette wird immer kleiner

da gräbt sich ein Flüchtling eine Höhle, um den Strahlen zu entrinnen, die er auf dem rasierten Asphalt der Stadt vermutet, aber entkommt er ihnen, wenn er unter der Erde ist, oder wird die Höhle sein Grab sein, ein Grab durch Strahlen, ein Grab, worin man erstickt, da rollt ein Wägelchen auf den glatten Flächen, es wird von einem Krüppel gelenkt, als wäre es ein Scooter, und das Männchen ohne Hände kreischt immer wieder, als wäre es ein Apparat: früher habt ihr alle ganz gelebt und habt gedacht, ich wäre halbtot, jetzt lebe ich ganz, und ihr seid ganz tot

da hört ein Totengräber auf, ein Massengrab für hundert Tote auszuheben, denn ringsherum stinken tausend andre Tote, und tausend Sterbende wimmern vor sich hin, während der Totengräber die Hälfte seiner letzten Stulle ißt

da klettert eine Fotografin über die toten Steine und über die toten Leute, sie visiert, sie knipst, ein Stück Papier fällt aus dem Kasten, nichts ist drauf, aber dann kommt es, wird bunt, wird scharf, man kann zwei Wörter auf dem Schild lesen: letzte Nachrichten

da sagt einer alles doppelt und dreifach: diediedie Menschen haben keinekeinekeine Erde mehr, diediedie Erde hathathat keine Menschen mehrmehrmehr

da schleicht ein Dieb herum und sucht Gegenstände, die er stehlen könnte, aber er findet keine, bis auf einen Kaffeefilter, den er wieder wegwirft, weil er weder Kaffee noch Strom noch Gas hat, dann sucht er weiter

da stochert ein Blinder mit seinem weißen Stock in den Resten, aber alles ist anders als sonst, so daß er nicht herauskriegt, was er berührt da streckt ein Bettler statt eines Huts seine Hand aus, der Hut ist ihm weggeflattert, die rechte Hand bleibt leer, jetzt nimmt er die linke, aber wo keiner gibt, kann keiner nehmen, er trifft niemanden, außer einem zweiten Bettler

da schießt ein Soldat um sich, wie er es gelernt hat, aber er tötet keinen Menschen, weil keiner da ist, er ermordet bloß eine Katze, die sowieso im nächsten Augenblick gestorben wäre

da spritzt eine Süchtige sich LSD in die Haut, aber sie lacht dazu und flüstert: Du bist kein LSD, du bist DSL, und das heißt: die Scheiße lebt

da steht eine Vogelscheuche, von der keiner feststellen kann, ob sie eine ist oder nicht, weil alles, was übriggeblieben ist, wie ein Haufen von Vogelscheuchen aussieht

da sitzt jemand im ehemaligen Hauptbahnhof, in einem Klo, auf einem Sitz, eben hat er das aufgeschrieben, dann falle ich um, dann

Mein Gedicht

Ich schreibe ein Gedicht.
Ich veranstalte eine Expedition.
Ich mache mich davon
aus Antwort und Beweis.
Ich trete in den Kreis
der Fragen. Ich bin im Licht,

das auf die Mitte des Dickichts fällt.
Warum und woher?
Ich schlage mich quer
durch Gelee und Asbest.
Die Meridiane sind verwest.
Mein Gedicht ist die Welt

der diagonalen Messer.
Ich bringe das Winzige heim.
Ich gehe dem Ungeheuren nicht auf den Leim.
Ich setze die Ewigkeit fort.
Ich versuche den Mord
an den Rechnungen. Mein Gedicht ist besser.

Weitere Reprints im
KRANISCHSTEINER LITERATURVERLAG:

Walter Jens

NEIN - DIE WELT DER ANGEKLAGTEN

Mit einem Vorwort von Gert Heidenreich

Erstmals 1950 veröffentlicht, hat dieser Roman nach mehr als 40 Jahren nichts von seiner Aktualität verloren. Walter Jens setzt mit knapper, spannender Erzählsprache den Albtraum eines totalitären Staates in Szene: eine Welt, verkommen zu einer Drei-Klassen-Gesellschaft, unterteilt in Angeklagte, Zeugen und Richter.
Walter Jens, geboren 1923, bekannt als Poeta doctus, brillanter Rhetoriker und Essayist, galt in den fünfziger Jahren als einer der prononciertesten Vertreter der deutschen Nachkriegsliteratur.

ISBN 3-929265-02-8
308 Seiten, engl. Broschur, DM 29,80

Georg Hensel

NACHTFAHRT

„Soldaten sind Mörder." Der Inhalt dieses Tucholsky-Zitats ist das immer noch aktuelle Thema des 1949 erschienen Debüt-Romans von Georg Hensel.
Ein deutscher Soldat hat auf Posten einen russischen Soldaten erschossen: kein üblicher Schuß in eine allgemeine Richtung, auf einen kollektiven Feind, sondern die gezielte Tötung eines einzelnen Menschen.
In phantastischen Sprachbildern schildert der Autor, wie der Soldat mit seinen Schuldgefühlen fertig zu werden versucht. Zur gleichen Zeit erlebt er den Danse macabre einer Gesellschaft, die nicht bereit ist, sich mit ihrer jüngsten Vergangenheit auseinanderzusetzen.

ISBN 3-929265-04-4
178 Seiten, engl. Broschur, DM 24,80

Kasimir Edschmid

DIE ACHATENEN KUGELN

mit einem Vorwort von Dr. Hermann Schlösser

Kasimir Edschmids Roman „Die achatenen Kugeln“ erschien erstmals im Jahr 1920. Er gilt als einer der wenigen expressionistischen Romane.

Beschrieben wird die Suche einer starken Frau nach ihrer Erfüllung. Das Leben mit seinen rauschhaft erlebten Höhen und Tiefen wird dabei nicht intellektuell reflektiert, sondern intensiv erfaßt und sinnlich veranschaulicht.

Edschmids expressionistische Formkraft und sprachbildnerische Kreativität steigert alles ins Maßlose und Dynamische. Er meidet überkommene Wortbilder und gefällige Verzierungen. Dadurch gewinnt jedes Wort in seiner Intensität; die Dichtung wird unmittelbar.

ISBN 3-929265-05-2
227 Seiten, engl. Broschur, DM 29,80